城乡
大裂变

杨豪/著

CHENGXIANG
DALIEBIAN

百花洲文艺出版社
BAIHUAZHOU LITERATURE AND PRESS

农民工改变中国城乡形态

（序言）

邵汉生（原湖北省劳动和社会保障厅厅长）

20世纪90年代开始，成千上万的农民纷纷离土离乡，寻求发展，于是形成了风起云涌的民工潮。据有关部门统计，当前已有约2.8亿农民外出打工。有关专家预测说，我国农民工在21世纪初还有上升趋势！大潮起落，将给我们的社会生活和城市发展带来巨大震荡，这不能不引起我们的热切关注！

不可否认，外出打工开拓了现阶段我国农民就业和增收的主渠道。据统计，2000年开始，全国农民的工资性劳务报酬占其纯收入的比重已达到58.3%，许多地方把外出务工列为劳务经济目标考核。外出打工仔、打工妹"一年土，二年洋，三年盖上新楼房"，"一户打工，带动一村；外出一人，致富一家"已成为许多贫困地区农民脱贫致富奔小康的重要途径。

"民工潮"培育和积累了支撑我国经济发展必需的人力资本。"民工潮"的出现，在工业社会的熏陶下，一方面提高了农民科技文化水平和劳动技能，另一方面使农民增长了见识，积累了从事经营活动的经验，培育了市场经济观念，塑造了推动中国社会变革的原动力。

然而，近年来"民工潮"引发的新问题也逐渐显现出来，更应该引起我们的重视！

在农村，我们随处可见的是"386199"①人群（即妇女、儿童和老人），那就是留守妇女、留守儿童和空巢老人问题，这成为新的农村社会问题。不仅如此，抛荒弃田的现象也很严重，已成为"三农"问题之首，以致后来引起了中央决策层的重视，把"粮食安全"这一问题摆上了议事日程，也促使新一届政府痛下决心，出台新的政策以缓解长久困扰国家且愈来愈严重的"三农"问题。

农民工是中国改革开放、工业化和城镇化进程中涌现出的一支新型劳动大军，广大农民工为城市繁荣、农村发展和国家现代化建设做出了重大贡献。众多农民工用自己辛勤的汗水换来了城镇的繁荣，同时也在提高着家乡的生活水平和面貌。据有关专家测算，农民工每年给城市创造的增加值近两万亿元，带回农村的工资收入达5000亿—6000亿元，农民增收中的50%是靠外出务工。这个越来越庞大的群体日益引起党和政府的关注，也是中国构建社会主义和谐社会不能遗忘的一个群体。

农民工作为一种中国特色的社会历史现象，在中国改革开放的进程中经历了"从制度性压抑，到逐步获得社会同情和政策认同，乃至成为社会的常态甚至主流的完整过程"。国内外学术界对农民工的产生、农民工对社会的影响尤其是对城镇经济社会的影响进行了广泛而深入的探讨。然而，农民工影响最直接、最深刻的区域——农村，因此发生的变化还没有引起学者们特别是经济学者们足够的重视，造成了中国经济学的短期化、世俗化和缺乏历史感的状况。全球金融危机的发生，直至后危机时代，经济发展方式的转变和就业形势的日趋严峻，使"农民工与农村现代化的关系"问题更加凸显。城镇流动的受阻，大批农民工返乡并试图创业、新农村建设的呼唤、新生代农民工的特殊性等新问题，迫切需要在马克

---

①三八是妇女节，六一是儿童节，九九是重阳节。所以这里指农村留守的妇女、儿童和老人

思主义经济理论的指导下，从农民工与中国农村现代化的相互关系和相互作用的视角，联系中国特色的农村现代化考察农民工形成、发展和变化的轨迹，探究农村现代化对农民工流动态势的影响和作用；在农民工的流动和发展历史中考察中国特色的农村现代化的现实路径，揭示农民工对农村现代化的特殊贡献和作用，同时也为中国特色的现代化建设探索新的实践路径。

到底是回乡创业，还是留在城里继续打工？这是农民工问题的关键所在。不可否认，就农民工家庭而言，在目前乡村经济还不发达的状况下，打工经济还是农民家庭的主要经济来源。大而言之，在目前城市化的大背景下，大量农民工通过流血流汗地建设城市，推动了城市的发展。但从长远的眼光看，城市倒是发展了，但却荒芜了农村，乡村的凋敝已是不争的事实，这不利于中国的总体发展，更不利于社会主义新农村建设的需要。城市的现代化不等于农村的现代化，只有农村实现了现代化，才能代表我们整个国家的现代化。

应该说，通过几十年的发展，农民工在很大程度上已经与我国的城市经济、城市生活紧密相连融为一体了。他们不仅是产业工人的重要组成部分，实际上现今的农民工已经成为我国许多产业的主体力量，在那些高危、苦累、低端的行业，更是如此。可以说，没有农民工就没有沿海地区以及整个中国经济的崛起，没有农民工就没有城市建设的繁荣。说农民工是中国经济崛起的功臣应该是恰如其分的。而且现今的农民工与我国所有地区的城市生活息息相关，在现实的中国，我们根本没有办法想象没有农民工的城市生活会是什么样子？不仅东部沿海地区，即使西部地区的城市，离开了农民工也无法正常运转。前不久北京人就惊呼，农民工回家过年，他们连吃饭都成了问题，更不用说像深圳这种城市，常住人口1400多万，本地户籍的只有200万(占七分之一)，一旦离开农民工，不知这个城市还会有多少生机与活力？

　　尽管我国农民工无论是生产还是生活条件相比过去有了较大的改善，但保障农民工权益仍面临诸多困难，做好农民工工作也必须直面诸多挑战。

　　曾任国家劳动和社会保障部副部长、国务院农民工工作联席会议办公室主任的胡晓义曾表示，我国农民工工作主要面临四大挑战。

　　一是流动就业。过去在城市里就业都是相对固定、相对稳定的。农民工这个群体出现以后，流动就业的规模大大增加了。这对于整个劳动力市场管理提出一些新的问题。

　　二是农民工由于文化素质、技能素质相对较低，所以他们寻找工作，尤其是寻找稳定的技能性岗位就困难一些。

　　三是农民工进入城市后，在整个市场当中处于相对弱势的地位。他们甚至不知道通过哪些途径保护自己的合法权益，因此经常出现他们的权益被侵害，或者被侵害后诉告无门的现象。

　　四是原来政府公共服务体制架构是城乡分治的。大量农民工涌入城市后，公共服务资源不够，同时服务的方式方法也不能适应大量人口流动，所以出现很多矛盾，比如农民工子女上学难等。农民工住房保障面临的困难更为突出。

　　调查显示，中国各地维护农民工权益的工作仍存在一些不容忽视的问题，如拖欠或变相压低农民工工资的问题尚未根本解决；农民工社会保障覆盖面过低，工伤、医疗保险和养老关系转移难问题虽有改进，但要全面实现仍有待解决；农民工维权工作任务繁重，执法监察力量严重不足。所以，在21世纪内，农民工问题将长期存在，我们探讨和研究农民工的问题任重而道远。

　　今后，农民工的出路有两个流动趋向。愿进城者进城，愿返乡者返乡！

进城者，国家可以提高进城务工农民的社保水平，在廉租房、医保以及子女就学等问题上解决他们的后顾之忧，同时让农村承包土地摆脱"社保"的尴尬角色，让土地流转更加顺畅，才能使农业经营逐步实现专业化、集约化。

返乡者，大力发展现代化农业，让一批有知识、懂经营、会管理的新型职业农民来种粮，让专业化、机械化和集约化的农业生产在城市化的大背景下成为我国农业生产的重要模式。农业生产摆脱了自然经济的桎梏，成为高效低耗的"新兴"产业后，国家的惠农政策就可以产生放大效应。

这样，我们既可以保证进城农民在土地之外获得更加实惠可靠的社会保障，又可以塑造出一个高效安全的粮食生产新模式，让种粮的农民无论在精神上，还是物质上都有成就感和归属感。

2010年元旦，前中共中央总书记、国家主席、中央军委主席胡锦涛前往河北省廊坊市三河市农村，察农情、问农事、讲政策、谈发展。强调了今后农村的五个发展重点：一是"统筹城乡发展"，缩减城乡差距。二是"改善农村民生"，就是提高农民收入。三是"扩大农村需求"。四是"推进现代农业"，改变当前农村的"小农经济"格局，实现农村集约化经营，发展现代农业，提高农业单产和实际收益。五是加快"城镇化"。减少农业人口，减少农民对土地的依赖，以工助农，推进城镇化步伐。

习近平总书记曾深刻指出："人民对美好生活的向往，就是我们的奋斗目标。"十八大以来，党和政府将消除贫困、改善民生摆到更加突出的位置。

农业是安天下、稳民心的战略产业。13亿人口大国的吃饭问题是攸关国家安全"牵一发而动全身"的头等大事，而"三农"问题既是国民经济的基础又是我国实现全面小康的关键，始终是党中央沉甸甸的牵挂。有了党中央高瞻远瞩的战略眼光，将是今后解决

"三农"问题及农民工问题的方向。

当我们穿越历史烟尘之后，发生在我们身边的农民工现象就必须从历史的角度来加以审视了。历史，似乎别无选择地将农民工推到了艰难曲折的城市化进程之中。农民工，似乎义不容辞地承担起了为城市化进程披荆斩棘的历史使命。正如一位国外专家所说：问题不在于城市化进程是否发生，而在于它如何发生，亿万中国人今后几十年的生活水平将取决于这个问题的解决。

本书对中国城镇化巨大裂变的背景和原因进行了深度阐释，对农民工问题进行了充分揭示和全方位剖析，既展示了农民工的生存状态，又反映了农民工的家庭危机，如留守妇女、留守儿童、空巢老人问题，还有农民工子女的就学问题，以及第二代农民工的婚姻、前途、理想、追求问题等，既提出问题，也孕育希望，既有危机，也有建议，是一本探讨和研究城镇化问题、农民工问题的工具书，是为政府相关部门、社会学者以及关心农民工的人士研究和了解农民工问题的一把钥匙，也是为政府建言献策的一本好书，为今后指导如何解决农民工问题具有参考价值！不可不读！

城镇化中的民工潮

题记

　　他们向城市走来，却没有被城市完全接受，他们居住在城市里，却常常找不到家的感觉；他们的脚步匆匆地奔波在城市的大街小巷，却总是走不进城市的核心。他们就是从农村流动到城市的劳动力，我们把他们叫作农民工，简称民工；社会学家则给他们取了个十分专业的名字——"城市边缘人"。在城里人冷漠的眼光中，他们如燕雀衔泥，在城市的边缘构筑着自己的梦想，期望用自己的劳动让年迈的老人不再辛劳，让年幼的孩子能够上学，让破旧的老屋能够挡风遮雨……

　　20世纪90年代开始，成千上万的农民纷纷离乡离土，寻求发展，于是形成了风起云涌的民工潮。据有关部门统计，现在已有2.77亿农民外出打工，每年春节期间跨地区流动的民工约达8000万人。有关专家预测我国民工在21世纪初还有上升趋势！大潮起落，将给我们的社会生活和城市发展带来巨大的震荡，不能不引起我们的热切关注。

第一章　春风吹来的文件

一、2017，中央一号文件

2017年2月5日，中共中央发布一号文件《中共中央、国务院关于深入推进农业供给侧结构性改革，加快培育农业农村发展新动能的若干意见》。中央一号文件是进入新世纪后，中央连续第14年锁定"三农"，这为农业、农村始终保持良好形势发挥了非常重要的作用。

国家连续14年把三农问题作为一号文件的主题，反映出决策层对"三农"问题的高度重视。文件再次提到进城农民工返乡创业问题，这是继2015年6月10日李克强总理主持召开国务院常务会议，关于"确定支持农民工等人员返乡创业政策，增添大众创业、万众创新新动能"的讲话之后，国家以文件方式再次确立重视农民工问题。文件第32条令人振奋："健全农业劳动力转移就业和农村创业创新体制。完善城乡劳动者平等就业制度，健全农业劳动力转移就业服务体系，鼓励多渠道就业，切实保障农民工合法权益，着力解决新生代、身患职业病等农民工群体面临的突出问题。支持进城农民工返乡创业，带动现代农业和农村新产业新业态发展。鼓励高校毕业生、企业主、农业科技人员、留学归国人员等各类人才回乡下乡创业创新，将现代科技、生产方式和经营模式引入农村。整合落实支持农村创业创新的市场准入、财政税收、金融服务、用地用电、创业培训、社会保障等方面的优惠政策。鼓励各地建立返乡创业园、创业孵化基地、创客服务平台，开设开放式服务窗口，提供一站式服务。"

有媒体认为：国家连续14年把一号文件定位于三农，不可谓对"三农"工作不重视。如何防止中央的惠农政策被悬空，防止各级止步于"传达传达，墙上挂挂"，可以引入第三方的评估，倒逼政策的执行。当然在文件的制定过程中，也要注意考核可量化的指标体系，引入群众满意度指标，提高一号文件政策的精准性与可执行性，使惠农政策真正惠民。

二、农民问题，一号文件的焦点

这份文件全文约13000字，共分6个部分33条，包括：优化产品产业结构，着力推进农业提质增效；推行绿色生产方式，增强农业可持续发展能力；壮大新产业新业态，拓展农业产业链价值链；强化科技创新驱动，引领现代农业加快发展；补齐农业农村短板，夯实农村共享发展基础；加大农村改革力度，激活农业农村内生发展动力。

文件指出，推进农业供给侧结构性改革，要在确保国家粮食安全的基础上，紧紧围绕市场需求变化，以增加农民收入、保障有效供给为主要目标，以提高农业供给质量为主攻方向，以体制改革和机制创新为根本途径，优化农业产业体系、生产体系、经营体系，提高土地产出率、资源利用率、劳动生产率，促进农业农村发展由过度依赖资源消耗、主要满足量的需求，向追求绿色生态可持续、更加注重满足质的需求转变。

文件强调，推进农业供给侧结构性改革是一个长期过程，处理好政府和市场关系、协调好各方面利益，面临许多重大考验。必须直面困难和挑战，坚定不移推进改革，勇于承受改革阵痛，尽力降低改革成本，积极防范改革风险，确保粮食生产能力不降低、农民增收势头不逆转、农村稳定不出问题。

"近几年我国在农业转方式、调结构、促改革等方面进行了积极探索。农业供给侧结构性改革虽然开了头、有进展，但需要在发展目标上再聚焦，在工作路数上再理清，在政策举措上再加力。"中央农村工作领导小组副组长、中央农办主任唐仁健说，"只有牢牢把握住推进农业供给侧结构性改革这条主线，为整个供给侧结构性改革当好先锋、提供支撑，才能开辟出农业农村发展的新境界。"

党中央、国务院历来高度重视"三农"问题，以习近平同志为核心的党中央更是一以贯之地坚持把解决好"三农"问题作为全党工作重中之重。习近平总书记主政浙江时，在著述的《之江新语》中就发展"三农"明确提出了五个"务必"，即"务必执政为民重'三农'，务必以人为本谋'三农'，务必统筹城乡兴'三农'，务必改革开放促'三农'，务必求真务实抓'三农'"。今年的中央一号文件是对五个"务必"的进一步细化落实和周密部署，深刻体现了以习近平同志为核心的党中央执政为民、以人为本、统筹城乡、改革开放、求真务实的施政理念和施政方针，是当前和今后一个时期指导我国"三农"领域改革发展的纲领性文件。

今年中央一号文件要求"深入推进农业供给侧结构性改革，加快培育农业农村发展新动能，开创农业现代化建设新局面"，这与党的十八届三中全会关于全面深化改革的要求一脉相承，是对2016年底中央经济工作会议精神的具体落实和深化，是"坚持以推进供给侧结构性改革为主线"有关要求在"三农"改革发展领域的细化落实。

"十二五"以来，特别是党的十八大以来，我国"三农"发展取得了举世瞩目的成就。农业生产持续发展，粮食生产实现十二连增，主要农产品产量稳居世界前列；农民收入持续增长，2016年中国农民人均可支配收入12363元人民币，实际增长6.2%，城乡收入差距进一步缩小；社会主义新农村建设持续推进，村容村貌发生了可喜的变化，农村社会管理扎实推进，农村文明向上的社会氛围正在加快形成。随着我国经济发展进入新常态，农业的主要矛盾已由总量不足转变为结构性矛盾，突出表现为阶段性供过于求和供给不足并存，矛盾的主要方面在供给侧。"三农"进一步发展面临着农产品价格倒挂、资源环境承压越来越大、农业农村发展动能衰减等突出问题。在确保粮食生产能力不降低、农民增收势头不逆转、农村稳定不出问题的前提下，为进一步巩固和实现农业增效、农民增收、农村增绿的局面，持续提高农业竞争力和绿色发展能力，培育农业农村发展新动能，必须深入推进农业供给侧结构性改革。那么，如何全面深入推进农业供给侧结构性改革呢？笔者认为，应从农业农村劳动力、土地、资本资金、创新四大供给侧要素着手释放改革发展的动能。

一是进一步激活农业农村劳动力这一核心要素的主体动力。农民作为农业农村的劳动力，始终是农业农村改革发展的核心要素。2017年中央一号文件指出，推进农业供给侧结构性改革的主要目标是增加农民收入，要确保农民增收势头不逆转。农业供给侧结构性改革能否有序推进、能否取得预期目标，关键在于是否能够充分调动农民积极性、发挥好农民主体作用。落实好2017年中央一号文件的要求，深入推进农业供给侧结构性改革，要大力开发农村人力资源，加快农业农村人力资本积累，健全农业劳动力转移就业机制，建立完善农村创业创新体制。

二是要通过改革释放农业农村土地这一关键要素的资源活力。马克思指出"土地是财富之母"，土地作为供给侧的资源要素，对农民增收、农业增效和农村发展具有关键性的作用。推进农业供给侧结构性改革，必须把握好农业农村土地这一关键性要素，统筹推进农地相关领域的改革创新工作，继续深化农村土地集体产权制度改革，加快建立农业农村发展用地保障机制，积极发展土地适度规模经营，加强土地保护治理和重大生态工程建设。

三是引导发挥好资本资金这一基本要素的循环动力。农业是弱势的基础产业，农村历来是资本资金的洼地，农业农村存在发展的短板，其根本原因就是长期以来对农业农村的资金投入过少，农业资本积累不足，农村资金资源稀缺。推进农业供给侧结构性改革，尤其需要财政、金融等各方面资金注入农业农村。引导好农业农村资本资金这一基本要素，确保固定资产投资继续向农业农村倾斜，加大财政支农投入力度，改革财政支农投入机制，加快农业农村金融创新，加大金融对农业农村的支持力度，加强农业农村基础设施建设，补齐发展短板。

四是放大农业农村创新这一重要因素的杠杆撬动力量。创新是民族发展的灵魂，是一个民族进步的不竭动力，是引领发展的第一动力。农业农村改革发展要不断打开新局面，推进农业供给侧结构性改革不断取得新成果，必须强化科技创新驱动，引领现代农业绿色可持续发展，必须加强治理创新，完善村党组织领导的村民自治有效实现形式，坚持和强化党的领导，充分调动农民促进改革发展的积极性和主动性。

三、中国的城镇化步伐

中央文件坚定有力地保障了农村的发展，在这个大背景下，中国城镇化高潮将进一步到来。据2016年2月2日《人民日报》报道，中国城镇化率已达56.1%，城镇常住人口7.7亿，换句话说，就是中国当今城镇人口已经超过了农村人口，我们曾经说过很久的一句话"中国人口80%是农民"早已成为历史！中国的城乡结构发生了重大的裂变！

城镇化率是衡量一个国家发达与否的重要标志。世界发达国家的城镇化率都在75%—80%之间，中国作为世界第二大经济体，城镇化率还有相当大的上升空间。李克强总理日前在瑞士《新苏黎世报》发表署名文章称："中国正在积极稳妥地推进城镇化，数亿农民转化为城镇人口会释放更大的市场需求。"李克强总理借用国际传媒平台向世界传递了中国城镇化建设的战略部署信号，也向世界表达了中国推进城镇化，促进经济结构转型的决心和信心。那么，如何认识和看待城镇化对经济结构转型的推动作用呢？

首先，城镇化建设将实现投资和需求的良性互动。城镇化建设既是投资建设，也是需求释放，是投资和需求良性循环的最佳结合体。这里讲的投资，除了建设高楼大厦等供人居住的硬件设施、建设交通、学校、医院等公共基础设施之外，还要给市民们提供各类工作岗位，因此，城镇化的过程也是投资产业发展的过程，包括民营企业的投资发展。当然，更重要的是随着城镇化进程的加快，城镇化水平的提高，人口市民化也就加速，城市人口越来越多，城市公共服务需求和个性化服务需求被释放，城镇化过程中的投资产品就有了消费，有效防止了投资过程中的产能过剩问题，使整个经济发展都因城镇化进程而步入良性循环轨道。据测算，每将1名农村居民转变为城镇居民，会使该居民消费扩大3.6倍，消费需求会增加一两万元，城镇化率每提高1个百分点，会吸纳1000多万农业居民进入城镇生活，促使最终消费率提高1.6个百分点。

其次，城镇化可以促进经济结构转型，提升第三产业比重。近年来，我国大力发展服务业，服务业比重有了很大程度的提升，特别是今年一季度，服务业首次超过制造业，成为国内第一大产业。数据显示，今年一季度，我国第二产业增加值增长7.8%；第三产业增加值增长8.3%，第三产业增加值增速明显快于第二产业，第三产业占GDP的比重为47.8%，第二产业为45.9%。但是我国47.5%的服务业比重与发达国家服务业70%的占比相比，明显偏小，这制约了经济的可持续增长和人民生活水平的提升。因此，大幅度提升第三产业比重，是经济结构转型必须破解的难题。城镇化对第三产业的发展具有十分重要的推动作用。因为数亿农民转为城市居民之后，就不像农村那样能够在生产和生活上实现很大程度的自足自给，而是需要诸多产业分工来供给，比如从事服装加工的就不能产生饮食，需要购买饮食产品和服务，饮食产生和服务需求刺激生产供给。另外，随着人口的增加，医疗、教育、生活服务等各方面的需求被释放，这样就会带动生活性服务业的发展。

另外，发展服务业可以提供更多的就业岗位，给城镇化过程中市民化的人民提供更多的就业岗位。据测算，每投资100万元可提供的就业岗位中，重工业是400个，轻工业是700个，服务业是1000个。服务业的发展既提供就业岗位又助推了城镇化进程，可以有效防止拉美国家在推进城镇化过程中出现的"贫民窟"等现象。

农村人口的流动，推进了城乡一体化进程，有利于加快城市化进程，从而带来更多的就业机会。城市化加速与城市失业并没有必然联系，恰恰相反，伴随着城市化加速过程会有更大的就业空间。产业与人口的聚集是第三产业发展的基础和前提，城市化过程就是人口与产业的聚集过程。100多年前，恩格斯说过，250万人集中于伦敦，使每个人的力量增长了100倍，指的就是城市的规模效应。随着人口聚集到一定规模，经济主体之间的交往增多，资金流量大，就会带来第三产业的发展与繁荣，而第三产业的许多行业具有劳动力和资本进入比较容易的特点。实践证明，如果城市达到一定规模，就有商业、服务业、娱乐业、通讯、金融、保险、文化教育、医疗卫生等部门的相应发展和繁荣，就业空间就会增大；城市化水平越高，大批基础设施的利用效率就越高，使用的边际成本越小，不仅能提高资源的利用率，还会带来更大规模的基础设施建设的扩张，并带来更多的就业机会；城市化导致的人口集中会刺激建筑和房地产业的繁荣，而这些产业大多属于劳动密集型行业，吸收劳动力较多，同时，建筑业和房地产业具有较强的联系效应，其发展与繁荣会带来其他许多行业的发展与繁荣，从而带来更多的就业机会；在城市里，产业间会形成产业链，一个食品加工企业，产前需要设备、材料，产后得包装、销售，自然就促进了农业、加工业、商业的发展，这些行业也会带动相关产业的兴起，于是就业增多，消费增多。这种效果是不断加强和扩大的，即就业机会是以乘数效应增长的。因此，从经济学上讲，城市有其自动控制的能力，通过产业整合和城市资源优化配置会孕育新的产业领域，衍生出新的就业岗位。

第三，城镇化可以解决城乡二元结构造成的贫富差距问题。当前我国经济发展，贫富差距问题也是制约消费不能有效提升的重要原因。数据显示，我国收入最高的10%群体和收入最低的10%群体的收入差距，已经从1988年的7.3倍上升到目前的23倍。在经济学上有一个规律叫边际消费倾向递减，指的是收入越高的群体，收入中用于消费的比例越低。比如，一个月挣5000元的，可能消费4000元甚至全部消费光，比例超过80%；一个月挣500万元的消费不了500万，充其量消费40~50万元，消费比例不到10%。也就是说在社会财富总量一定的情况下，收入差距越大，财富越向富人集中，那么全社会的总消费量也就越小。所以，推进城镇化进程过程中，如果能有效解决户籍、就业和收入分配等问题，吸引农民进入城镇，客观上可以缩小贫富差距，带动消费增长，成功实现经济转型。

14

另外，城镇化还可以消化部分产能过剩，带动整个产业进行结构性升级。城市建设，必然带动钢材、化工、砖瓦、水泥等建材行业；目前中国的这些行业都出现产能过剩，因此城镇化建设刚好可以承接上述过剩行业的产能，让这些行业在国家不需要扶持的情况下实现转型升级的"软着陆"。另外，城镇化还可以消化房地产行业的产能过剩等，促进房地产行业的健康发展。

就大国经济成长历史看，中国的城市化速度创造了新纪录。近10年来，中国的城市化率每年大约提高1个百分点，超过了美国发展最快时期的城市化速度——每年大概提高0.5个百分点。我们比一些西方国家的经济发展速度快，直接原因是我们的城镇化步伐快。

城镇化，是国家迈向现代化过程中的一个侧面，主要表现为城市人口比重的增大和城市经济部门比重的扩大。我国因以往长期实行城乡分割政策，致使城镇化过程与别国有很大不同。具体说，我国的城镇化目标达成要讲五条：一是城乡统一市场的基本建立；二是城乡居民收入基本一致，农民收入甚至要超过全国平均水平；三是城乡居民公共服务水平基本一致，特别是社会保障的城乡差异完全消除；四是农业高度发达，农业GDP比重下降到5%以下，全国恩格尔系数平均降到15%左右，专业农户成为农村的主体居民；五是城市化率达到70%以上。如果上述目标实现，中国的城乡二元体制将不复存在，城镇化的任务也就基本完成了。

中国40年改革开放的经验证明，城镇化是经济发展的基本动力。中国经济要保持长期健康发展的态势，需要有一个清晰可靠的大思路，但这个问题过去一直没有很好解决。好在我们有了一个开放度较高的市场，地方政府又有一定的发展自主权，这就使我国的资源配置调整大体上能反映资源的稀缺性，使经济发展长期保持了活力。中国资源配置调整的根本特点，就是城市比农村更缺乏廉价劳动力。于是，在大体自由的市场环境下，农村廉价劳动力源源不断地流向城市，这是中国资源配置效率得以提高的根本源泉，也是中国经济成长的核心"秘密"。没有过去的农民工，就没有今天的经济成就。

中国城镇化是大势所趋，谁也改变不了，但这并不意味着这个过程必然是一个多赢的博弈过程，更不意味着这个过程一定和谐平顺。事实上，我国的城镇化过程中要警惕过于牺牲农民的利益，也确有一些值得检讨之处。单从农民分享城镇化利益的视角看，以下几个问题不容忽视。

第一，相当多的农民在职业上实现了城镇化，但其生活居所并没有实现城镇化。多年来，进入城市（包括县级城关镇）务工的农民，在城市能够居住在标准单元房（拥有一个以上卧室及厨房和卫生间）的比例估计在20%左右，在大城市这个比例更低。他们一边在城市工作，一边在家乡继续建房。这不仅意味着他们的生活质量不高，也意味着资本和土地资源的低效率利用。产生这一问题的主要原因是我国对土地用途的管理、管制机制不健全，以及大中城市房价过高。

第二，近年来，地方政府为了扩大城市和招商引资，将更多的耕地转为城市建设用地，由此引起动员农民"集中居住"，将一部分村庄占地复垦换取建设用地指标。依笔者观察，这个过程虽不是普通意义上的强制，但一定程度的强制或变相强制问题却是存在的。这种情形当然意味着农民利益的损失。发生这种情形有多重原因，而最主要原因是农民的土地财产权未得到尊重，土地市场未能建立起来。

第三，农民进城后，尽管劳动时间长，劳动强度高，劳动环境差，但劳动收入和劳动保障程度却低于城市劳动者。这种情形近年来有所改进，但总体改观还不够大。

第四，因为上述问题，致使部分留在农村的居民也未能充分享有城镇化的利益。因为大部分进城务工农民没有在城市扎根，也因为土地制度的弊端，农村耕地未能合理集中到留守农户手里。大部分农户处于兼业状态，往往是男的在城市务工，女的在家里种地。城乡收入差距使部分农户对耕地有"种之无利，弃之可惜"的心态，影响土地利用效益的提升。

第五，有限的耕地流转也存在一些问题。在城镇化背景下，大量农民进城务工，的确产生了耕地流转的必要性，并产生了专业农户。如果机制顺畅，专业农户多会在农村原住民中产生。但实际情况并不完全如此。目前，城市资本热衷"下农村",在地方政府的支持下,土地流转到了城市商人手里。有的商人手中集中了过多的土地,发生了"规模不经济"的情形,便把一部分土地转包给他人,赚取转包收入。还有的城市商人圈占土地的目的是为了将来争取转变土地用途,实现土地增值。

第六,部分进城务工农民牺牲了家庭幸福,并给后代健康成长带来问题。相关情形被人们称为"留守儿童"和"留守老人"问题。

指出以上问题,不是说否定城镇化的必要性。而是我们必须清醒地认识到,如果没有城镇化,农村的麻烦会更多,农民的收入会更低,国家需要坚定不移地推进城镇化,同时也要下决心解决城镇化过程出现的种种问题,使农民能真正享受到城镇化的红利。

四、城镇化新政可圆农民工三大梦想

国务院前总理温家宝在2010年的政府工作报告中指出:"大力加强县城和中心镇基础设施和环境建设,鼓励返乡农民工就地创业;推进户籍制度改革,放宽中小城市和小城镇落户条件,逐步实现农民工在劳动报酬、子女就学、公共卫生、住房租购以及社会保障方面与城镇居民享有同等待遇,让符合条件的农业转移人口逐步变为城镇居民。"

对此,全国人大常委、民建中央副主席、长期研究城镇化和农民工问题的经济学家辜胜阻认为,这个政府工作报告在积极推进城镇化发展、妥善解决农民工问题上有十分重要的突破。温总理的城镇化新政对于破解当前农民工的"半城镇化"状态,提高城镇化发展质量,合理引导农民工流向,帮助农民工实现"市民梦""创业梦"和"安居梦"三大梦想具有十分重要的战略意义。

辜胜阻指出,我国的"半城镇化"现象已经严重影响了城镇化的健康发展,新生代农民工问题也成为当前必须面对的重大课题。不同于国外劳动力流动的一般情况,当前我国农村剩余劳动力在进入城市的过程中,只实现了由乡到城的地域转移和由农到非农的职业转换,但还没实现身份的变换。由于户籍的差异,当前农民工虽然进入城市,但不少仍游离于城市体制之外,并没有形成实质意义上的城镇化，处于一种"半城镇化"状态。这就使得城镇化了的农民工难以市民化，农民工同市民存在着"同工不同酬、同工不同时、同工不同权"的不平等现象。同时，伴随着农民工的流动，农民工阶层也在不断分化，出现了与老一代农民工具有显著差异的新生代农民工。新生代农民工群体是"回不去农村，融不进城市"的农民工，他们大多没有务农经历，也不再适应农村生活；流动动机在很大程度上已由谋求生存向更高的追求平等和追求现代生活转变；他们素质相对较高，也更贴近城市的生活方式和思维方式。但是，他们也面临能力与期望失衡的问题。这是在解决农村剩余劳动力向城镇转移问题上必须面对的新课题。

辜胜阻认为，"市民梦""创业梦"和"安居梦"是当前农民工特别是新生代农民工十分迫切的三大期盼。三十多年来我国农民流动呈现三次浪潮：第一次是"离土不离乡、进厂不进城"的以乡镇企业为就业目的地的就地转移。第二次是"离土又离乡、进厂又进城"的以城市为目的地的异地暂居性流动。第三次浪潮则是以长期居住为特征，且有举家迁移的倾向。新生代农民工是最有市民化意愿和亟须市民化的群体，新生代农民工问题需要放入市民化进程中来应对。同时，打工是锻炼人的大熔炉和培养人的大学校，外出打工是农民工回乡创业的孵化器。许多农民工经过打工实践，在外开阔了眼界，学会了本领，掌握了技术，拥有了资本，具备了创业的能力。

以农民工市民化为特色的城镇化新政要围绕三个"中"，即中西部地区、中小城市和中小企业来进行：一是在扶持沿海产业向中西部转移的同时，引导农民工向中西部"回归"，避免中西部农民工非家庭迁移带来的诸如"留守儿童"问题等巨大社会代价。二是大力发展中小城市，避免城镇化的拉美化陷阱和"大城市病"；鼓励农民工创业，大力发展中小企业，把城镇化建立在坚实的基础上，避免"空城计"。据国家统计局统计，目前我国共有城市655个，其中人口规模在20万以下的城市不到一半。这表明在我国大力发展中小城市潜力巨大，依托县城培植新型中小城市大有可为。

我们现在提倡城镇化，发展乡镇企业、村办企业，把曾经红透"半壁江山"的乡镇企业再次振兴起来，实现"离土不离乡、进厂不进城"的以乡镇企业为就业目的地的就地转移。由此，民工潮带来的农村留守儿童、农村留守妇女、农村留守老人，以及新一代农民工的婚恋问题，也才能从根本上得到解决。

要注意的是，中央一号文件是在推动城镇化的背景下，提到新生代农民工问题的。在关于三农工作部署的文件里，2017年一号文件第一次明确地提出城镇化，并提出三项政策，第一是促进农业转移人口在城市落户，并享受与当地居民同等的权益；第二是有条件的城市要把农民工的住房纳入城镇住房保障体系；第三是强调农民工的社会保障要纳入城乡一体。

中央一号文件之所以强调新生代农民工的问题，并不是因为他们比老一代农民工的问题更加严重，或者是他们出现了什么新的问题。从人口学的角度和不同代际的交替来讲，出现新生代农民工其实是一件很自然的事情。

新生代农民工之所以特别，就是因为城镇化的需求。从城镇化的角度来讲，新生代农民工确实更值得关注。既然城镇化是必须走的过程，就不能不解决新生代农民工的问题，因为他们有更强烈的变为市民的意愿，有更强烈的城市化取向，而客观因素又决定了他们不可能再回到农村去。

五、农民工返乡创业掀起高潮

农民工返乡创业是一个大势。大多数打工者都想回老家工作或创业，能照顾家庭老人和孩子，这是摆在农民工面前的现实问题；他们打工是迫于无奈，是为了生存，如果家乡能打工能就业，谁愿意离妻别子，背井离乡？

2014年11月16日，在北京顺义区龙湾屯镇山里辛庄村，在中国社科院社会政策研究中心等主办的"返乡青年汇"北京站的活动中，中国社会科学院社会政策研究中心副主任杨团下了一个论断："中国的返乡将在未来的5到10年形成一个高潮"。在她看来，农村的各种社会问题现在已经基本"见底"，见底后便会翻盘。与中国历史上数次由知识分子引发的返乡潮不同，杨团认为，新乡村运动中返乡主体会是生于斯长于斯的第一代农民工。

首先是因为中国农村的问题基本到底了，任何事情见底之后才会上翻。农村的留守老人、留守儿童已经成为普遍现象，农村现有生产力跟整个中国的经济社会发展越来越脱节，这是中国历史上从未出现过的现象。

中国是一个农业大国，中国的发展是以农村发达为前提的，农村形势要改观，这是其一；其二，基于农民工打工的意愿和走向判断，城市挣钱越来越难，回农村的意愿正在加强。

故事一：种粮大户李喜林：不想再"背井离乡"

湖南省新邵县陈家坊镇下江村返乡农民工李喜林，近些年来算得上当地第一个吃螃蟹的人，他是村民致富之路的开辟者。善于发现的眼睛与敢闯敢干的魄力是他的两大法宝，全县种田"科技示范户"的头衔与村民们逐渐鼓起来的腰包是他致富成功的见证。

近日，笔者来到下江村，这位"田保姆"李喜林正与几位村民在稻田里忙着给制种禾苗施肥。趁着休息时间，笔者与其闲聊了片刻。

"李师傅，今年种粮面积有多少亩？"笔者问。

"今年种粮面积是2000亩，制稻种面积比去年增加了300亩。"李喜林微笑着说，"党的十八大召开后，咱农民心中好比吃了一颗'定心丸'，特别是我们这些种粮大户今后种粮信心就更足了"！

李喜林今年54岁，曾经在外打工多年，后来回家乡办过打火机厂和红砖厂。因能力强，2004年，他在全村群众要求下回到村里担任起村主任，之后又因实在、肯干，在村支两委换届选举中以高票当选村党支部书记至今。

2010年9月，李喜林联合其他4人集资150万元，组建了江村农业开发有限公司，当年通过参加县总工会技能培训班学习，掌握了科学种田技术，便开始在长江、下江等附近4个村流转承包1100亩水田，大规模发展种粮业，乐意当起"田保姆"。

万事开头难，当时他开出每亩300元的承包价，但还是有部分村民不愿意流转田地，甚至还有人对他能否真的坚持种田持怀疑态度，怕以后收不到承包费。后来，在镇政府的宣传倡导下，大部分农民由犹豫、观望转为理解、支持，参与土地流转，双方签订了土地流转协议，规定在土地承包权不变的基础上，农户把自己承包集体的部分土地或全部土地流转给李喜林经营。

"2011年，我从承包的1100亩水田中选取200亩用来制稻种，种植200亩双季稻和600亩的中稻，这年仅在制稻种上就赚了近20万元。"李喜林说。他规模种粮的信心更足了，并在东江、长江、乔石等8个村共承包水田2000亩，一年来的收入十分可观。

近两年，李喜林被评为全县种田"科技示范户"，但他并没有满足现状，把资金投入扩大生产，先后添置了大量播种、插秧、收割的机械设备。

通过土地流转规模种粮，李喜林不但自己成功致富，还促进了该村支柱产业的大发展，为农民提供了就业岗位，使村民成为不离土、不离乡的"产业工人"。

谈到今后的种粮打算时，李喜林一脸自豪，兴奋地说："中央一号文件提出鼓励和支持土地向专业大户、家庭农场、农民合作社流转，我也打算带动全镇村民来发展规模种粮，让更多的群众都富裕起来。"

故事二：返乡，返乡，那是我们的希望

作为全国输出农民工最多省份之一，四川近年农村劳动力回流明显。据四川省农劳办数据显示，仅2015年前11月，全省返乡农民工总数逾130万人，其中返乡创业者约4.2万人，成功吸纳当地就业超过20万人。

政府"引凤还巢"，返乡者前赴后继，然创业并非易事。近日，《工人日报》记者在采访时发现，大多数人虽创业方向各异、喜忧不同，但走向成功的路径却总有相似之处。一些迅速成长起来的返乡创业者无不感慨，要成为家乡父老共同致富的"领头雁"，"仅是挣了票子、换了脑子远远不够，更要摸对路子"。

"打工妹"创办自主品牌

四川省金堂县竹篙镇，曾有"全国打工第一镇"之称。1980年代，这个人均耕地不到一亩的山区小镇，农民收入来源十分匮乏。1987年起，当地政府便有组织地选送农民到东莞乡镇企业务工。

那一年，竹嵩镇输送50名女工，她们像是这座贫穷小镇的"拓荒者"。第一年春节，每人便为家人带回了几千元钱的工资收入。这在当地引起极大轰动。王红琼是首批外出务工的女工之一，作为镇上的一代"淘金者"，她让家人离开了土坯房，有了更好的生活环境，但也提前遭遇了"空巢"问题。

2000年起，竹嵩镇正式启动"农民工回引工程"，想吸引一些有条件的农民工返乡创业。王红琼很快便加入回乡创业大潮中。

从毫无基础到"车间师傅"，在制衣行业摸爬滚打20余年的王红琼决定在老家开一家制衣厂。2007年，她拥有了自己的第一家制衣厂。然而，缺乏客户积累、缺乏市场经验、缺乏流动资金……初期，她的厂子只能接一些成熟企业的代工项目。2008年金融危机，让王红琼吃尽了苦头，幸运的是在政府协调下获得贷款，才勉强渡过难关。此后，王红琼由被动变主动，由"代工"转向发展自主品牌。如今，她已经拥有5家制衣工厂，每年产值超千万元，带动当地数百名村民在家门口就业。

从打工到创业，"王红琼"们的故事，不仅仅发生在竹嵩镇。随着近年来四川支持农民工和农民企业家返乡创业的政策愈加明确，"归雁"经济也在四川开始悄然兴起。

决心摘掉"老农民"帽子

"你是带动乡亲们致富的典型，了不起啊！"2016年5月，四川省委书记王东明赴南充调研时，握着返乡创业农民工任小波的手，称赞他是"先富带后富的生动实践"。任小波至今仍有些恍惚，他实在想不到自己会引来省委书记的"点赞"。

任小波，今年42岁，南充市仪陇县新政镇亮垭村人，在返乡前是一名地道的农民工。小学二年级辍学务农，17岁出去务工找出路，他最大的心愿是"走出穷山，跳出农门"。没文化、没技术，曾在建筑工地跑腿打杂，干尽脏活累活；敢打敢拼，拜师学艺后仅5年时间便成长为建筑公司总工，可谓名利双收。近年，南充积极引导农民工返乡创业，任小波只身返乡创业。

2015年10月，任小波带着多年已无数次在脑中描绘的现代生态农业蓝图返回老家。村里人看见任小波一连开了村里7座荒山，都以为他疯了。"质疑声肯定有，但我自己心里有数。"据任小波介绍，决定返乡前，他用19个月，走遍全国13个省29个市的农业种植基地，最终确定了主营项目。任小波的底气来自于现代农业发展的广阔前景，而外出打拼19年来逐渐开阔的眼界与格局，让他摆脱了当年"跳农门"的局限。

"过去穷，只会抱怨土地'贫瘠'。现在咱重操旧业，绝不能再当'老农民'。"为了带动贫困户发展，任小波还建立了利益联结机制，将肉鸡和果树分散给贫困户托管，可为每户每年带来8万-10万元收入。

高工瞄准家乡资源富矿

同是农村娃，与任小波相比，四川巴中市巴州区福星乡的朱仕高却走了另一条不同的路。1980年代毕业于湖南大学，专攻化学化工系碳素材料专业，后进入自贡东新碳厂工作。从普通技术员到总经理助理再到辞职创业做老板，可谓经历丰富。2011年，他听说巴中要建经济开发区，当天便联系相关部门了解情况。巴中石墨资源丰富，与他所学专业、所从事工作十分匹配。

2014年，巴中市出台优惠政策，鼓励在外人士返乡创业，政策涉及市场准入、贷款、税收等诸多方面。已在自贡、凉山甘洛分别创办公司的朱仕高立即做出回乡的决定。他迅速在巴中市经开区注册成立巴中意科碳素有限公司，并兼并重组了上述两地公司，一期正式建成投产后，便实现净利润约1920万元，这一数字到2015年上升至5000万元，2016年净利润有望实现两亿元。

在朱仕高看来，公司能够成长如此之快在意料之中。他回老家创业并不是贸然选择，在多年前已开始考察筹划。另外，家乡政府各方面的扶持对其项目的发展也形成了有力帮助。

有人问朱仕高为何没有在创业之初回乡投资，而是在外漂了30多年。"因为相对于办企业，家乡更需要的是成熟的企业家"，朱仕高的回应极具启示效果。他认为，创业是风险度极高的一项工程，返乡创业者仅靠"树叶对根的情谊"远远不够。"支援家乡经济发展，应该选择恰到好处的时机，否则不仅不能形成助推力，反而会成为拖累。"

目前，四川约有2400万常年外出务工人员，王红琼、任小波、朱仕高等仅是返乡创业大军中的一小部分，他们在漫长的打工岁月中增长了见识，也有了一定的资金积累，他们将真金白银投向自己所长，他们不断更新理念配合时代大潮，他们不是闭眼"摸河"而是睁眼"趟路"，尽管创业过程曲折，但创业之路却越走越宽……

　　可见，中国迅猛崛起的城镇化道路，离不开一代代农民工的背井离乡的辛苦打拼。回顾农民工兄弟数十年来的奋斗与艰辛，对于中国的城乡大裂变的认识，具有更加深刻的意义。

第二章　城市的拓荒者

一、农民工——城市不可或缺的风景

统计结果显示，近几年来，我国农民进城打工者人数越来越多。据国家统计局2016年2月29日发布的数据，2015年全国农民工总量27747万人，约占中国总人口数的两成。也就是说，每10个中国人中，有两个人是农民工！并且这个数量每年还在以一定的数量增加，越是大中城市和经济发达地区，农民工数量越多。其中70%以上的农民工在县级以上城市务工，30%左右集中在小城镇。农民工大都在建筑业，餐饮、家政、保安等服务行业中就业。

似乎没有多少人注意到，农民工阶层的出现与发展壮大，给中国经济社会带来了什么样的影响，具有什么样的划时代历史意义。

2015年全国两会，李克强总理在接受中外记者提问时回答说："亿万农民工进城，创造了中国经济的奇迹。"

河南省社会科学院研究员巫继学认为，农民工阶层的形成在中国经济体制改革与发展中具有以下战略性意义。

首先，为中国经济起飞持续提供了充裕的廉价劳动力。中国经济改革40年来，源源不断从广袤的农村流出最年轻、最富活力、最有创意的打工者，形成新兴的农民工大军。中国产品何以在国际市场大行其道？中国老百姓何以能

25

顺利实现消费品的更新换代？秘诀就在于"中国制造"便宜！为什么中国制造便宜？一个十分重要的原因就是中国劳动力成本低廉。农民工形成的廉价产业大军至少在以下几个意义上令人关注：首先，他们为中国企业家的原始积累贡献了力量，他们的血汗流进了"第一桶金"；其次，他们是"中国制造"的基石，正是他们的廉价脊梁背负着中国产品的低廉成本；再次，他们的劳动力价值被严重低估，这些被低估的劳动力价值，补贴着全世界的中国商品消费者。最后，农民工的巨大牺牲，为中国制造在西方国家打开了市场，为中国老百姓赢得了更多的购买力。

这支农民工产业大军，与传统意义上的产业大军一样，依然被分为"现役军"与"后备军"两大部分。历史上看，中国工人阶级，历来都是源源不断地从农民中得到补充。中国农民阶级向工人阶级的转化，中国工人阶级数量呈现前所未有的增长，是改革开放以来中国阶级阶层分化的最大特征。农民工进城务工之壮观，震惊全世界。根据国家统计局农调队2013年的资料分析，农村跨乡外出务工的劳动力人数占农村劳动力总数的比例已经达到23.2%，接近四分之一。四川、安徽、湖南、江西、河南和湖北六个中西部大省，农村外出劳动力大约占到全国总量的65.8%。

几乎所有产业，都有农民工进入。在很大程度上，这是新中国成立以来最大规模的工人阶级队伍的壮大与更新，这是一种新生力量，一种将工人与农民联系起来的农工阶层。

其次，解决了农村剩余劳动力难题，为三农问题困境踏出一条坦途。我国曾是一个农民占人口总数80%以上的农业大国，当时，70%以上的人口从事农业生产，70%以上的农产品由农民自己消费，农产品的商品率不到30%。相对而言，美国农业人口比例是7%，中国台北是15%左右。经过改革开放40年的努力，目前从事农业的人口已经大大降低，权威专家称，我国农业人口比例下降到25%左右不是难事。降低农业劳动者的人口数量并不是简单地将农民赶出农村，而是必须通过发展经济，提升整体产业水平，其中特别是要通过提高农业劳动生产力来降低农业对劳动力的需求，并通过产业发展与产业结构调整来吸纳农村剩余劳动力。

事实上，通过经济发展自然合理地实现农村剩余劳动力的城市转移，是一条艰难的路，甚至是一条漫长的路。但中国改革实践证明，比之西方国家，我们的路程要短得多，历时要少得多，速度要快得多。

再者，农民工成为中国农村社会脱贫的主力军。再好的政策，再多的外在资助，只能解燃眉之急，真正能够走出贫困，最终脱贫致富必须自己努力，必须要有自救的内在动力，必须形成脱贫的造血机制，否则再辉煌的扶贫、脱贫都不能长治久安。在反贫困的战斗中，农民工是一支真正的自救队伍。全国平均推算，每个农民工一年的收入约2.5万元，农民外出就业的收入已经占到当年农村人均纯收入的三分之二，并且呈继续增长趋势。这不仅为农民提高家庭收入、改善生活提供了条件，还增强了农民自身对农业的投入能力，为改善生产条件提供了可能。大批农村劳动力外出就业，不仅为城市发展增添了新鲜血液，而且为缓解农村资源承载压力、形成适度规模经营、加快农业现代化和提高农业劳动生产力、为农村建设全面小康社会创造了前提条件。农民收入的增长获得了新的渠道。这是从根本上反贫困，农民工是农民脱贫的自救主力军。

此外，大量农民工进城冲击着城市消费，已经改变了并继续改变着城市消费规模、消费结构与消费水平。如此庞大的人群进城并居住下来，每日都发生着消费，每日都要有衣食住行。首先，使得城市的消费规模得到巨大的扩展。你只要稍微留意，凡是农民工进城的地方，增加了对住宅的需求，食品供应与餐饮业也迅速蔓延，服装、日用品与普通交通工具的需求也随之增加。接下来，便是对教育、文化娱乐之类的精神产品需求。与此同时，政府也加大了公共产品的供应量。这在整体上对城市的消费结构进行了大的硬性调整。宏观上，普通消费的比重加大了，平均消费水平可能降低了，但消费的品类与项目也愈益丰富多彩。同时，一种活生生的消费文化也冲击着城市生活。

另外，对传统中国农村的生育观念起到了根本性冲击。重男轻女，养儿防老，多子多福，在新一代农民工理念中正在淡化。城市人的生活，对于"70后""80后"们来说有极大的吸引力。像城里人那样生活成为他们的目标，成为他们盼望的生活模式。少生优生，已经成为他们的生育新观念。特别是全国各地的青年男女在一起工作与生活，不同地区、不同民族、不同背景下的男女恋爱结婚的概率日益增高，相互学习，优势互补。从遗传学角度来看，这种男女的结合，由于内在差异大，将势必提高下一代人口素质。

另外，推动了中国城市扩容与小城镇的建设。生活在城市中的农民工，尽管是流动的，短期的，临时的，但从整体与长远的角度看，总有一个日益增长的固定居住人数在城市滞留下来。从辩证的角度看，个体的变动的人口组成了整体的固定人口。全国主要中心城市——珠三角，长三角，环渤海——中国最主要的三大城市群，改革开放以来城市人口不断翻番，来自全国各地农村带着梦想的年轻人，一批批地转变为新一代的城市居民。各省区的中心城市何尝不在演绎这种城市扩容剧？如果做一个改革前后的对比，从乡镇到县市，哪里的城市建设没有突飞猛进？哪里的城市人口没有翻番增长？

据有关方面披露，中国农村人口向城镇流动这个人类历史上最大规模的人口迁徙，现在已成为中国主要国策的一部分，到2020年，中国城市人口可能将达到前所未有的8亿，城市化水平可能达到60%以上。几亿农业人口向非农产业转移，逐步改变了中国城乡二元经济结构的状况，形成了世界历史上规模最大的深刻的社会转型过程。

最为重要的是，农民进城打工，事实上在培养着一代新型农民，即农夫转变为"农商"。建设社会主义新农村，一个关键问题是，培养一代新型农民。什么是新型农民？就是有文化、懂技术、会经营的农民。他们将城市生活的新观念，市场经济运行中的新规范，带回了农村。农民工，在很大程度上具有双重品格，他们是农业劳动者身份，他们现今干的是非农产业的活，亦农亦工，忙农闲工，甚至名农实工。由于与农村的血缘纽带，他们往往是城市与农村最为紧密的联系者。特别是进入网络经济时代，由于农民工的出现，城乡互动获得空前发展。

然而，虽然农民离开农村进入城市，而且有的长期生活工作在城市，但他们并没有作为一个平等的群体融入城市社区。有学者分析，农民工作为城市的新移民正处于城市的边缘和底层，无法得到如城里人在生理、安全、归属、尊重和自我实现等方面的满足，并且在城市里还普遍性遭到不公平、不公正、不合理的对待，他们与市民群体相比，不管是基本公民权益还是就业生活水平以及社会福利待遇，都有相当的差距，成为事实上的"二等公民"。

二、"候鸟"，漂泊在城市边缘

城里人对农民工印象最深的，也许是每一年的岁末年首，那如潮如涌的民工大潮。每年春节过后，许多面孔黧黑、衣着简朴的农民工，都会背着简单的行李，带着渴望而迷茫的眼神，通过拥挤的火车或汽车，从农村涌向城市；而在年关将近的时候，这些在城里劳作了一年的农民工，又会带着辛劳一年的收入，带着给父母的礼物，给儿女的新衣，给整个家庭的希望，也带着在城里打工的酸甜苦辣，如候鸟般飞回故乡。过不了几天，他们又像一只只候鸟，纷纷飞出温馨的家乡，飞向陌生的城市，在城里觅取他们赖以生存的食物、寻找他们改变命运的机会。

像候鸟一样在城市与乡村之间飞来飞去的农民工，改变了城市的面貌，也相对提升了自身窘迫的经济状况。然而，许多人只看到农民进城对于转移农村剩余劳动力的作用，只看到农民在城里打工给家乡汇款的数字，却没有正视农民工在城里觅食赚钱的艰难。城里的世界很精彩，打工的生活却很无奈。两亿多农民为了生计，不得不离开亲人，甚至以耽误子女的学业为代价，满怀期望地来到城里，只想凭自己的浑身力气，赚取在城里人看来微不足道的一顿饭、一包烟，以改善窘迫的生活。但是，背井离乡的日子并不好过，为了省钱，很多人只能住在低矮、潮湿、拥挤甚至充满危险的简陋旧房里，吃着廉价的饭菜。他们不但要干着城里人不愿干的重活、累活、脏活，还要忍受着城里某些人的歧视和企业老板的盘剥……打工生活的辛酸，没有亲身经历，难以体会。

笔者在广州、深圳、珠海等城市采访了解了不少湖北农民工的生存状况，总的印象是农民工普遍过得比较艰苦。在城里务工的湖北农民工除了一部分进入工厂外，其他人普遍从事以下行当：建筑装修、搬运搬家、饮食服务、家政保洁等，这些工作大都属于低收入工作，每月1800元至2500元不等，平均月收入在2000元左右。这与城里人相比有着较大的差别。但是，农民工却并不嫌弃，因为毕竟还是比在农村强。正是这一点支撑着许多农民工在极其艰难的条件下留在城市，赚取极其微薄的收入。

在深圳一家鞋厂，笔者采访了几位打工妹，她们说，工厂待遇还算不错，只是需要每天加班，太累。她们每天早晨7点起床，啃几个馒头就开始上工，一进厂房，巨大的机器噪声扑面而来，整个人也就像一台机器一样不能停止了。她们操作机器，打磨手中的鞋模，一直要干到下午6点，中午只有半个小时的吃饭时间。大部分时候，晚上7点过后还要加班，直至晚上9点；每到年前旺季，还要连续三四个月加班到凌晨，当天的加班任务未完成则不许下班，否则要扣钱。许多时候，她们都要工作到凌晨，才能拖着疲惫的身躯返回挤着两百多人的大铁皮房里，横七竖八地躺下睡一会儿，早上7点又得开始一天周而复始的工作。一两个月没有一天休息日的情况也时常发生。

为了让采访轻松一些，笔者转换话题，问她们都到过深圳的哪些地方去转过，好不好玩。出人意料的是，她们几个人没有到深圳的任何地方去逛过，她们说："我们一下火车就在熟人的带领下直接到厂里来了，平时即使有休息日，我们也没有想过到市内去玩，一是没有闲心，二是没有钱。你就是不买东西，搭公共汽车也得花钱。我们赚点钱不容易，哪里还能花那个冤枉钱？不过，哪天不在深圳打工了，我们还是要到市内去看一看的，毕竟以后来一趟深圳不容易。"

在一家家具厂，有位农民工说："现在我们是在用命换钱，工作累一点不说，主要是工作环境太差了，整个车间里都飞舞着木屑和灰尘。上班进去时头发是黑的，下班出来头发就变成白的了，小灰尘吸到肺里堵得很，咳都咳不出来。有许多同伴得了尘肺病，老板都不管。"他还说："我们也知道这样干活迟早会得病的，但我们既没有文凭，也没有技术，不干这种活，又到哪里去找好的工作呢？"笔者给他出主意："你们应该向有关部门投诉，让老板给你们加强劳动保护。"他听后嘿嘿一笑："你这话就说得有点大了，人家给你工资就不错了，哪还给你什么劳动保护？你去投诉了，人家还会愿意要你在这儿工作吗？"

《人民法院报》曾发文指出：进城农民工要么因找不着工作而为生活担忧，要么就是在没有任何社会保障的条件下打工，以微薄的回报透支着自己的生命。

春节前夕，从安徽来到上海打工的农民工张成迎来了一年中最忙的时期，他和八十多名工友每天从早上8点干到晚上11点，不能有丝毫疏忽。在张成的脑子里，从来没有一天工作8小时，一周工作5天的概念。"全上海的服装行业都这样，春节前有大量订单，一定要加班加点完成。"在上海打工已有10年的张成说。

一位在北京打工的清洁工老刘反映，他每天早上5点钟就要起床开始扫地，一直到晚上7点，从没休息过一天，可一个月的收入只有2000多元。"我觉得，每个月怎么也得有一天休息吧，可没办法。"他说，他每天只吃馒头、咸菜和稀饭，"别的吃不起，现在我一顿可以吃4个馒头，要两块钱。说实在的，我来北京这一个月没吃过肉，水果也没有吃过一斤。"刘的妻子和孩子也都在北京打工，但工作常常没有保障，经常是干完试用期就被辞退了。"这时候，日子就更难过了，有来北京时间长的老乡告诉我，很多老板无论你干得怎么卖力，都会过完试用期就辞了你，这样只付少量的试用期工资就可以了。"

可是，在许多农民工看来，有活干就是幸福的，不管这活有多累，有多脏，有多险，有活干就意味着有钱赚。他们最害怕的还是在城里找不到工作，有劲使不上。城市固然充满希望，固然充满机会，但对于文化水平低，工作技能缺乏的农民工来说，要在城里找到一份合适的工作，也是很不容易的。

在长沙的劳务市场，每天都有数百人站在那里等活干，有时等好几天都等不到活。在武汉的大街小巷，许多农民工面前摆着"油漆工""木工""水暖工"的牌子，有时一连两三天都没有雇主请。笔者曾问过他们，找不到工作的时候怎么办？他们说，这个时候最难过了，啃老本，吃身上带的有限的生活费，实在不行，就到附近的菜市场捡人家丢弃的烂菜叶子回来煮熟下饭。最没保障的就是这种"木工"和"油漆工"及"水暖工"，干完一段活后，就得为找下一段活着急。

每到这种工作难找的时候，年纪轻一点，又有点力气的农民工，往往还能靠卖力气赚点糊口的钱。汉口宗关水厂那儿有家很大的建材批发市场，不少年轻力壮的农民工守候在那里，等着进货的客商喊他们装货卸货。当搬运工，运气好时还能挣个百八十块钱，他们相当满足。长沙市马王堆陶瓷城是一个较大的陶瓷零批基地，那里每天聚集着上百名农民工，只要看到有客商来买陶瓷，他们便尾随而来，联系搬运货物的活计，从这一家跟到那一家。若看到客商之间生意谈成了，便马上凑过来，谈他们搬运的活儿。由于从事搬运的人多，互相之间都在抢活干，一些城里人便故意压价，一两吨重的陶瓷搬上四五层楼，四五个人汗流浃背地要干三个小时，每个人得到的也仅仅是几十元钱。

对于干活的艰辛，农民工倒看得很淡。"活再苦、再累我们都不怕，怕的是我们干完活后，一些货主找岔子少给我们钱，甚至不给我们钱。在城里我们人生地不熟，举目无亲，他们硬是不给我们钱或少给我们钱，我们也没有办法，只有打落牙齿往肚里吞。"这位农民工说着说着，眼里竟然溢满了泪水，他说，"有一次我们给人家搬运一车瓷砖，货主发现一箱中破损了一些，便硬说是我们打烂的，不但不给工钱，还要我们赔钱。这种事是明摆着欺负我们乡下人，但我们有什么办法？叫天天不应，叫地地不灵。只好自认倒霉，白干了一下午活，还受了一肚子气。"

一些人总认为农民工进城，赚了城里人的钱，抢了城里人的饭碗，事实上，他们是在极其艰辛的条件下打拼，获得的仅仅是赖以生存的一点血汗钱。他们像无根的浮萍一样在城市里漂泊，他们像钟摆一样在乡村和城市之间摆动，他们更像候鸟，在城市里艰难觅食。

2005年"两会"结束，农村全部取消农业税。恰逢开春时节，农民"抢着种地"的新闻多了起来。许多报道乐观地预期：随着中国农村"零农赋"时代的来临，使农民对未来有了稳定的预期。"三农"问题有望从根本上有个大的改观。

从20世纪90年代中期以后，"三农"问题无非是个习惯性提法——尽管这个提法沿用至今，且被人们提到妇孺皆知的程度，但我忍不住要再次强调，"三农"问题在中国早已演变成"四农"问题。这另一"农"就是农民工。

农民要变成市民，完成城乡身份的置换，除了要在城里找到活干，还要买得起商品房。农民没钱买房，一家子就永远成不了市民。那么，欧美的农民当初是如何变成市民呢？这与他们的土地制度安排有直接关系。当城市工商业、服务产业发展到一定程度时，城市对农民的吸引力促使他们变卖地产，选择到城市安家。当这种举动成为一种社会潮流时，两种正面效应同时产生：一、"市民"的大幅增加，刺激城市工商业的更大繁荣，吸引更多的农村人口向城市迁移；二、农民的减少，使土地资源向留在农村的"种田能手"集中，增加农村的人均单位产出。一般约束条件下，只需"政策稳定"，两种正面效应均可持续形成反复的良性循环，直至彻底完成国家的工业化和城市化。

在这个本真的意义上，化解"四农"问题的治本之策必须着力于减少农民，而不是再把农民"赶"回农村去。而真想把农民"留"在城市，绕不过去的"坎"是痛下决心再行"土改"——现阶段至少使"使用权"真正落实于农民。唯有如此，城乡差别方可逐渐缩小，构建和谐社会才具真正的社会基础。

中央十七届三中全会做出的《关于推进农村改革发展若干重大问题的决定》，加大了对"土地流转"的力度，就是将土地流向种田大户和能手，使一部分农民从土地上解脱出来，安心去外面打工。同时政府也加快了改善民生，扩大了社会保障和福利制度，不断改善农民工的生存环境，取消了一些不合理的制度，为的就是创造条件让农民工尽快地融入城市。

中国农民工，一个庞大的打工阶层，已成为中国产业大军的主力；现今中国农村，80%的家庭有人在外打工，这意味着有7到8亿人与农民工有直接经济关系，加之农村家庭与城市家庭的亲情联系，当代中国有10亿以上的人口关系着农民工！今天，人们大都认同是改革将中华民族的经济提升到了一个新水平，

GDP做大了，中国成为世界上第二大经济体，人们享受到了改革与发展带来的果实。然而，农民却并没有水涨船高地分享中国经济发展的红利。

显然，这是很不公平的。农民工为中国的GDP贡献了很大比例的份额，为中国经济发展付出了巨大代价，与他们获得的微不足道的回报相比，太不相称了。中央连续发的"一号文件"，在某种意义上解读，就是为消除这种不公平所做出的重大政策努力。

三、农民工抢了城里人的饭碗吗？

在现代化都市里，活跃着这样一群人，他们是从土地里剥离出来，又融不进城市的农村现代化蚕蛹——都市农民工。如果这千千万万的农民工不能融入城市，那么我们这个社会就永远不能真正和谐。

有着800多万人口的大武汉，每天就有近百万人口流动，仅在册的暂住人口就达50多万，满怀淘金愿望进城的农民遍布城市的大街小巷，你看，他们是搞建筑的、掏下水道的、卖菜的、修鞋的、摆摊的、挑担的、捡破烂的……无处不在。笔者接触了众多的打工族，体察了他们的生活，为他们的生存状态深感不安。为了生活，他们进城淘金，然而城市并非遍地都是黄金。他们住的是城里最脏最差最乱的地方，吃的是最廉价的食物，干的是城里人"宁可饿死也不干"的活，他们掏大粪、挖下水道，为城市的建设发展出大力、流大汗，可城里又有多少人关爱过他们？

对于农民大量进城，社会上有许多不同的观点和看法，一些人表示担忧。舆论认为，农民大量进城，加重了城市负担。由于中国经济发展还未到富裕阶段，不少领域的设施如交通、能源等基于城市居民的优惠、补贴，都随着大量民工的涌入而加重了国家的财政负担。再者，有人认为民工潮，"流"走了农村人才，因为进城打工者包含许多文化程度较高的青年人，他们因为进城打工而纷纷离开农村，不利于农村建设。同时，农民进城也给农村带来一些问题，如留守儿童、留守妇女和留守老人等社会问题；此外，也带来农村的荒芜与破败，有些村庄几乎成了空壳村，抛荒弃田问题同样严重。这些都不利于中央提出的新农村建设，阻碍了农业现代化进程。中国城市需要发展，农村更需要发展。还有人认为，民工潮冲击了社会秩序。随着城市工人大量下岗，就业面临危机，过去城里人不愿干的活现在也只好干了。因此有的城市做出新规定，禁止一些行业招收外地农民工，而这部分岗位的民工又往往不愿意轻易退出，长此下去，两者之间势必产生矛盾，从而影响社会秩序。

农村富余劳动力向非农产业和城镇转移，是工业化和现代化的必然趋势，也是一个已被世界上许多国家的发展历史证明了的社会经济规律，我们的制度安排和政策措施应该顺应这个规律。但与此并行的却是，近年来由于城市下岗职工增加，农村富余劳动力大量流入城市，造成城市就业压力，一些地方政府在找不出更好的办法的情况下，常采取一些限制农民进城务工的措施和地方法规，形成了就业政策的歧视。在现实中，由于依附于户籍关系的种种社会经济利益差别，城市中的居民产生了十分强烈的排外思想，认为农民工进城是与城里人"抢饭碗"，加剧了城市就业矛盾。时下城市下岗职工再就业难，许多人也迁怒于农民工，认为是这些"泥腿子"挤占了城里人的就业岗位，抢了他们的饭碗。而这种看法其实是有失偏颇的。

首先，农民工和城市劳动力在城市就业岗位上具有相容互补性，并不是互相排斥的。劳动力市场具有明显的层次性，农民工与城市居民在文化程度、职业技能和就业取向等方面均有明显的差异，决定了两者处于劳动力市场不同的需求层次。一般来讲，农民工从事的职业主要集中在被城市劳动者所轻视的"粗、重、脏、苦、险"的岗位，有体力型、劳动密集型、低技术要求、低工资收入的特点，这些往往是城市下岗工人也不愿干的工作。农民工填补了城市的空缺行业，大到高楼大厦、道路桥梁的建设，小到跟老百姓生活密切相关的早点、卖菜、木工、瓦工、漆工、收购、缝纫、修鞋、理发、保姆、病人护理、钟点工、社区保安、城市清洁等，均离不开农民工。农民工所从事的工作涉及城市第二、三产业的上百种行业，可谓五花八门、无所不包。

其次，农民工和城市劳动者可以互相提供就业机会。农民工不断涌入城市，说明了城市的需求程度和农民工的质量、价格，在城市劳动力市场上具有一定的竞争力。农民进城务工的同时，也为城市劳动者创造了就业机会，因为大量农村富余劳动力转移到城市，促使城市面向农民工服务行业的兴起，也促进了城市住宅业、交通运输业、餐饮业、零售业等行业的发展，为城市劳动者创造了一大批就业岗位；农民工在城市取得收入，为了维持其生存和生活，必然会在所就业的城市消费大量商品，通过消费需求带动增加城市的就业机会；农民工创造的收入通过社会再分配成为城市财政收入，这些资金完全可以被城市用于改善其基础设施，改善就业环境，增加就业机会。

大量农民工的存在，为我国工业化、城市化、现代化建设提供了丰富的劳动力资源，改善了流入地劳动力短缺的局面，有助于缓解城市劳动力资源不足的状况，对城市建设起了极大的作用。珠江经济圈的腾飞、三峡工程、浦东开发、京津唐等大中城市重大项目建设都离不开农村转移的劳动力。对城市和工业输入地而言，因流动劳动力是一种廉价的资源，改善了资源配置，降低了当地工业和其他非农产业的工资成本，增强了当地的资本积累能力。据有关部门测算，改革开放以来，15%至20%的经济增长是劳动力部门转移的贡献，农民劳动力功不可没。

所以，农民工的作用是有目共睹的，任何一个城市都不能也不敢说不需要农民工。因为，你住的楼房凝结着他们的汗水，你吃的果蔬包含着他们的心血，你走的路桥消耗了他们的年华。

由此观之，农民工并不是抢夺了城里人的饭碗，而是填补了城市就业的空缺和城市服务功能的空档，拾遗补阙，为现代都市添砖加瓦，增色添辉。没有数亿农民工的汗水和智慧，就没有现代城市基本建设的飞速发展，就没有现代城市第三产业的兴旺发达。时至今日，城乡交流已成为一大社会潮流，工农差距正在日趋缩小，少数城里人还在固执地霸占世袭领地，认为农民工不是城里人，到城里谋生就业没有"名分"，因而流露排外情绪，这其实是一种保守的思想。

当前，党中央提出构建社会主义和谐社会。和谐社会首先应是一个公平的社会，各种政治和经济利益在全体社会成员之间合理而平等地分配。而农民工付出的劳动强度大、得到的回报少就是一种不公平。和谐社会又是一个合作和宽容的社会，城市人能容纳农民工就是一种宽容，排挤就是一种歧视，我们不仅要宽容，而且要团结、友爱。从这个意义上说，和谐社会不仅是一个宽容的社会，也是一个团结的社会，合作的社会。

所以说，农民工的问题如果同构建社会主义和谐社会联系起来，那意义就重大了。

总之，农民工的呼声已形成一股力量，农民工的问题越来越引起社会广泛关注，许多横亘在农民工面前的壁垒将被打破，对农民工一系列不合理的规定也将逐步取缔。都是炎黄子孙，都是民族兄弟，都是国家的人民，我们不能把农民工兄弟看成另类，而应一视同仁。农民工应该在医疗、保险、教育等福利上享受跟城市人一样的同等国民待遇，感受社会主义大家庭的温暖。唯有如此，我们的社会才能够真正和谐健康地发展。

四、挣扎在城市最底层

改革开放四十年，与以前限制农民工流动自由的社会环境相比，我们的时代确实进步了。在改革开放过程中，粮食定量供应制度、副食供应制度、顶替就业制度均废除了，而由于孙志刚一案的发生，最歧视农民工的收容制度也废除了，取而代之的是社会救助制度的推行。更可喜的是，铁板一块的户籍制度也松动了，农民工得以大大方地进城务工。

农民工进入城市，为城市的发展提供了大量的廉价劳动力，他们从城市基本建设，到第二、三产业的发展，以及日常生活服务，遍布几乎各行各业。他们用自己的辛勤劳作丰富着城市的生活，给城市增添了生机与活力。一条条宽阔平坦的柏油大道是农民工修的，一栋栋拔地而起的高楼大厦是农民工建的，一串串快速增长的GDP数字也有农民工的巨大贡献。与此同时，农民工在城市劳动的过程中，也看到了外面世界的精彩，开阔了眼界，增长了见识，学习了知识和技能，积累了经验和阅历，在为城市做出巨大贡献的同时，也为自己开拓了思路，为家乡开拓了眼界。

在父老乡亲的眼中，在外的农民工是有本事挣钱的能人，是有胆识闯天下的英雄。然而，令很多农民工尴尬的是，虽然他们在城里生活，在城里工作，父老乡亲也把他们当作城里人看待，但他们却没有成为城里人的感觉，城市也没有把他们当作城里人来对待——因为他们不能像城里人一样平等就业，他们没有城里人所拥有的社会保障，他们的子女上学还要另外缴纳一笔费用……他们在城乡之间徘徊，在夹缝中生存，并因为自己介于城乡之间的模糊角色而缺少归宿感。

先来看一则事例。《瞭望东方周刊》一名记者对湖北农民工彭红平进行了为期115天的跟踪采访，亲身感受了他艰难谋生的状况——

2005年7月3日，记者在武汉市汉口武胜路的劳动力市场第一次见到彭红平，他腋夹草席，已经两天没有吃饱饭了。此前，彭红平给房县一姓张的建筑老板打工，当初在劳务市场讲好的报酬是每天25元，彭红平干了37天，应得工钱925元，但老板断断续续只给了他200元。6月20日，彭红平在工地拆房时手被砸伤，鲜血淋淋，张老板给了他10元钱的包扎费后，就把他辞退了。

七、八月份是武汉最为难熬的酷暑季节，彭红平先后为5个建筑老板打工，结果只拿到30元。此后，彭红平天天守在劳务市场等活干，其间虽然也给3个老板做过工，却没有拿到一分钱。8月30日，一个姓朱的老板到劳务市场招工，说到新疆的一家大理石厂工作，每月包吃包住还给1000元。彭红平就随他来到了新疆一个偏远的小山村。他说："每天要干12个小时的活，天气冷得很，我带的衣服少，强撑着干了一个月。谁知月底结账时，只给了300元。"10月17日，彭红平到家乡仙桃市杨林尾镇一个私人老板的厂里做工，老板让他白天干五六个小时，晚上干八九个小时，他干了三天，累得受不了；清洗了4吨编织袋，老板最后只给了他30元，又把他辞退了。

在记者跟踪采访的115天中，彭红平有工作的日子只有45天，为此经常吃不饱饭，甚至睡在马路上，三个多月的时间里总共只拿到现金415元，这期间共为

11个老板打过工，没有一个老板与他签订过用工合同，也没有一个老板真正兑现了在劳务市场上承诺的条件。

这显然不是个特例。事实上，农民工活儿难找、工钱低、待遇差是非常普遍的现象。清华大学社会学教授李强主持的一项调查表明：33.5%的农民工遇到过没有工作的情况，其中47%的人是一至两个月的短期失业。温州的一项调查显示，有24.75%的人曾经长时间失业，失业给农民工造成的恐慌是非常严重的。北京和广东的调查显示，有三分之一的人曾经遭遇过"身上没有一分钱"的情况。西安交通大学人文学院的徐昕宽进行的调查数据显示：76%的农民工在城市中都有没活儿干的经历，从"失业"的时间上看，失业在三个月以下的居多，占89%。一部分农民工的失业情况还非常严重，而农民工在失业以后，大部分是靠积蓄或向老乡和亲友借钱度日，只有36%表示回家，还有3%选择其他方式，经调研组追问，他们表示"就靠乞讨度日"。

过去，我们对于城市职工下岗和失业比较重视，却很少有部门关心农民工的失业问题，事实上，失业对于农民工的打击，要比下岗对城市职工的打击沉重得多。因为下岗职工还有稳定的住所，还有一定数量的生活保障金，还有家庭的直接支持，而漂泊在城市的农民工几乎一无所有，只要出现失业，就有可能导致全面的生活危机。

农民工一天不做工，第二天就可能没了早餐。是的，农民工进城找工作并不轻松，一方面是因为农民工普遍文化水平低，工作技能欠缺，许多工作不能胜任；另一方面则是因为城市缺乏对农民工的就业指导与就业组织。现在，农民工找工作的方式基本上还是老乡帮老乡，熟人找熟人。通常是吃住在老乡那里，然后白天出去找工作，运气好的能很快找到工作，运气不好的长期没有着落，有的只好被迫返乡。全国总工会一项调查显示，我国农民工就业靠亲友介绍或自找门路的占93%，有组织或通过劳务市场介绍的仅占7%。深圳的一项调查显示：农民工找工作，通过职业介绍所的占3.0%，靠家人或亲戚帮忙的占24.5%，由政府组织劳务输出的占5.6%，靠报纸上招聘信息的占4.6%，由老乡介绍的占25.5%，工友推荐的占7.9%，在劳务市场找的占2.6%，自己寻找的占

18.2%。这说明通过血缘或地缘关系，靠亲友帮忙或推荐是主要渠道。

我们再看看其他工作环境的农民工的生存状况，这部分群体在企业务工。据《半月谈》记者的调查显示，当前许多用工单位违反《劳动法》，超时劳动，加班加点现象十分惊人。在一些劳动密集型的制衣、皮革、玩具、电子企业，老板为了赶货期而无休止地要求工人加班，有的甚至三四个月不安排一天休息，每天强迫工人加班4至5个小时。《劳动法》规定工人每月加班延时不得超过36个小时，而不少企业人均月加班在60至100小时，少数企业人均月加班140至150小时，致使一些体质虚弱的员工昏倒在岗位上，甚至有极端的死亡案例。根据中国社会科学院对珠江三角洲的调查，打工妹每天工作11至12小时的占46.7%，13小时以上的占25.8%，工作在毒性环境中的占21.2%。另据《南京零距离》2005年4月29日报道，短短三天时间里，在南京某建筑工地上，就有两名农民工因过劳而死亡。

除了无休止地加班，还有一些企业老板视农民工的生命为儿戏，无视劳动保护法，工人劳动环境相当恶劣。佛山一家化学品生产厂的女工在没有防护措施的情况下操作，双手变成畸形。东莞市一家台商电脑箱厂由于设备陈旧又无保护措施，工伤事故严重，许多工人的手指被机器切掉。

农民工每天要承受长时间、大强度、高风险的体力劳动，而收入又相当微薄。广东省总工会2013年7月的一项调查表明：该省外来工收入徘徊在1200元—1800元之间，其中约四分之一还是加班加点所得。东莞市大岭山镇家具厂工人的工资普遍为每月1300元左右，而东莞市的最低工资标准为每月1200元。

以上是他们的收入情况，他们的工作和生活环境更糟。上百个农民工共用一个无法下脚的厕所有人会认为是耸人听闻。事实上，男女共用一个洗澡间也不是稀奇事，临时搭建的简陋的窝棚就是他们的"家"。

以下，是《南国早报》报道的一个场面——

在南宁市明秀东路一处建筑工地上，一间大约10平方米大小的厕所阴暗不堪，粪水已将厕所过道淹没，几块砖头成了上厕所的踏脚点，脏水渗过墙壁流到了路上。这就是上百个农民工日夜使用的厕所。而他们的浴室同时还是临时

"洗菜房"，该浴室没有门，只用一块破布作为帘子，地面上留着不少青菜叶子，各种破衣服、洗发水瓶、香皂盒随处可见。

有浴室也算生活条件不错的。记者上下班的路上要经过一个工地，经常发现农民工就在工地上对着水龙头洗澡。许多城里人认为这是不文明的行为，可是，他们并不知道，这些农民工根本就没有条件得到一个洗澡的浴室，为了基本的生存，他们怎么能文明得起来？

据《重庆晨报》报道，重庆市组织了3位调查员，走访了国内8个省市，就"农民工养老保险"展开调查。调查结束后，他们同时感叹道："打工者真苦，让我们心酸！""干的是最脏、最累、最苦的活儿，厂房温度高达60度，一家三口挤在6平方米的窝棚里，通常吃的是一菜（炒素菜）一汤。"调查员胡世博这样描述他调查过的典型的农民工之家。

一个周末，在浙江玉环县一家生产塑料的厂房附近，调查者走进了一个打工者的家，他们看到，这个家庭的"住房"，墙体由单砖砌成，房盖是石棉瓦，完全像建筑工地的临时工棚。室内有一张床，床的两头搭着大人、小孩的衣服。女主人一家来自贵州省，两口子都在塑料厂打工，小孩已经8岁多了，在附近的民工子弟学校读书。"一家三口的生活、起居，以及煮饭都在这大约只有6平方米的简陋空间里，他们的艰苦可想而知。"调查员罗开国感叹道。

谈到农民工的饮食，罗开国说，就调查所见，绝大多数农民工，在绝大多数时候，都是一菜一汤，菜是小菜，偶尔打打牙祭都是吃肥肉。罗开国印象最深的是，有不少农民工有着"包身工"的遭遇。在东部的一家木业加工厂里，调查人员发现，工人在上班时间上厕所，必须穿上厂里特别准备的黄马褂，未穿黄马褂者，要被罚款。而一百多人的车间，黄马褂只有一件。

有关文件规定：集体住宿的工人每人住宿面积不得少于2平方米，而有些工人宿舍仅10平方米的房间住着20多人。有的老板在市场专门买价格最低的霉米给工人吃，有的工人食堂长期以萝卜、白菜作下饭菜，三月不知肉味。

舒心工作、享受生活是农民工渴望和梦寐以求的，什么时候能让他们生活工作的环境好一些呢？然而低廉的工资，恶劣的工作环境，让他们觉得愿望离现实太遥远。江西一位姓钟的农民工在福建泉州打工，妻子在一家包装厂上班，每天工作12个小时，工资只有五六百元，丈夫在一家建筑工地上，有活干时一个月能赚一千多元。夫妇俩在外租了一间10平方米的住房，月租费为100元，两人每月吃饭花费300元，这是当地最低的标准。过高的生活费让他们平时根本不敢多花钱，只有勒紧裤带过日子，否则打一年工都带不了多少钱回家。由于收入少，支出大，许多农民工又希望每年能积攒一些钱回家，为此只能将自己的生活标准一降再降。

笔者在深圳某建筑工地上，曾经看到过农民工吃的早餐：黑乎乎的稀饭，带酸味的馒头，就着一点咸菜，这就是他们维持整整一个上午体力劳动的能量。卫生状况也让人担忧：锅台上布满厚厚的灰尘，地下到处都是污水，买来的菜随便放在地下，几只老鼠不时蹿来蹿去。住的工棚都是用石棉瓦、旧油毛毡、毛竹搭起来的，连门都没有；床是用木板、芦席、竹排支起的，上面铺着草席和旧棉絮。农民工说，工棚低矮点没关系，就怕不安全，一遇到刮风，棚顶上吱吱嘎嘎，摇摇晃晃，真担心会塌了。下雨时，外面下大雨，里面下小雨。冬天日子不好过，四面透风，为了取暖，大家都挤在一块睡。夏天也不是滋味，蚊叮虫咬，又痒又痛，无法入睡。

打工生活虽然艰难，但对于善于忍耐的农民工来说，他们并没有因此而退缩，也没有因此而放弃。不管多苦多累，他们都要顽强地在城里扎下根，站住脚；因为他们知道，这是改变他们命运的机会。

有段时间，中央电视台二频道播出在高温下作业的农民工的实况，节目的后半部分，看着因中暑而昏迷的农民工被人用担架从工地上抬下来，记者问大夫近日接触的中暑患者情况，医生说：农民工占70%以上。接下来报道的，是一个南方城市的炼钢厂。高师傅等几个农民工在50多摄氏度的炼钢炉前工作，钢水流出时他们身边的温度高达百度，汗不停地流。还有焦炭工，太热太累了就在墙根底下、树下蹲一会，或大口大口地喝凉水！

听说有的城市发文：暑期让农民工放假回家，这无疑是对农民工的关心。

可又听说好多农民工不同意，原因是放了假他们挣不到钱了。为了挣钱他们不得不干那些脏、累、苦的活，不得不忍受高温的煎烤。

众所周知，农民工的生活标准并不高，他们离乡背井外出打工的目的就是为养家糊口供孩子上学。试想，如果他们的目的基本达到了，还需要那样卖命吗？现阶段农民工在城市建设、采矿、修路等方面都做出了重要贡献，是国家建设中不可缺少的重要力量。为了保护好这支队伍，就不要让他们的力量透支，不要让他们的汗流尽！

中国人民大学教授胡星斗站出来为农民工说话了——"农民工"离"新工人"有多远？以往，国人的目光主要集中在"三农"问题上。但目前，影响中国社会的稳定与发展、深受人们关注的还有农民工问题——农民工身份被歧视、户籍制度的藩篱、农民工非工非农的尴尬处境、农民工的候鸟状况与稳定的产业工人和技术工人的短缺、廉价劳动力的被剥削；农民工的维权、养老、医疗、就业、失业、工伤、培训、文化娱乐；农民工子女的教育、留守儿童的健康成长，以及农民工对城市治安的影响等等，成为摆在中国政府面前的极为棘手的问题。统筹解决"四农"特别是农民工问题，已经迫在眉睫。

最首要的，是给"农民工"正名。"农民工"这一名称本身就是二元户籍制度下歧视的产物。世界上极少有哪个国家的公民在做了工人之后仍然被冠以农民称呼的。在中国目前的语境中，带有"农民"二字往往就带有鄙视的含义。所以，笔者建议，以后的文件、媒体应将"农民工"改为"新工人"。

所谓"新工人"，就是打破户籍隔离制度的新型劳动者、新的稳定的产业工人。他们是中国城市现代化的生力军、中国经济增长和社会发展的原动力，他们，是中国城镇化进程的主力军。以后，政府的决策、统计，城市的建设、财政预算，以及劳动保障、社会保障等等，都必须考虑到"新工人"的因素。

对于目前的中国来说，解决"新工人"的问题十分迫切，对于中国的稳定与发展也有着直接的意义。至少，我们在建设社会主义新农村、解决"三农"问题的同时不该忽视统筹解决"四农"问题的重要性。统筹解决包括"新工人"在内的"四农"问题、塑造"新工人"，关键是要进行"大户籍制度"的

43

改革，转变农民的身份，推进农民、"新工人"的社会保障、劳动保障以及平等权利的事业。

目前，全国许多城市正在进行户籍制度改革，尝试着建立城乡统一的户口登记制度。这是具有重大和深远意义的社会改革，是一场中国式的平等权利的革命。但现在有一种看法，认为户籍制度改革的重点是剥离户口上的附加功能；户口的附加功能过多过繁，使得户籍改革牵一发而动全身，难以推进。所以，现在的户籍改革只能删繁就简，致力于统一城乡的户口登记，以后再谈附加功能的改革。

这种"狭义"的户籍制度改革具有简单性、策略性的特征，是值得肯定的，但我认为，在进行"狭义"的户籍制度改革的同时也必须重视"广义"的户籍制度改革，或者说"大户籍制度"改革，即户口登记改革与教育、医疗等"附加功能"的改革应当同时并进，否则，户籍改革的成果十分有限。

在目前的二元体制背景下，可以先进行形式上的户籍一元化的改革，以身份证号码进行社会管理，将个人信用情况、社会保障资料等纳入统一的身份证号码数据库中，类似于美国的社会安全号管理。同时，改革档案体制，将个人档案电子化、透明化，进入身份证号码数据库，供全社会查询。这样，先形式上统一城乡居民身份，然后再从实质上也就是从教育、医疗、养老等方面逐步统一城乡待遇。

笔者这些设想产生于2010年左右，可喜的是，国家已经在大力推动"大户籍制度"的改革，很多省份已经实施，比如笔者所在的湖北省就已经全省实施。这对于"新工人"的社会保障及平等权利方面具有重要的意义。

五、职业病的危害

对于人类而言，最重要的就是健康，最宝贵的就是生命。农民工也不例外，虽然他们受文化教育制约，受经济条件限制，离开农村进入城市主要从事一些危险性大的工作，但并不意味着他们的健康就不重要。保障他们的身体健康，保护他们的生命安全，是社会最基本的义务，更是各级政府应尽的责任。

然而，农民工遭受伤害的报道频频见于报端。

2011年8月，《工人日报》对广西农民工职业病情况进行了调查，广西职业病防治研究所对国家级贫困县马山赴海南金矿打工农民进行的专项普查显示，被抽查的360人中矽肺病的检出率达42.22%。

33岁的女打工者潘凤林的遭遇具有代表性。2002年，从未走出过广西河池市大化瑶族自治县江南乡的潘凤林，来到广东顺德一家玻璃厂找到了工作。在一间约20平方米的车间里，潘凤林和5名工友负责切割玻璃。车间里只有一个小小的排气扇，她戴着普通布口罩，在粉尘飞舞的环境里，每天从早上8时干到晚上8时。每月工资900元，老板扣除住宿费100元，伙食自理。尽管环境艰苦，潘凤林还是干了4年，并用攒下来的钱给家里盖起了两间大瓦房。好日子似乎熬出来了。

然而，2005年8月，潘凤林感到胸闷无力。11月，病情越来越重，她从一楼走到二楼都累得不行，只好辞职回家。经过一段时间的辗转求治，她被确诊为矽肺病———种潘凤林听都没听说过的疾病。村里一起在玻璃厂打工的4位老乡，经检查也全部患病。她们"不知还能不能活5年。"潘凤林沉痛地说："早知得这病，多少钱也不来打工！"

潘凤林沉痛的话语让我们心酸。外面的世界很精彩，外面的世界也很无奈。当年，潘凤林就是看到村里的年轻人外出打工后都衣着光鲜地回来，才动了心思外出打工的。4年下来，她被确诊为矽肺二期，同时有严重的肺结核、气胸等并发症。潘凤林的主治医生说："两肺基本纤维化，拍出来的片子白茫茫一片。"

《职业病防治法》规定：从事高危工种的人，应该受到岗前职业病防治知识培训，得到必要的防护措施，并定期进行职业健康体检。这些，潘凤林和她们的工友们一概不知，也没有任何人告诉过她们。

患病民工的生命危在旦夕，控诉、谴责，都成了马后炮。人人生而平等，可是有些企业往往把最危险、最繁重的工种留给了农民工，而且不做任何提醒，不采取任何防护措施，更谈不上对打工者进行职业病知识的培训。可是，负有监管责任的职能部门又在做什么呢？

有关专家认为，尘肺病是一种老的职业病，但大规模地发生在农民工身上，暴露的则是新问题。专家主张应该加强职业病防治的责任感。首先是加强政府应承担的职责，并加快建立农民工职业病防治及医疗保障体系。但愿，潘凤林的悲叹"早知得这病，多少钱也不来打工"能唤醒某些人的良知！

类似潘凤林的悲剧还有很多。2011年6月25日，广东省妇联接到一封来自四川的投诉信，投诉人张科贵说东莞市清溪镇安加鞋厂有十多名工人得了职业病，有的已经瘫痪，他的妻子王崇凤就是其中之一，她的腿全部肿了，很快就会瘫痪，因此特向他们求救。

当广东省妇联费尽周折找到王崇凤时，发现情况比想象的还要严重。王崇凤和一个叫蒋冬梅的女工都被确定为正乙烷中毒，可是这些可怜的女工还蒙在鼓里。中毒严重者被狠心的老板辞退，先后离开工厂返回了家乡。

这起被当地称为"安加事件"的职业病案例敲响了保护劳动者权益的警钟。事情被曝光后，广东省妇联、各新闻媒体、总工会、卫生厅等部门联合起来，迅速在内地四省展开搜寻、解救中毒女工的行动。到7月10日止，先后有13名中毒女工被找到，接到广东治疗。

随后进行的调查表明，安加鞋厂使用的胶水罐上并没有按《职业病防治法》规定标明胶水的成分、危险性和急救处理方法。安加鞋厂一厂2楼车间没有通风渠和抽风机，加温隔层处也没有排气管道，有毒、无毒作业场所混在同一车间内，员工所戴的胶手套和棉手套都不符合要求。

就在"安加事件"逐步得到解决的时候，有人尖锐地指出，值得关注的不只是这起中毒事件，而是掩藏在事件背后的"安加现象"——众多的劳动者，特别是大批外来打工者的权益保护问题。事实上，安加鞋厂的生产环境还不是行业中最恶劣的，还有许多制鞋厂的生产环境会对工人造成更大的伤害。

来自重庆市万州区赶场乡祝家村四组的农民工马开琼在黄氏富华饰物有限公司电镀部工作了8年，因长期接触三氯乙烯物品感染、中毒，导致急性出血，坏死性小肠炎，并发静脉炎、急性肾功能衰竭而死亡。中山市小榄镇骏利喷漆厂5名打工妹相继苯中毒，被误诊为贫血后遭到工厂解雇，后经多方医治无效的两名打工妹被家人送到广州医院才确诊为苯中毒。

广东省卫生厅调查表明，佛山、深圳、江门和惠州等农民工比较集中的地市，普遍存在着有章不循、地方领导对职业危害认识不足、化学品使用管理混乱等问题，有的企业使用的化学品不标明化学成分、毒性和防护等说明，只用代号来代替，或全是英文字母。本来就没有劳动保护意识的农民工，常常在不知不觉中身体受损乃至中毒，有的人竟然把中毒当作感冒、头痛、贫血等病来治疗。

广东省职业病防治研究院院长黄汉林介绍：20世纪90年代以前，广东的职业病70%为重金属中毒，1989年有溶剂中毒占职业病的比例只有25%，2001年上升到80%，整体情况与发达国家相似。伴随着工业生产高速发展，新职业病种类也在迅速增加，如正乙烷、三氯乙烯、二甲基甲铣氨等溶剂中毒；中毒行业也在扩展，电子、五金电镀、制鞋、印刷、宝石加工等行业都发现了职业病的发生，连以前较少发生职业病的制衣业也因为化学品的使用而引发了职业病。而令人震惊的是：不少工人居然不知道天天接触的天那水、洗板水、胶水、粉尘、铅烟铅尘等都会对身体造成损害。一位在电子厂工作的女工，甚至每天用沾满天那水的布清洗机油，因苯中毒而患上再生障碍性贫血。

东莞安加鞋厂女工中毒事件，把全社会关注的目光引向了职业病防治这一话题。然而，政府的监管，媒体的评论，全社会的谴责，并没有引起所有企业的重视，像安加鞋厂这样忽视工人劳动保护而导致悲剧发生的厂家依然不少。

新华社2006年7且2日报道，安徽省阜阳市阜南县中岗镇田拐村年仅17岁的少女赵珊珊在江苏苏南一家电子厂打工时，因职业恶急性中度性中毒性肝炎、职业性皮肤病病情严重，无钱医治而死亡。同赵珊珊在同一车间工作的还有另外几名职工也同时中毒，这再一次敲响了职业病防治的警钟。

2006年春节刚过，17岁的少女赵珊珊来到江苏苏南一家企业工作，该企业做手机振动马达和LCD金属配件。刚过一个月，赵珊珊脸上突然红肿，身上出现大量红斑，手脚也有些浮肿。她到昆山市和苏州市的医院求治，效果都不明显，身上带的几百块钱也花光了，只好请病假回了老家。

3月22日，赵珊珊回到家中，其父亲赵春义见到女儿，不敢相信自己的眼睛，"脸肿得很大，原来白皙的皮肤变成红色，吃不下东西，说话有些无力。"之后，赵春义带着女儿到多家医院检查，最后诊断为"中毒性或过敏性肝炎""过敏性皮炎""重症肝衰竭"。4月8日，赵珊珊不幸死于家中。

随后，苏南某市疾控中心对赵珊珊所在的包装车间其他39名员工进行了体检，结果显示，2人肝功能异常，2人面颈部出现皮疹，最终认定均符合三氯乙烯中毒表现。

矿难，也在吞噬着农民工的生命；建筑工地上，伤残的民工数以千计；他们怀揣着进城淘金过好日子的梦想，却拖着残疾的身体无奈地回到家乡，度过残生，他们的内心该有多痛苦？工伤事故中，八成罹难者都是农民工，他们建设城市却把自己的命丢在了打工的城市，叫人忍不住流泪。有关资料表明，在近年发生的诸多工伤事故中，农民工占了伤亡总数的80%以上。这让我们震惊之余不禁发出诘问：为城市做出巨大贡献的农民工，为何频频受到伤害？谁能为农民工撑起一把安全伞？

六、不该被拖欠的工资

春种夏忙秋盼收，黑土地、黄土地、红土地，承载着农民朋友维持一家老小生计的希望。然而，数以万计的农民背井离乡，出汗流血，在钢筋水泥构成的城市里辛勤工作。以下是笔者10年前在《中国改革》杂志社做记者时深入他们当中，记载他们在城市外来者、劳动者、贡献者等多重身份笼罩下的生活。

沈阳市于洪区的西瓦窑、杨士和东陵区的凌云、长白等地区，外来民工居住较为集中。在于洪区杨士乡一个"民工村"，记者在一处平房前佯称租房，房东老太太热情地介绍了一间靠西山的小屋，房子看起来很单薄，屋里黑乎乎的，只有一个很小的窗户，除了一个火炕外，没有多大活动的地方，伸手就能摸到屋顶。看到记者对每月150元的房租有些犹豫，房东赶忙说："很多民工住的还赶不上这儿呢。你过几天想租还租不着呢。"据当地人介绍，每年都有大量的外来民工住在这些低矮、阴冷的出租屋内。

与在城乡接合部聚集的进城务工农民相比，一年大部分时间都在建筑工地上度过的民工们生活质量更让常人无法想象：母亲一天只喝两碗稀粥，5个月大的婴儿嗷嗷待哺；宿舍四面露天，只能用草帘子挡风遮雨；在附近菜地里找点菜叶子，清水一煮就算改善生活了。

记者在宁官的一处民工房里看到的情景触目惊心。"大家有个规矩，酒、肉之类的词不能说。"民工们说。由于要不到工钱，这些农民白天到工地找钢筋头卖钱买大米熬粥喝，去附近菜地找白菜叶子和萝卜缨子，用清水煮着吃。工地上有一个5个多月大的女婴，孩子的母亲沈文英向记者诉苦："我跟着孩儿他爸来这儿打工，没承想现在困住了。奶水不够，我只能给小丫头喂点粥。"

"我们在工地拼命干活，但平时在街上、公共汽车上，城里人总要翻白眼，嫌我们脏。"湖北农民陈军攒了一肚子怨气，"我们凭劳动挣钱，也为这个城市创造财富，为什么不能被平等对待呢？"记者采访中结识的民工大都有和陈军一样的困惑，他们身上弥漫着一种习惯于市民的疏远、城市管理者的冷漠甚至粗暴的麻木情绪。

当时，沈阳干建筑活的工人平均月工资约1200元，一年净收入15000元左右，还要养活农村的家人。而且，沈阳拖欠民工工资的事件时有发生。来自孝昌县的农民黄桂平告诉记者："北方的建筑工程每年年底基本上就不干了，但我们从老板那拿不到钱，不得不在城市待上三四个月，除了要钱啥事也不干。时间一长，大伙吃住无着落，这是逼着我们在城市闹事呀。"

这几年建筑企业拖欠民工工资的情况层出不穷，习惯了"逆来顺受"的农民工对此反应强烈。记者采访时经常被民工们围住，他们宣泄着各自的悲愤情绪。重庆市丰都县农民秦光军一直领着30多个农村亲戚干建筑活儿。见过"大世面"的他向记者说出了心里话："总有人说民工在城市挣钱，回家盖了楼房过好日子，但那是极少数。绝大部分人是在农村种地赔钱，没法维持生活才出来打工的。都说农民和城市人比有土地可以保命，但我们拿不到工钱，不仅自己在城里没法活，而且保命的地也没钱投入种不起了。不像城里人失业了，政府还能出钱养活，我们不挣钱，一家老小可怎么活？其实人被逼到这份上，不就是为了一张肚皮吗！"

记者在采访时发现，民工们为了讨回工资往往盲目地四处上访、告状，但由于他们不了解政府的职能分工，在一些政府部门受冷遇，甚至出现一些单位推诿的情况，使他们对政府部门失去信心。一些民工甚至认为政府是在帮着城里人欺负民工，产生恐惧和排斥心理。

另据调查，民工大规模涌入城市已有20多年的历史，不少民工的第二代已在城市出现。他们渐渐摆脱了当初因陌生和恐惧产生的逆来顺受的绵羊性格。由于长期处于一种被欺负与压制的状态，他们还产生了由极度自卑心理演化出的暴力反抗倾向，不相信法律和政府，形成一种以暴制暴的处世哲学。一些民工告诉记者，他们现在除了怕戴大盖帽的外，谁都不怕，经常是个别民工受欺负会有一大帮民工相助，有时候连为害一方的黑恶势力也不敢招惹他们。

一些专家学者对目前城市"民工部落"存在的问题表示了忧虑，越来越多的农民涌入城市谋生已是必然，民工如果长期游离于城市管理体系之外，就极易成为"城市流民"，产生社会不稳定因素。一方面是政府三令五申不准拖欠农民工工资，另一方面却是民工讨要工钱爬楼堵门的新闻不断；一方面是劳动法规不断完善，另一方面却是大量的农民工劳动权益得不到保障；一方面是国家倡导要对农民工平等相待，另一方面却是农民工处处遭受歧视……这些问题的症结在哪里？农民工离城市产业工人究竟还有多远？

毛福忠是广西壮族自治区全州县威水乡寿湾里村的一个外出农民工，今年49岁。他和妻子靠家里承包的几亩地和养的几只鸡，每年只有1000多元的收入，却要供养3个子女上学。

2011年8月，就在他为儿子上大学的费用发愁时，一名包工头来村里招工，去南宁，每天工资30元。为了孩子，毛福忠踏上了他的"希望之路"。

工作是在南宁的一个荒山上搞绿化，毛福忠和伙伴们白天开荒种树，晚上就睡在地上，还要时时防备野兽袭击。这样干了几个月，就在包工头许诺发工钱的前一天，包工头突然消失了！上了当的民工们有的抱头痛哭，有的捶胸顿足，有的破口大骂，但一切都于事无补。

"我自己白受了这么多苦是小事，可儿子上大学却给耽误了啊！"毛福忠悲痛不已。没有学费，最终放弃上大学的儿子也成了一名打工族，继续着父亲的路。

在外出打工的农民工中间，拿不到工钱是很普遍的事。除了包工头卷款潜逃外，还有就是死拖着不给。民工中间流行一句话："欠钱的是爷爷，要钱的是孙子。"正在北京打工的小吴深切地体会到了这句话。又是一年春节临近，家家户户都忙着准备过年，而小吴却一直为被拖欠的工资苦恼不已，只好又踏上漫漫讨薪路。

2011年初，小吴来到北京一家建筑公司干活。对这份工作，小吴还算满意，虽然每天要工作将近12个小时，但每天40元的报酬却是一笔可观的收入。工作的艰辛令人无法想象：夏天站在钢筋楼板上，顶着太阳暴晒；冬天迎着高空凛冽的寒风，吹在身上有如刀割一般。临时搭建的工棚里，十几个人挤在大通铺上，夏天屋里温度高达40多摄氏度，蚊子多如牛毛；冬天，薄薄的墙板根本无法挡寒，在毫无取暖设备的屋里，常常在睡梦中冻醒。大白菜就着干馒头，就是每顿饭的伙食。

对小吴来说，比恶劣的生活条件更难熬的，是对老婆孩子的思念。"但为了家、为了孩子，这些我都忍了，就盼着工程结束，拿到钱回家团圆。"

小吴盼望的日子终于来了，2012年元旦，工程结束，该到结算工资的时候了，小吴激动得几夜睡不着觉。然而，工头只冷冷地抛下一句"上面拖欠的钱下不来，工钱暂时没法给"。听了这句话，小吴差点疯了。最后，工头又撂下一句话："愿回去的给点路费，不愿回去的一分钱没有！"

小吴真后悔当初没有和公司签合同，只是达成一个口头协议。但当时的情况是，老板不肯跟他们签合同："要签合同就别干了，反正有的是人干！"为了混口饭吃，大家都没签。

气愤的工人们每天堵在老板办公室门口要钱，但老板总不露面。他们去了法院，被告知没有合同无法受理；他们去了信访部门，说让回去等消息，也杳无音讯。后来，在劳动执法大队的主持下，双方进行了调解，公司老板暂时付给工人每人3000元工资，但小吴应得的工资是9600元。不过，这总比一分钱不给强，于是，和其他工人一样，小吴怀揣着3000元钱，无奈离开了北京。

第二年，小吴再次来到北京打工，换了一家建筑公司。这次比上一家稍强点，每个月能领到300多元生活费，但最后能否全额拿到工资，小吴仍不知道。

七、农民工40岁现象

丁彩凤站在广州火车站广场，脚下堆着一大堆行李和提包，准备回四川老家。40岁的丁彩凤看起来像是50岁的人，眼眶深陷，橘黄色的头发中露出灰白色的发根。

丁彩凤来东莞打工已有10多年了，之前还在深圳打过工，因为几乎总是加班，她根本没有闲暇时间学习什么技能。这次回老家后她不会再来了，年纪大了，都40岁的人了，很少有工厂要她当普工，还是回家种地吧！

丁彩凤说，一个女人家，这就是命，年轻出来打工，老了回去种田、带孩子，除此之外也没有什么好做的。

这是一个很普遍的场景。

从20世纪80年代起，一个又一个躁动的身影，告别"日出而作，日落而息"的生活模式，义无反顾地闯进陌生的城镇，汇聚成让人叹为观止的亿万农民工大军。他们以打工者的身份吃苦受累，高强度地劳动，支撑起经济的快速发展；他们建设城市，创造财富，提供税收，已成为中国实现城市化、工业化、全面建设小康社会的中坚。如今，他们中的许多人已青春不再，靠打工那点收入又不足以在城里置业安家，"打道回农村"差不多成为他们必然的归宿。据《新快报》报道，珠江三角洲许多工厂在经过20多年的飞速发展后，正面临着民工"40岁现象"的冲击。所谓"40岁现象"指企业老板出于控制成本的需要，最大限度地压低用于外来工的各种支出，大部分外来工由于无法获得培训和提高的机会，日复一日、年复一年地重复着低水平的劳动，大量年轻的外来工在被体力透支之后，在40岁左右又被企业抛弃，只好无奈地逃离城市。"农民工40岁现象"集中反映了工业化对农村劳动力资源的掠夺性使用。"用之而不养之"，农村又怎么可能无限制地成为城市劳动力资源的"蓄水池"？对这些农民工的培训、就业和社会保障更应引起全社会的重视。

2015年8月14日，笔者来到位于武汉市汉口利济北路的职业介绍服务中心。从中午一直到下午5点，记者观察发现，年轻力壮的农民工最受用工者青睐，一批批不断被招走。而年纪稍大些的则明显不受欢迎，迟迟找不到雇主。今年47岁、老家在河南新县的张大亮，等了4天也没找到合适的工作。他对记者说："外出打工就要趁年轻，稍微上个年纪，到哪儿都没人稀罕！"49岁的瓦工王来福也告诉记者："尽管有些手艺，找工作也是一年难似一年！"

不仅仅是张大亮和王来福。在各地的大中城市里，许多打工多年、人到中年的农民工正切实感受着被城市"嫌弃"的滋味。他们虽然工作更熟练、对城市更熟悉，但在体力和精力开始走下坡路的情况下，正被一批批新下火车、源源不绝赶来的年轻劳力所替代。

笔者在一些地方的劳动力市场了解到，很多用人单位在招收农民工时，都明文要求年龄在40岁或者35岁以下，一些服务行业甚至要求25岁以下。而中年农民工之所以会被企业淘汰，主要原因在于体力的下降。京郊某仓库招收民工30名，年龄限制在35岁以下。负责招工的翟先生告诉笔者："工人主要干装卸的活，年纪大的怕扛不住。"而一家被服厂只招收25岁以下的工人。招工者说："我们常年夜里加班，干的也是精细活，年纪大的精神不好，手头也不活，基本就没法用。"

笔者了解到，很多农民工中间流传着这样一句口头禅："20定出山，50必收山。"讲的是年轻村民必定外出打工，到了中年必然回家。但是，离开城市，很多"收山"回家的农民工又遇到了新的难题：他们大部分不会干农活，他们或者从零学起，或者成为农村闲人。

多年来，许许多多十八九岁甚至十五六岁的农村孩子，初中毕业离开校园后就来到城市，走进工厂、工地、车间。由于基本上与土地"断绝"了关系，依靠工资生活，他们在实质上已经转化成为产业工人的一部分。而这些产业工人在城市奉献了青春回到农村老家后，种种不适应不可避免。

笔者在湖北东部一带农村采访时了解到，外出打工的年轻人回家休假的时候，一般都不会操持农活了。一是因为他们大部分都是离开学校直接进入城市，根本没有进行过农业生产的训练。二是因为他们往往是家庭的收入主要来源，比较受宠，所以家长也很少要求他们再去干农活。这样，当地农村对打工者有这样一种略含贬义的说法："在外当孙，回家作爷。"

改革开放40年来，一批批从农村到城市的打工者很多已经青春不再，而他们在无奈中回家以后，也很难适应农村的生活方式和农业劳作。在河南省罗山县铁铺乡青棚村，一名姓吴的村干部告诉笔者，在他们村，打工多年又回到家中，年龄四十岁的人很多。这些人大致可分成三类。第一种：就是用打工的积蓄做些小本生意，或者买辆农用车搞些运输；第二种：不会干农活，也找不到好的生意门路，只好在家带带孩子、打打牌，主要依靠多年的积蓄维持生活；第三种：回到农村突然失去了定位，不知道该干什么、能干什么，沉溺于打牌、赌博，将积蓄挥霍完了事。这位村干部总结说，打工回来的明显跟农村不合拍，讲究吃穿，不愿下田，半个劳动力也比不上。

2010年4月，某科研单位的一份抽样调查显示：进城农民工以青壮年劳动力为主体，年龄从15岁到64岁不等，占90%的人为44岁以下，其中15-29岁者占了一半(51.5%)。按说，40来岁正是壮年，农民工却为何纷纷离去？

记者调查后发现，农民工之所以在40岁以后干不下去，主要是因为体力透支，同时没有其他资本可供出卖。原因是农民工普遍文化素质不高、技术技能缺乏，根源则是企业对农民工"用"而不"养"，出于控制成本的需要，从不提供培训和提高的机会，造成他们技能老化、无法与年轻人竞争。

有识之士认为，这些40岁左右、在城市工作超过10年以上的农民工，有一定的技术和经验，本是企业的宝贵财富，不该让他们回流到农村，而应采取有效措施，加大对他们的培训工作，使他们的经验和技能能为企业发挥最大效用。

还有专家认为，农民工40岁现象还有一个重要原因是城市没有给农民工提供基本的社会保障，导致农民工病无所医、贫无所助、老无所养，被迫返回家乡，去寻求最原始的家庭保障。

北京工业大学人文社会科学院讲师杨桂宏认为，农民工是社会上的弱势群体，社会保障应该覆盖这一群体，但事实恰恰相反。农民工社会保障的缺失，最直接的深层原因就是以户籍制度为基础的二元社会保障体制。眼下尽管全国很多地方进行了户籍制度改革，但并没有完全形成让农民工在城市生活下来的制度引导，也没有真正改变原来以户籍为基础的二元社会保障体制，自然也就解决不了农民工社会保障缺失的传统体制方面的原因。

知名国情专家胡鞍钢教授认为，眼下全国约有2.77亿农民外出务工，这是人类有史以来最大规模的人口迁移活动，但相对于中国8亿农村人口、5亿农村劳动力来说，这一迁移过程还将延续到2030年甚至更长时间。20世纪50年代建立的城乡两种不同身份居民的户籍制度，让农民工处在一个"既不着村，也不着城"的环境里。他呼吁城市不仅要善待农民工，关键还要使他们参与工业化、城市化进程并分享成果。

中央党校"三农"问题研究中心主任张虎林认为，农民工参与城市的建设和生产，是城市运转不可或缺的重要组成部分，却被隔离在城市社会保障之外，这种取而不予的做法，本身是对农民工合法权利的剥夺。他从统筹城乡发展的角度分析，农民工回归农村，不利于"三农"问题的解决和社会经济的发展。企业应该纠正这种短视行为，政府和有关部门应该出台相应政策和措施，引导城市留住这些曾经奉献了青春的外来工。

40岁，对于城市中的企业精英们来说，正是走向事业巅峰的年龄。但是，对于许多民工而言，40岁却意味着他们在城镇打工生涯的终结。

"40岁现象"不仅集中反映了工业化对农村劳动力资源的掠夺性使用，是典型的"用之而不养之"，而且也体现了农民工融入城市的困难。

八、新一代农民工的梦

对很多人来说，"新生代农民工"还是一个崭新的词汇。2010年1月底，中央一号文件《关于加大统筹城乡发展力度，进一步夯实农业农村发展基础的若干意见》发布，文件高度重视农民工问题，并首次提出"新生代农民工"这一概念。所谓"新生代农民工"，主要是指"80后""90后"这批农民工。而这个崭新的词汇背后，是一个庞大的年轻群体。根据国家统计局2010年3月份公布的《2009年农民工监察调查报告》，2009年全国农民工年龄在16岁至30岁的占了农民工总数的61.6%。

新生代农民工不像他们的父辈老一代农民工那样逆来顺受，只要有活干就行。他们学会了为权益抗争，用自己的知识水平和技术选择行业，干体面的高薪的活，所以他们总是不停地跳槽。他们敢向老板提出加工资，他们有了钱也敢去高档场所消费。他们梦想自己成为一个城市人，像城里人一样体面地生活；他们懂得情调，追求生活质量，他们的精神生活比老一辈农民工丰富，他们学会了上网，聊微信，他们在用知识改变命运。他们铁了心不回家乡，他们没有种田的经历，回家也不会种田。所以，他们对土地没有感情，不愿意再当农民……

就是这群年轻的农民工，来自乡村，梦想在都市扎根，身在城市，却拥有着农民身份。他们脱离土地，但又不是市民。社会学家们把他们称为双重边缘化人群。相对于他们的父辈而言，他们的知识水平、技能素质、对未来的期望都要高出很多，他们不再愿意当城市的过客，更愿意成为城市的主人。当梦想照进现实时，无疑使得他们在融入城市时面对诸多的壁垒，身份的尴尬、就业的瓶颈、社会保障和公共服务产品的缺失，对他们的梦想是一个打击。为此，记者走进了部分城市新一代农民工的生活，倾听他们在梦想与现实之间的心声。

摆脱老一代城市过客的身份，积极地融入城市，是新一代的农民工的主要想法。汽车喷漆工小吴，20岁，阜阳市利辛县人，初中毕业就在合肥学汽车喷漆。小吴留着流行的发式，头发染上了非常时尚的黄色，身上穿着运动服，家里父母都是老一代农民工，记者采访他时，他正在用手机打游戏，聊到他与父母平日收入与消费问题时，他说，父母基本上不花什么钱，每天挣钱就是为了他和正在读书的妹妹以后的生活做打算；而他自己每个月两三千块钱的工资，除去食宿基本生活需要外，还要在手机、上网、买衣服、朋友间娱乐活动等处消费，工资对于他来说基本上是月月光。因为拥有一手技术活，再加上他现在还年轻，在言谈中小吴师傅一直坚信自己以后能够成为城里人，回到乡村是他所不能接受的。

在合肥市桐城路上从事餐饮业的黄芸小姐，生于1980年代中期，月收入两千元左右，父母都是农民，但她从离开乡村的那天起就立志成为城里人，她已经在合肥务工三年时间，先后从事过销售、出纳、服务员等工作，目前她还在积极地学习其他的技能，争取有好的机会，更好的发展。谈到未来，小黄告诉笔者："现在工作太累，而且工资待遇不高。正准备看有没有好的发展机会。"

和小吴一同打工的小陈，父亲在建筑工地当小工，但高中毕业的小陈一直在合肥从事汽车美容装潢工作，他告诉笔者，他的梦想是以后在合肥开个汽车美容店，自己做老板。在合肥打拼就是为了摆脱土地，成为名副其实的城里人。谈到未来期望时，小陈对记者说他想像合肥市民一样，能够享有在保险、福利、买房等方面的优惠。

西装虽然穿在身，其心依然是农民心。由于受成长环境局限，与同龄的城市人相比，新一代农民工大多底气不足，文化知识欠缺，社交礼仪匮乏，甚至连过马路都争先恐后。在采访中，笔者就见到这样一位来自四川的女青年杨平，她告诉笔者，当年她看了《郎才女貌》电视剧，里面那些在写字楼里上班的白领一族给她留下很深印象。"从那时起我发誓，一定要当一个在写字楼上班的白领丽人。去年9月份我在深圳一家餐厅做咨客，中间到过两家单位应聘做前台服务员，结果面试官挑剔我走路外八字太明显、爱习惯性地搓鼻子等等。

我很想弥补这方面的不足，可是社会上这类学校的学费贵得吓人，我读不起，哪里才有适合我们的礼仪培训学校呢？"

新生代农民工受教育的程度较老一辈高，他们更希望从事体面的工作，在考虑收入的同时，更为重视雇主的人格、人品及自身是否受尊重。

新生代农民工的娱乐方式已多元化，且与城市居民的娱乐方式基本一致。在众多休闲方式中，选择上网、玩手机的新生代农民工占一大半，看电影、K歌分列二、三位。没有娱乐配套设施，已成为地理位置偏僻的生产企业留住"新生代农民工"的阻碍。

今年24岁的吴金泉换工作很频繁。从2012年高中毕业到2005年，维修、售卖电动车，奶茶店的工作他都只干了一个月；流水线工人、推销保险则"体验"了几天便放弃了；他最长的一份工作——汽车维修也只维持了8个月。现在，他正帮父母"打工"。

不喜欢工作的氛围，是吴金泉频频换工作的原因。"不太能接受老板或领班的指责。"他说，他不会采取过激行为，但会辞职。没找到工作时，他就回到父母租的房子里，一起生活。工作对于他来说，并不为了赚钱，而是一种"体验"。他不愿意进工厂，因为不自由，不能忍受每天在流水线上重复同样的动作，"对自己没有提升，自我价值得不到实现"。

南宁市高新技术产业开发区劳动人事局的工作人员告诉记者，上半年该部门刚帮助一个企业招了几千名工人，填补了用工需求。下半年，该企业又要招4000余名工人。"每天招进工厂的人数与辞职的比例是1：1，有时甚至出现'负增长'。"韦仕泓说，待遇、工作环境都会造成流动性大的情况，但工人年龄年轻化也是因素之一。"年轻人不喜欢稳定，他们更喜欢去闯"。

在不少企业眼里，新生代农民工流动性大，是这个群体责任感不强的表现。"他们有些好高骛远。"制鞋公司"麦斯"的试做科科长陈春梅说，"他们希望得到上升的机会，却不知道要踏实工作，努力学习。"

20世纪90年代初，陈春梅到广东打工，属于中国较早的一批农民工。1999年她进入"麦斯"，经过5年的工作、学习，才完全掌握了制鞋流水线上的每一道工序。她认为，比起上一代农民工的吃苦精神，新生代农民工"差远了"。

陈春梅说，老一辈农民工被骂甚至被打，都会咬着牙挺过去。大多数老一辈农民工对加班很珍惜，只想多赚钱，养家糊口，回老家建房。而大多数新生代农民工因为家庭经济条件有所改善，不再担任家庭"顶梁柱"的角色，对加班没有热情，甚至想休息时直接旷工，宁愿被扣钱，也不请假，"对制度并不尊重。他们抗压力弱，对管理层的批评很难接受。现在我们转换管理方式，学着站在他们的立场想问题"。

在广西嘉路人力资源顾问有限责任公司招聘部负责人龙丹看来，频繁地更换工作并不是一个好现象。一份工作的适应期可以达到两年，5年内应对自身有明确定位，10年工作应呈发展趋势。若只是因为初期的待遇或工作环境与理想有偏差，便立即跳槽，对自身的经验积累是不利的。龙丹说，新生代的务工人员受教育程度都相对较高，他们需要的是对理想的坚持。

2010年，因为"不想从事一辈子的工作，只是按下机器按钮"，何珅选择了另一家"上升空间大"的工厂。3个月后，他当上了领班。但不久，他再次选择了辞职，回到南宁，开始在汽车美容店、餐饮店、电气公司进行不同的尝试，他甚至不辞辛苦去当搬运工。"这样可以了解市场。"何珅如此表述他不断换工作的理由，他要创业。

2010年5月，何珅与人合伙的"草根吉他店"开张了。他把父母接到身边一起生活，希望通过创业，在这座城市安定下来。可是开张半年了，吉他店还没能赢利，"淡季还要倒贴房租"。之后，何珅只能每天清早6时去帮人卖衣服，赚取生活费；下午看店，常常忙到半夜回家。"收入不高，精神绷得很紧，无法在这座以悠闲著称的城市悠闲地生活"。希望像市民一样，在这座城市生活，成了何珅的愿望。

与何珅一样，王涛的目标也是自己创业。王涛说，他很好动，现在最想去学跳舞，开一家健身馆，"器材像社区里街道旁的健身器材那样简单就行。"他说，因为没资金，买不起昂贵的设备。但他现在仍没想好如何淘到"第一桶金"，开始他的创业之路。

1983年出生的黄金宝也曾有创业的念头，但最终放弃了。在广西南宁的德洲医药有限公司工作了5年，深思熟虑后黄金宝发现创业不适合自己。现在，他安心地工作，希望通过努力得到上升的机会，留在这座城市。黄金宝说，公司里"90后"务工人员常轻易辞职，说要去创业。"没有资金、能力不够、社会阅历浅，怎么创业？"

　　该公司行政部部长肖玉莲也有同感，新生代农民工个性张扬，对未来充满好奇，但也很迷茫。肖玉莲说，离开公司的，大都说去创业，他们总想着改变，但具体做什么生意，基本没有人有答案，在这样的情况下一走了之。而老一代农民工则谨慎许多，离职前，他们会想好手上的资金够用多久，自己的退路在哪里？但这并不说明新生代农民工不上进，"他们学东西比老一辈更快"。

　　广西民族大学学报哲学社会科学版执行主编秦红增教授，曾长期在珠三角地区进行农民工问题调研。秦红增说，影响新生代农民工融入城市有三项指标：工作、住房和子女教育问题。随着新生代农民工人数增加，各种问题会逐渐凸显。

　　秦红增说，城市化进程的加快，失地农民不断增多。生产力水平的提高，让农村劳动力剩余人口增加。这股推力将这个群体推向城市，他们很难再回到农村。另外，城市里强大的信息流、物流、人流也吸引着年轻人。在南宁，这个年轻的群体大多从事服务行业。若他们无法融入城市，会造成城市、乡村人口的隔阂，这个群体会像候鸟一样四处迁徙，城市的服务机制将很难有效运转，城市系统将处于无序状态。"近年来的用工荒就是他们不能很好融入城市的表现"。目前，在国家政策没有调整的情况下，新生代农民工的融入需要社会组织的引导和帮助。

　　共青团广西区委维护青少年权益部部长孟幻认为，在现有的条件下，新生代农民工生产、生活方面的问题，如经济、住房、子女教育等方面都还需要国家政策和制度给予保障，比如户籍、教育制度等。这个庞大的群体，若不能很好地融入社会，将引发一系列问题。"去年我们做调研时发现，少管所里新生代农民工的人数超过一半"。

孟幻说，目前，共青团正努力帮助这个群体融入城市。据了解，共青团南宁市江南区委员会的"新居民青年之家"建设，就为新生代农民工提供培训，帮助他们在城市"站住脚"；联合城区开展"百姓小舞台"等活动，从心理上让这个群体找到家的感觉，使他们融入城市。

九、重新定位

亿万农民工流动的伟大意义是极其深刻的，我们决不可等闲视之。应当看到，农村剩余劳动力进城务工，是建设和发展市场经济的产物，没有大量的农民从土地上转移出来，中国就不可能有真正的现代化。民工潮是好事。2006年3月27日《国务院关于解决农民工问题的若干意见》对农民工作出了充分肯定："农民外出务工，为城市创造了财富，为农村增加了收入，为城乡发展注入了活力，成为工业带动农业、城市带动农村、发达地区带动落后地区的有效形式，同时促进了市场导向、自主择业、竞争就业机制的形成，为改变城乡二元结构、解决"三农"问题闯出了一条新路。返乡创业的农民工，带回资金、技术和市场经济观念，直接促进社会主义新农村建设。"

返乡创业的农民工，带回资金、技术和市场经济观念，建设家乡，不仅为家乡经济建设增加了活力，也是促进中国城镇化率提高的重要手段。笔者的家乡贫困老区大悟县每年打工收入1.1亿元，相当于这个县的财政收入，这大笔的资金流回家乡，推动了地方经济的发展。在这个县的大新镇，外出打工的农民有近百家在镇上盖起了楼房和商店，形成了三条商业街。临近的三里镇也通过农民打工的收入将原来的两条街发展成了五条街，有力地推动了城镇化发展。大新镇在外搞建筑的就有2.1万多人，50多个工地，多数在沈阳，占了沈阳建筑市场的1/4，并且一扎根下来就是10年，以至于当地被称为是大新人的天下。

从某种意义上来说，民工潮是农村、农业、农民诸多问题的具体、集中的表现，这是在市场及各种壁垒打破之后和农村以至整个社会人财物大流动前提下出现的，这是发展中出现的新现象、新问题。可以说，市场开放之后，使人口过多这一影响我国经济社会发展的"硬约束"日趋充分地暴露出来，如何认识、分析、引导这一现象是一个不可回避、不能绕过去的巨大的研究课题和社会工程。

民工潮可以让人更好地分析、透视、探微中国农村的现状与改革，发展与方向。

在流动中重新组合的不仅仅是劳动力，相对欠发达地区的大批民工到发达地区拓展了生存空间，新的技术、新的观念以及数以万亿计的资金也随之回流，为贫困的故乡注入了新的血液。农副产品与工业产品的相互补充，产业布局的跨区域调整分工，人不分南北，地不分东西，物不分内外，打破了过去画地为牢的行政疆界，按照经济规律重组大市场的新格局也初露端倪。人尽其才，地尽其利，物尽其用，货尽其畅的理想在市场经济的大潮中正在变成现实。这是农村希望的曙光。

中国劳务输出大市——湖南省永州市，70万农民工在2010年寄回家乡的劳务收入近20亿元。近几年，湖南全省输出劳动力达480万人，其中仅在深圳就有35万人，在湖南流传着这样一句新俚语："湘江北去，民工南下"。

而"中国打工第一镇"——四川省金堂县竹篙镇的调查分析，到2011年为止，金堂县常年在外打工者达16万人，2011年通过邮局汇回2.72亿元。成功的打工者主要把钱用在镇区建房办产业，致使竹篙镇区面积由过去的0.5平方公里扩展到1.5平方公里，在镇区规划区内从事个体经营的有400多户，外出务工者在镇区兴办的私营企业有22家，资金投入达5000万元，竹篙镇由此繁荣起来，辐射功能增强，成为方圆20公里左右，辐射中江、简阳两县的中心镇。据统计，四川全省有42万打工仔由开始挣钱填肚子，之后赚钱盖房子，进而回乡投资办厂子。

湖北省通城县是一个典型的人多田少的山区县，近几年，有10万农民洗脚上岸，洗脑进城，走向全国，甚至走向世界。"打工经济"已经成为通城县与工业经济、城镇经济并驾齐驱的第三驾"马车"。

温州走出了30万人，却带回了大量资金、信息和技术，使温州成为著名的富庶之地，成为中国民营经济中心。

东西南北中，每一个省份都有着自己相对贫困的角落，正因为穷，他们才要走出去。就像东部沿海地区走向富裕之前，一样有过难以摆脱的贫困阴影困扰。在相对落后、欠发达的广大中西部地区，也正是因为这些走出去的人们，带回了文明，带回了富裕的光芒，迅速照亮了这一方水土和一方人民，这是在贫困的荒漠上新生的一块块"绿洲"。

在鼓励劳动力外出的同时，政府要加强因势利导。首先，从中央到地方要建立健全劳动力市场管理制度，克服农村劳动力向城市转移的盲目性，从宏观上要控制劳动力转移的规模、流速、流向；第二，农村人口密集富余劳动力较多的地区，应立足挖掘农村内部潜力，鼓励他们在家乡办企业，并提供优越的条件，发展乡镇企业和第二、第三产业，使农民离土不离乡。想一想，农民兄弟的家乡富裕了，有了自己的企业，他们还会背井离乡，走出家乡的黄土地么？他们在自己的企业打工或当老板，可以促成自己的家乡城镇化的进程，他们穿着和城里人一样时髦，观念也和城里人一样新，去城里联系业务，用微信、QQ洽谈买卖，手提笔记本，开着小轿车，城里人还会小看他们么？农村富裕了，经济发展了，一切事情都好办，全面建设小康社会指日可期。

既能让农民走出去闯天下，又能回乡创业，重点还是要培养有文化、有知识、有技能的新型农民。各级政府当前最为要紧的还是要加大农民的职业和技能培训，并把农村教育与精神文明建设结合起来，加速开发农村的人力资源，打造一批新型农民。

2008年9月5日—7日举行的"21世纪论坛"上，中国社科院社会政策研究中心专家杨团认为，"农民大规模进城不现实，'就地多元化'是中国农民走向现代化的必由之路。""只有农村实现了现代化，农民实现了现代化才算是中国实现了现代化。"建议按照中国城市化的设计目标，加快下一步的小城镇建设，到2030年就是"两个对半"，如果一半人口转为城镇人口，到那时总人口为16亿，即使完全达到这一发展目标，也还有8亿人留在农村。即便城市化率超过60%，也仍然会有40%的人口，6.4亿人在农村生活。所以，农民既不离土也不离乡的生活方式将长久地存在，要使中国农民实现现代化，"就地多元化"是必然的选择。专家分析，虽然我们认可未来"三农"问题解决要靠城市化，要通过加快城市化建设解决农村劳动力转移的问题，这是根本上解决"三农"问题的基本方向，但我们也不得不承认，就地多元化转移农民是"三农"工作的当务之急。必须看到"就地多元化"更符合我国当前大多数农村的实际情况，在这方面，各地积累了不少实践经验，比如，北京一些郊区区县探索出了"四在农家"农民现代化模式，以富在农家、美在农家、乐在农家和学在农家为载体，让农民就地享受到现代化。山东等地探索出"村企合一"模式改造农村，让农村就地实现城市化。

如此一来，农民有了自己的企业，有了自己的创业天地，又能在农村享受到现代化生活，就再也不会蜂拥而至去城市淘金，因为家乡有淘不尽的金。乡镇企业办好了，既带动了家乡的富裕，又减轻了城市压力，更缩小了城乡差别，就真正实现了城乡一体化，推进了中国的城镇化建设，实现了中国的城乡大裂变！

2010年元旦，前中共中央总书记胡锦涛前往河北省廊坊市三河市农村，察农情、问农事、讲政策、谈发展，强调了今后农村的五个发展重点：一是"统筹城乡发展"，缩减城乡差距；二是"改善农村民生"，提高农民收入；三是"扩大农村需求"；四是"推进现代农业"，改变当前农村的"小农经济"格局，实现农村集约化经营，发展现代农业，提高农业单产和实际收益；五是加快"城镇化"，减少农业人口，减少农民对土地的依赖，以工助农，推进城镇化步伐。

以浙江温州"农民城"为典型代表，我国东部、中部乃至西部，就有数以千计的中小集镇迅速崛起，这是农民的杰作，沿海地区的农村城镇化步伐日益加快，不少乡镇几乎让人辨别不出都市与乡村的差异。出尽风头的江苏华西村，湖北福星村等，已经成为一个个颇具现代化意味的小城镇。而农民城龙港也在发展中撤镇建市。在珠江三角洲、长江三角洲的不少集镇则正在规划未来十年、二十年内建成中等城市的蓝图。在眼下某个县的行政区域内，用不了太长的时间将会生长出一个又一个崭新的中小城市，这已经不是痴人说梦，只不过是时间长短而已。

在珠江三角洲，有将近1000万外省农民打工大军，其中仅仅深圳一个城市就有两三百万，打工大军已经成为当地经济和社会发展不可缺少的重要力量。当地的吸引力并不只是针对外地的农民，广州市一所高等院校的年轻博士马军就叩开了顺德一家乡镇企业的大门，成为乡镇企业的第一位"博士打工仔"。紧随其中，博士丁小江也从天府之国的四川来到珠江三角洲，成为他的同事。全国至少有30万名像马军、丁小江那样的各类科技、经营、管理人员等"才子"投奔岭南农村，施展身手。

数以百万计的泥脚杆洗脚离田后，开厂设店，办企业搞公司，干起了一番轰轰烈烈的大事业，在市场风雨的洗礼下，迅速成长为能量巨大的企业家，这一阶层的日益壮大，给乡村带来了一系列巨大的影响，成为中国乡村甚至整个国家最大的质变因素。

农民的观念在变，农民的行为在变，农民的素质在变，农民的心态在变，农民的活动半径在变，农民的视野在变，农村的习俗在变，农民的价值取向在变，农村的生活内容在变，农民关心的话题在变……

我们欣喜地看到，部分在外打工的民工已开始"回流"，他们长期在外打工，积累了一部分资金，掌握了一定的技术，学到了一定的管理方法，掌握了一定的市场渠道，主动自觉地回乡创办经济实体，推广实用新型技术，改造传统农业生产方式，志在改变家乡的贫困落后面貌。

他们是黄土地上的希望，是农村新生产力的代表者，是农村经济新增长点的孕育者，是传播现代文明的使者，更是中国城镇化的生力军。他们给自己，给农村社会带来的将是文明、民主、平等和法制，是思想观念、价值观念、道德观念的进化。

他们，是促成中国城乡裂变的重要力量！

裂变意味着超稳定的、旧的平衡被打破，意味着不合时尚的历史沉淀的荡涤。但这种裂变绝不是一刀割断过去与未来的联系，而是推陈出新，不断产生新质的过程。与裂变相伴随的必然是中国乡村社会的多角度、全方位的重构，是新的层面上的排列与组合。正在各地乡村所发生的种种迹象告诉我们，从裂变走向重构——这一有着久远历史意义的变革的大画卷已经徐徐展开……

第三章　农村留守妇女生存状况调查

农民工的大规模进城，中国城乡结构的重大改变，留守妇女做出了重大的牺牲，中国农村"男耕女织"的传统生存方式产生了重大的改变。

由于受收入、户籍、住房、教育等约束，打工农民要携家带口在城市立足并非易事。所以，许多农民工不得不把妻儿留在农村，自己单枪匹马到城市闯荡。据不完全统计，近年我国外出打工的男女比例是7比3。由此，农村形成了一个以妇女、儿童和老人为主体的庞大留守群体，人称"386199部队"(38指妇女，61指儿童，99指老人)。据有关部门2013年数据，全国共有8700万农村留守人口，其中2000万儿童、2000万老人和4700万妇女。留守妇女是最大的一个群体，她们要照顾家中的老人、小孩，要家务、农活一肩挑，长年累月独自撑起一片天地；劳动强度高、精神负担重、缺乏安全感。

人们在颂扬"留守妇女"坚毅刚强，吃苦耐劳的同时，却不能对她们身上所承受的压力熟视无睹。

一、女人的村庄

随着社会和时代的变迁，丈夫长期外出打工让一部分农村妇女开始了漫长而孤独的留守生活。她们因为特殊的身份和社会地位，已经被视作一个特殊的群体，"留守妇女"这个庞大的社会群体，肩负着本应由夫妻双方共同承担的劳动和家庭抚养、赡养责任，她们用勤劳的双手撑起了农村的半边天。亿万户农村家庭就是因为有了这些可爱的女人才得以井井有条。

可是，"留守妇女"的生活状况不尽如人意，家务农活的强度、整个家庭的责任重担、丈夫不在身边的寂寞、家庭关系的紧张、突如其来的疾病……种种问题无时无刻不在困扰着她们的生活。关注"留守妇女"，致力于解决"留守妇女"问题也是"以人为本""关注民生"的具体体现。而在社会主义新农村建设的大背景下，又该如何解决留守妇女问题？没有另一半的日子对于她们来说该怎么度过？留守让她们的生活发生了怎样的改变？她们的心理与普通的农村妇女又有什么不同？

带着这些问题，笔者从2008年至今，一直在关注农村留守妇女生存现状问题，并进行了一些相关调研。

我们先概括一下她们的生活状态和社会背景，再在后面的章节里详细展开她们的生存故事。

留守妇女是近些年来的一个社会"新"群体，国家目前也没有相关的法律、法规来保障她们的基本权益和基本生活。笔者在调查中发现，80%的留守妇女要承担农活、家务、抚养孩子、赡养老人、经济副业5项工作。95%的留守妇女表示她们已经被家人默认为唯一的劳动力，甚至她们自己也默认了这一点，但她们对于当前的劳动强度不堪重负，每天的劳作在很大程度上超出了女人的能力范围，让她们感到疲惫不堪。

调查发现，当前农村留守妇女的年龄跨度大，尤以中西部地区为重。就全国范围来看，"留守妇女"中20-30岁的占12.9%，30-40岁占38.90%，40-50岁占33.58%，50-60岁占0.76%，60岁以上占14.50%，以中年为主，老年也占有相当大的比重。

文化程度低

这个群体中很大一部分人不识字。笔者认为，主要是由于她们当时所处的社会整体受教育水平偏低且农村重男轻女观念严重，导致适龄女童受教育程度普遍偏低，直接导致了留守妇女维权困难，生理健康、医疗卫生等种种问题容易出现。她们当中对于国家保障妇女权益的法律、法规及政策等"很了解的"仅占0.69%，"了解很少"的占65.97%，"一无所知"的占33.33%。80%的人没有维权意识，90%遇到困难不会寻求政府或妇联等相关部门帮助。

值得一提的是，笔者了解到，相关政府、妇联等部门给予过帮助的农村留守妇女仅占13.19%。这不得不引起笔者的思考，这些"留守妇女"维权意识的缺乏和健康的无保障，仅仅是因为她们自身水平欠缺吗？按照国家政策以及政府、妇联等相关部门的职能，这些贫困的家庭理应得到适当的扶助，这是"留守妇女"们以及家人的合法权益。调查显示，"留守妇女"的家庭经济状况都不容乐观，这类家庭的子女理应在教育方面享受优惠政策，但在访谈中30%的妇女对学校有相关政策毫不知情。此外，"留守妇女"其他权益的实现也受到严重的阻碍，例如，在湖南某地，当地很多"留守妇女"以及她们的家庭都有寻求务农以外的生计的想法，但是没有家底的她们在贷款过程中遭遇了严重的阻碍，据她们的描述，当地只有少数较富裕的家庭得到了农村信用合作社的贷款，发展起了其他产业，越是困难的家庭越是难以贷款以谋出路。

心理压力大

丈夫外出打工，将教育孩子、处理各种关系尤其是家庭关系等棘手问题也交给了留守家庭中的妻子，这在无形中也加大了留守妇女的压力。据笔者调查，留守妇女和老人相处十分融洽的占37.50%，关系一般的占49.30%，关系紧张的占13.19%；有69.69%的留守妇女认为丈夫离家后对孩子的影响不大，3.03%的认为对孩子没有影响，21.21%的认为影响很大。而教育孩子又是一项非常重要的任务，留守妇女劳动负担本就很重，再加上自身教育程度很低，孩子的教育状况就可想而知了。不仅孩子的前途往往耽误了，留守妇女也经常伴随着沉重的心理负荷。

农忙季节，由于大部分留守妇女的丈夫在打工地回家的费用太高，只有5%外出打工的丈夫会回家帮活。为了及时完成耕种，留守妇女们会几家共同合作完成。这样互助的例子是值得广泛推广的。值得庆幸的是这些年农用机械的推广在一定程度上减轻了农活负担，很多妇女自己都会驾驶农业机械了。

人的生存是需要精神的，对留守妇女来说，贫困的精神生活加重了留守生活的艰难和寂寞。长期与丈夫的分离已经让她们的爱情只剩下空空的等待，空白的精神生活自然得不到填补。丈夫长年不在身边，留守妇女们忍受着心理和生理的双重负担。笔者在调查中发现，95%的"留守妇女"不敢和村里的男人多说话。传统思想占有主导地位的她们，总是怕遭人闲言碎语。可是被繁重劳动压着的她们，又该用什么来支撑自己日复一日的单调生活呢？

内心的寂寞无人填补，全家的责任时刻压在心里，强大的压力却没有人可以倾诉，只能一人扛下。疲惫不堪的身体在一天的劳累后没有一个可以依靠的肩膀，女人原本柔弱的心也没有可以寄托的载体。很多人对于远方的丈夫，心中都有莫名的担心，她们担心在外的丈夫会抛弃自己。

根据访谈结果推断，当前大概有5%（不包括和丈夫的关系存在矛盾但尚未爆发的）的"留守妇女"的婚姻已经破灭。造成夫妻关系紧张，婚姻破灭的原因很多，其中男子变心的情况占80%。最为常见的是外出搞建筑工程承包的和搞建筑装潢的人，有了钱之后就变心。大多数婚姻失败的家庭都有"第三者"插足。长期分居造成生活寂寞，加之家庭责任感不强，一方在外，手中有了钱就嫌弃家中的老婆，经受不住诱惑，感情上"另起炉灶"，婚姻亮起了"红灯"。有的打工者开始和家中还有联系，按时寄钱回家，渐渐地从经济上到生活上，对妻子儿女不管不问，把家里的一切都扔给了"留守妇女"。或者他们隐瞒劳动收入，外出几年音信全无，妻子对他们的收入状况并不了解，他们只给家里少部分的钱，自己却大吃大喝，尽情享乐。

精神生活匮乏的另一个重要原因是她们普遍学历很低。在农闲时节，她们也没有什么正规的娱乐方式，最多打打麻将打打扑克，更多时候是几个留守妇女坐在一起唠唠家常。加之近90%的"留守妇女"所在的村子没有可供大家娱乐、活动的设施，空虚的闲暇生活为她们原本就黯淡无光的生活又蒙上了一层阴影。

健康状况差

留守妇女对自己的身体状况往往不是很在意，她们对妇女生理健康常识与保健知识了解得又很少，身体不适也不会及时就诊，通常不吃药或随便吃点家中有的药。因为怕去看医生花钱太多。而且由于很多妇女连字都不认得，找到药也是盲目地吃甚至过量服用，她们认为药吃得越多，病好得越快。更严重的是有些药物已经过期，她们宁愿吃掉也不舍得扔掉。

二、《新娘歌》

月儿弯弯照新房，十家新房九家荒。

新郎打工去城市，留下新娘守空床。

新娘新娘在家忙，家里家外挑大梁。

下田学开农用车，回家又养猪和羊。

汗水湿了新衣裳，日头晒黑俏面庞。

新郎新郎怎么样，莫忘家中苦新娘。

在外莫与人争强，更莫贪恋野花香。

只愿平安早回转，夫妻一起奔小康。

这是一首反映农村留守妇女寂寞困苦的民谣，充分概括了农村留守妇女的真实生活。这首由河南商丘市睢县留守妇女朱冬梅根据亲身经历创作的民谣《新娘歌》，在北京网络媒体协会、北京人民广播台、北京电视台联合主办的"第二届网络文学艺术大赛暨网络新民谣创作大赛"中，以其浓浓的生活气息和真诚的情感打动了网民和评委，一举荣获"2010年十大网络新民谣"。

2010年1月20日下午3时许，在睢县匡城乡夏庄村，笔者见到了正在为儿子辅导功课的朱冬梅。37岁的她由于常年在农田里劳作，皮肤黝黑，手也有些粗糙。

朱冬梅说，她自幼酷爱文学作品，喜欢看古典文学书籍。后虽因家境贫困，高中未上完就退学回家，但她一直保持着每天看书、写作的习惯。

1994年，因家境贫困，高中没毕业就被迫辍学的朱冬梅经人介绍，和夏庄村村民夏令东成亲。结婚仅一个月后，夏令东便跟着老乡到北京打工，一年回家两次，每次最多不超过两个星期。其余时间，朱冬梅独守空房，并且扛起了家中的一切农活和家务，还要照料体弱多病的公婆和年迈的奶奶，抚养年幼的儿女。令她没有想到的是，这种状况竟持续了14年。后来，她开始给丈夫写信。时间一长，两人不再一封一封地寄信，而是彼此每天将要说的话写在日记本里，写完一本就寄给对方。"我们把心里话写在日记中，如今，俺俩的日记已经存了26本啦！"她和丈夫还给这些日记起了个特别的名字——留守日记。

"孩子小，农活多，每天累得不行，而且心理压力大，这个时候总是想念俺当家的，有一肚子的话想跟他说。"朱冬梅眼含泪水说。

每天写日记的习惯，也潜移默化地锻炼着夫妻俩的文笔。朱冬梅说，在《新娘歌》获奖之前，她就曾两次获得全国性的征文大赛金奖，其中一次，夫妻俩还包揽了金、银奖。

朱冬梅的遭遇是许多留守家庭的缩影。

家庭中，丈夫往往是妻子和婆婆之间的"润滑剂"。失去了这"润滑剂"，"留守妇女"对老人的关心照顾就显得吃力得多。笔者采访中，不少留守妇女反映，家里媳妇毕竟是外姓，丈夫长年不在家，自己和公公婆婆的关系要非常小心处理，有些上了年纪的老人，有时为了一点小事就生气，自己对老人照顾稍有不周到的地方，在电话里她们便会时不时受到老公的责备。要维持好丈夫外出打工的家庭，留守妇女们往往要耗费更多的心血。

2015年，笔者随湖北省扶贫办下乡慰问贫困农民，便遇到了一位有口皆碑的留守妇女金梅。今年39岁的金梅看上去远比实际年龄大得多，她瘦弱的身体，粗糙的皮肤、干裂的双手……看了叫人心酸；由于丈夫在外地打工，她一个人承担着家中里里外外的活计，是家里的"顶梁柱"。眼看丈夫又要去外地打工，金梅显得很无奈："出去打工虽说抛家舍业的，但能赚到些钱补贴家用，家里老人需要赡养，孩子需要上学，如果种地的话只有到秋后卖了粮食才能拿到一点点现钱，所以出去打工也是没办法的办法。"

金梅的家在大别山深处的湖北罗田县刘家窝子村，据金梅介绍，丈夫长福在北京市一家浴池打工已有三年，每个月能赚3000多元，刨去吃喝等费用，剩余积攒的钱都会及时汇到家里。金梅知道丈夫挣钱不容易，因此在一家人的衣食住行上，她特别节俭，即便过年都不舍得给自己买件新衣服。金梅的两个女儿都在罗田县一中住校读书，大的读高二，小的读初二。放假期间也能帮助母亲干些家务活。可金梅认为，她们应该努力学习，将来考上大学走出农村，不应该因干些家务而耽误温习课程。因此，即便是两个孩子放假回家了，金梅也不舍得让她们替自己分担任何劳动。70多岁的公公和婆婆身体虽说没啥大病，但时常被一些小病困扰。这时，金梅就会放下手中的活，去找村里医生开药方给他们治疗。说起儿媳金梅，婆婆激动得掉下了眼泪："儿子常年不在家，要不是儿媳这么孝顺，我们两个老人的身体也不能像现在这么硬朗，儿媳不仅把我们伺候得细微周到，家里还养了鸡、鸭、猪，一天到晚没有闲下来的时间，等到了农忙时节，更是累得直不起腰，我们是看在眼里，疼在心里啊。"

金梅是个要强的人，男人虽然不在家，但她干起活来从不愿意落在别人后面。每年秋收季节，她天不亮就起床，披星戴月到地里收割。回到家后全身像散了架一样，可第二天天没亮，她就得拖着疲惫的身子爬起来做早饭，收拾院落后继续到田间地头干活。有一次，金梅在收割小麦时不小心伤到了手，由于只进行了简单包扎导致伤口发炎，连续10余天她都忍着疼痛硬是把小麦全部收完。由于劳累加上受寒，金梅患了严重的膀胱炎，而她瞒着公婆，只简单地买了些消炎药吃。丈夫长福打来电话询问家里情况时，她每次都报喜不报忧，自己患病的事情只字不谈。可在她的内心深处，是多么想和丈夫诉说这期间所受的苦，但一想到两个正在读书的孩子，她就会默默地鼓励自己："等孩子有了出息，我们就熬出头了，暂时苦点，累点没什么。"

春耕即将开始，金梅又开始忙活给自家农田施肥的事了。"金梅在村里是出名的贤妻良母，干起活来更是一把好手，她家的农田从来看不见杂草丛生。"邻居乌日娜这样评价金梅。笔者在与金梅聊天时，金梅一刻也没停止过手中的农活，不是抱柴烧火，就是给饲养的牛添饲料，脸上始终挂着善良、淳朴的微笑。

当记者问她丈夫长福是否还继续打工下去时，金梅满怀期待地说："我和丈夫在今年春节期间商量好了，等孩子考上大学后，就不再出去打工了，那时岁数也大了，该好好在家过安稳的日子了，目前把两个孩子供养上大学是首要的任务和责任。"

三、现代牛郎织女

中国的城市化进程，让农村从男耕女织过渡到男工女耕状态。在男性农民工忙碌的身影背后，有一群留守的女人数不清的不眠夜，她们往往抱怨丈夫与自己沟通少，对自己的婚姻质量感到不满意。她们说："两口子一年到头见不了几次面，夫妻简直成了牛郎织女，丈夫就是有时回来也住不了几天，屁股一拍又走了，留下自己一人守活寡。老的、小的全留给自己，除了按时按季给他们做饭、添衣服外，自己连说个知心话的也没有，日子过得冷冷清清，好烦闷！"

今年45岁的祁秀英是湖南常德市武陵区芦荻山乡人，丈夫常年在外打工，她留守在家务农，田里回来还要孝敬公婆。"活太重，累得快散架了！家里的农活全是我一个人干的！"祁秀英说，"现在正是播种蔬菜的时节，先前的大雪把菜都冻死了，因此现在播种量很大。本想有个男人帮一把，但是现在却只能独自流汗。自家责任田有15亩，太大了！这些日子天天早出晚归，晚上倒在床上直想哭！"

祁秀英所在的武陵区在常德市来说是经济不错的区县，外出打工的家庭相对较少，但据笔者了解，像祁秀英这样的留守妇女仍比较多。武陵区妇联最新统计，全区约有农村妇女3.2万多人，至少有上千名妇女成为"留守妇"。临近的石门、汉寿等区县农村"留守妇女"的比例更是远远大于武陵区；据统计，在汉寿县17.4万乡村农户中，丈夫外出打工挣钱，"留守妇"家庭大约在1.2万户左右。丈夫们外出务工虽然给家庭创造了不少财富，但繁重的农活也给留守在家的年轻妻子们的生理、心理造成了一定的伤害和困扰。

丈夫长年不在身边，"留守妇女"们忍受着身体和心理的双重负担：身体上，家里冷冷清清，嗅不到一丝男人味；心理上，城里是个花花世界，老公在外能不能经受诱惑？万一抛妻弃子，自己就什么都没有了……

在采访中，大部分留守妇女抱怨丈夫与自己沟通少，对自己的婚姻质量感到不满意。说两口子一年到头见不了几次面，夫妻简直成了牛郎织女，丈夫就是有空抽时间回来也住不了几天，屁股一抬又走了，留下自己一人守活寡，老的老、小的小，连说个知心话人的也没有，日子过得冷冷清清，好烦闷！家住汉寿县田坝乡的魏兰枝说："丈夫丈夫，一丈之内才是夫。他们出去这么远，外面的小妖精又多，谁知道他们在那花花世界里都干了些什么？他们除了偶尔打电话回家问问孩子、老人的情况外就没有什么话说了，好像我们是他家请来的仆人！"明显透露出内心的焦虑和不安。

她们的担心不是"空穴来风"，的确有一些丈夫来到花花世界后就"无影无踪"，没准还在"寻欢作乐"哩！2009年底，德山乡林某来到常德市妇联对工作人员哭诉，老公去了广东打工之后，对家里不闻不问，电话一个都不打回来，她追到广东，找到了丈夫所在的出租屋，看到丈夫已经和另一个女人同居，还来不及质问，就被丈夫打了回来。芦荻山乡36岁的肖某带着5岁大的女儿，苦苦盼着外出打工的丈夫回来，丈夫出去快5年了就像"人间蒸发"了一样，即使回乡几天也不让肖某知道，连家都不进。想去找丈夫，连他在外的地址都不知道，只能在家一边耕种两亩地一边等男人！

常德市鼎城区雷公庙镇，35岁的春芬虽然是农民，但在当地拥有一份体面的工作。几年前，夫妻双双外出打工，没过多久，便在当地盖起了一幢两层小洋楼，夫妻俩的生活逐步好转。但因为儿子学习成绩不好，春芬放弃了在深圳的打工生活回到老家，一边带儿子一边劳作。虽然辛苦点，但看到儿子的成长，她的心里还是有说不出的高兴。哪知好景不长，去年7月，她发现丈夫竟然在外面有了别的女人，而且还同居在一起！这无疑给了她当头一棒。气过哭过后，她找到丈夫，两人协议离婚。就在两人准备去办离婚手续时，亲戚朋友们都跑来相劝，最后丈夫改变了主意，不同意离婚。现在，丈夫仍然在外面和别的女人同居，留下她一个人在家守着儿子。以前丈夫的收入还有一部分交给她保管，但自从有了别的女人，现在连儿子的生活费都不寄给她了。家里的老人还说，现在都是这社会，等过了一两年，他自然会回来的。现在，这个家就靠她一人苦苦支撑。春芬也曾想过去法院起诉离婚，可无奈两人相隔很远，加上财产、孩子的分配问题让她很伤脑筋，她只好在痛苦中煎熬着。"我的心现在已经死了，以后也不想再结婚了，只要有儿子在身边，房子由我住着，其他的都随他去吧。"春芬很伤感。

"留守妇女"中的一些人遭遇婚姻"红灯"，当面临离婚的时候，她们往往又不知道如何维护自己的权益。一般来说，大多数农村妇女维权意识差，一旦丈夫不忠，自己被抛弃后，很可能一分钱家庭财产都分不到。

牛郎织女般的生活，还很容易让出门打工的丈夫猜忌，引发社会问题。

2010年3月12日，躺在安徽省舒城县人民医院的潘步能的妻子熊翠珍仍处在昏迷中，潘本人、81岁的老母亲以及16岁的女儿因头部被刀砍，仍在进一步治疗中。潘步能弟弟潘步平对记者说："医院已通知我们和镇里，如果再不交钱，就要停药了。"并哭诉道，"我们打工的人，还没有找到活，哪里有钱啊？"

这起悲剧的起因是：潘步能长年在外打工，妻子熊翠珍在家操劳，种了四亩八分田，每天早起晚归，还要做一日三餐。既要伺候81岁的公公，还要照料读书的女儿，家里还养了两头肥猪，半夜还要熬猪菜，很是艰辛，常常一肚子怨气。在农村，一个妇女耕种四亩多田，犁田打耙要求人，育秧下种要求人，这都不是女人干的活。熊翠珍好几次请了下湾沾点亲的姨表兄来帮忙，姨表兄同情她，每次一请就到，但却引起了村里人的风言风语，不知哪个多事的人给潘步能打了电话，心胸狭窄的潘步能马上赶回，对妻子严加审问，妻子坚决否认。潘不相信，并问女儿妈妈是不是有不轨的行为？女儿没表态证明妈妈清白，潘就坚持认为妻子出轨；焦躁的熊翠珍觉得男人冤枉了自己，在最后一次男人动手打她后，一肚子怨气没地方出，一怒之下抓起柴刀就朝男人砍去。男人痛苦得大叫，女儿和老公公闻讯赶来劝架，熊又把女儿和老公公也砍了。哭喊声惊动了邻居，马上赶来相救。砍红了眼的熊翠珍立马想到肯定是邻居向男人告的密，也报复性地朝邻居的头上砍去……这起猜忌造成四伤，幸好没有出人命。

"她白天是牛马，怎么可能有时间、有精力去与别的男人私下往来？"山口镇老洪组老队长施德能对记者如是说。熊翠珍是个很会持家的人，是家里的顶梁柱。"你想想，要种四个人的田，养鸡养猪，给两个上学的女儿做饭洗衣，农闲还要去打工，别小看她，她一年就是在门前挖砂也能挣几千块钱，那可是一锹一锹地把砂子甩到汽车上，挣那钱可累人，一天虽然能挣40多块钱，但很多男人都干不了，可她行。"

老人还说了一个细节，在她挥刀砍人的前几天，她为了多上几车砂，与人争抢，还打了架。"她一年到头哪有休息的时间，村里男人不在家的女人都很忙，她的活比男人还重。"

熊翠珍的丈夫潘步能，在外打工已10多年了，最近几年在江阴市一宾馆当保安，平时没有假期，越是过年过节越是抽不出时间。熊翠珍与村里的其他留守妇女一样，无声地承担着家庭中的生产劳动、孩子教育、老人照料等责任，家中所有粗活、重活、忙活都压在了她一个人的肩上。

"她一定是气疯了，否则不会乱砍人。"村里一名留守妇女说，"在农村，妇女最怕流言蜚语。"

"其实这个谣言大家都不相信，亲戚帮个忙很正常，哪能都有那事？那肯定是谣言。"另一位村民说，"农村人不懂隐私权，在男女关系方面爱捕风捉影，有时爱开这方面的玩笑。她丈夫常年不回来，别人乱猜容易让人相信，她就是特别看重这方面，白天不敢和村里的男人多说话，怕遭人闲言碎语；她一到晚上就会把门窗堵死，陪着女儿，哪里也不去。"

村里有位年长的大嫂对记者说，熊翠珍精神负担很重，有时她听到别人说某某人的丈夫在城里花了心，抛弃了妻子，她的神情总是很紧张。

丈夫长年外出打工，留守妇女中一些人被抛弃早已不是新闻。熊翠珍有时与好友谈话时也露出心事：她和丈夫联系不多，与丈夫的情感是否稳定也说不准。由于农村妇女心理承受能力较差、文化水平相对较低、缺乏法律常识，在遇到一些难以处理的问题时，往往会选择一些极端的行为。

家庭是社会的细胞，和谐社会的基础是家庭和谐。留守妇女们为农村经济的发展做出了巨大贡献，我们在盛赞这些留守妇们吃苦耐劳、任劳任怨、坚强刚毅传统美德的同时，应该对她们生理、心理上所承受的压力引起高度重视。对此，在基层妇联工作多年的一位负责人认为：首先各级政府，尤其是乡村两级基层政府要在生产、生活上关心、过问这些留守妇女，让她们意识到生活的温暖和人们的关怀；其次要加速发展地方经济，让农村剩余劳动力尽量就近找出路；再次是对那些因外出打工而分居两地的夫妻，有关部门应为其建立定期沟通平台，让那些留守在后方的妇女们淤积在内心的焦虑和不安得以缓解和释放。

四、破碎的婚姻

近年来，我国农村离婚率、家庭暴力和刑事案件比以前有明显上升的趋势。导致这些问题的原因是多方面的。在城市生活久了，有的进城打工青年开始看不上原来的那个家，也不再眷恋原来的那个家。近日，笔者走访了家乡一些县的基层法院和婚姻登记管理机关，发现近年来打工青年离婚案居高不下。一些法官感叹："近两年我们几乎成了专门审理农民工离婚案件的法官了。"婚姻登记管理机关的人员也发出了"谁来拯救农民工家庭婚姻危机"的呼声。

采访耿仙枝时颇费周折，笔者通过熟人介绍，她才接受采访。

"俺和他结婚13年了，可他常年在外打工，每年过春节时才回家几天。这10多年来，俺和他在一起生活的日子还不到一个月。后来，他在外边有了女人，俺实在受不下去了，前两天才和他离婚。"31岁的耿仙枝打开话匣子后，没了初见面时的拘谨。

耿仙枝说，她娘家在河南虞城县城郊乡小楼村。13年前，经人介绍，她和邻村的汪大洋结了婚。当初，她看上瘦小的汪大洋主要是因为他有高中文化、脑子转得快、嘴巴甜。结婚第二年，他们有了一个儿子。没多久，汪大洋决定到珠海闯荡一番，就把耿仙枝母子留在了乡下。

看到都市闪烁的霓虹灯和车水马龙的街道，汪大洋这才知道自己白活了20多年。他对着一幢幢摩天大楼发誓说，这辈子死也不回黑灯瞎火的农村了。

俗话说，人交桃花运，挡也挡不住。别看汪大洋个子瘦小，可他能说会道，不到半年时间就和自己的女老板好上了。那时候，农村没有电话，联系也不方便，耿仙枝根本不知道汪大洋在珠海当了女老板的情人。后来，风姿绰约的女老板开始控制汪大洋回家的次数，甚至动了让汪大洋离婚娶她的念头。汪大洋看上了女老板的财产，每年过春节回家仅住3天。一直被蒙在鼓里的耿仙枝，还以为汪大洋常年在外奔波全是为了这个家。直到有一天，汪大洋提出离婚时，耿仙枝吓傻了，她以死相逼，婚才没有离成。

"这10多年，俺和他维持的只是一个空壳婚姻，再拖下去就把俺拖死了，是俺主动和他离婚的。现在俺想开了，趁年轻寻找自己的新生活。"一脸泪水的耿仙枝说。

采访时，虞城县法院一位张姓法官告诉记者，有少数男性打工者有了情人后为达到离异的目的，虽不主动与妻子离婚，但长期不履行夫妻义务，对家人漠不关心，迫使女方提出离婚，使女方成为"被动中的主动者"。而离婚后，弱势的还是女方。没有责任田，又没一技之长，还舍不得孩子，往往会被逼入绝境。这种现象，已经不是法律问题，而是社会问题了。

婚外情是近几年困扰现代家庭的一道解不开的畸形情结，它是家庭破裂的导火索，它使一个个家庭走向解体。尤其是外出打工者因道德观念不强、自身素质差，抑制不住外面花花世界的诱惑，易引发"包二奶"等见异思迁的不忠行为。在这没有归宿的情感中，有很多人付出了沉重的代价。在法院审理的"留守妇女"的离婚案件中，涉及婚外情的就占离婚案件的85%，真正调解和好的还不到10%。

婚外情离婚案件的处理结果一般取决于被伤害一方所采取的态度。被伤害一方通常采取以下四种态度：一是忍无可忍，同归于尽。无论男女，对于配偶有"第三者"都是零容忍的，他们往往把"第三者"视为仇敌，将爱化为仇恨。这在一定条件下，容易引起杀人、伤害等恶性刑事案件的发生；二是一刀两断，尽快解脱。多数夫妻会以离婚最终解决问题，自己累死累活地支撑家庭，对方却在外花天酒地，既然对方不忠于自己，也心灰意冷，对其死了心，长痛不如短痛，决意早日离婚冲出围城，找回自己的幸福，这不失为明智之举；三是互不干涉，各自寻乐。"你不仁，我也不义"，你在外"包二奶"，我在家也给你戴顶"绿帽子"，报复心理严重，但往往又容易造成他人家庭的婚姻危机；四是委曲求全，逃避现实。这是由于受害一方基于经济不能独立或其他家庭因素的考虑，即使对方有"第三者"，也会为了家庭忍气吞声，希望有朝一日对方能回心转意，重新回到自己身边，仍保持家庭的完整性。事实上，采用最后一种态度的女性较多。

重庆三峡学院副教授胡秀忠说，要改变这种现象，应该在农村青年中大力加强思想道德教育和法制宣传，帮助他们树立正确的婚姻家庭观念，引导他们正确处理婚姻家庭关系，使他们懂得婚姻自由，包括离婚自由，是在法律规定的范围内的自由，而不是无约束的随心所欲。

长期以来，对"第三者"插足、通奸，破坏他人婚姻家庭问题，我们更多的是用道德规范来约束，更多的是求助于批评教育和舆论监督作用。对受害人，仅仅是从道义上同情、支持。坦率地讲，道德约束、舆论监督、批评教育，毕竟不具有强制性，对"第三者"的惩戒必然是软弱无力的。因此，笔者认为，对"包二奶""养小三"者，情节恶劣、构成重婚的，应从严打击，必要时，根据受害人的申请，公安机关应积极采取侦查措施，帮助"留守妇女"这个弱势群体解决取证难的问题；符合起诉条件的，人民检察院应当依法提起公诉，从而伸张正义，保护合法的婚姻关系，维护社会稳定；基层民调组织在处理"留守妇女"婚姻家庭纠纷时，要强化调解功能，及时有效地化解家庭矛盾，以利于维持家庭稳定，促进社会安定。

当然，作为"留守妇女"，也应保持冷静的头脑，切不可以牙还牙，在保持自尊、自爱的前提下，尽可能地用爱心去感化对方，多给对方些宽容。

同时，要充分发挥基层组织的作用，进一步健全基层调解组织，特别是农村基层调解组织，利用他们熟悉民俗民情的优势，对外出打工人员的婚姻纠纷做到及时发现，及时介入，及时调处，将矛盾解决在萌芽状态，减少离婚纠纷的发生。

渝万律师事务所张守贵律师说，从他受理的一些农民工离婚纠纷看，一些打工夫妻婚姻之所以最后无法挽回，确实是"感情破裂"，打工者要保护、维护好自己的家，要夫妻双方加强沟通，增进感情，这才是最可靠的保证。

五、治安环境令人担忧

这是中国农村的一个特殊群体，男人外出打工之后，留下她们照料孩子，伺候老人，耕种农田和土地。她们饱受劳动的艰辛，饱受对亲人的牵挂，饱受感情的寂寞，也会遭受流氓、地痞、无赖、恶棍、混混的骚扰和欺凌。但她们为了生活，为了家庭，还是任劳任怨，勤俭持家；为了等待男人年底回来短暂团聚，还在守望，还在期盼——

这是《楚天都市报》2010年5月10日的一篇报道：

武穴男子专事强奸抢劫农村留守妇女，3年作案50起

3月23日，警方接到石佛寺镇一名年轻妇女报案称，一男子头天夜里持刀闯入她的家中，将其强奸。警方在调查中意外发现，类似案件竟不止一起，且多数发生在农村留守妇女家庭。由于怕坏"名声"，受害人忍气吞声，没有报案。

根据多名受害人的描述，10天后，花桥镇下屋郭村谢某（42岁）进入警方视线。此人妻子生病多年，家中贫困，可近两年，他突然添置摩托车、液晶电视等高档家电，吃穿比以前也大为改善，且谢某与受害人描述的相貌特征一致。警方初步判定，谢某有作案嫌疑，决定实施抓捕。4月6日下午，谢某在花桥镇下屋郭村谢家坑落网，民警现场搜出大量涉案物品。

81

据查，自2007年下半年以来，谢某白天在外打散工，夜晚骑车随身携带匕首、电筒等作案工具，流窜至石佛寺、花桥、余川等地土坑，趁农村留守妇女熟睡或无男人在家之机，潜入室内，切断电源，实施盗窃、抢劫、强奸、猥亵等犯罪活动。3年作案50起，盗窃、抢劫财物价值10万余元。目前，此案还在进一步审理之中。

这样的事例不在少数，比如2016年3月22日凌晨1时许，犯罪嫌疑人武建波（化名）趁本村妇女史怀玲（化名）丈夫外出打工之际，来到史怀玲家中，将房屋门撬开后，采取殴打、恐吓等手段，将史怀玲按倒在床强行奸污。

调查显示，农村性侵害案件中有70%的受害者是"留守妇女"。

由于"留守妇女"处于弱势地位，她们的合法权益相对难以得到有效的保障，留守妇女已经成为农村强奸案的主要侵犯对象。据警方分析，近年来涉及农村外出务工人员留守妻女的案件时有发生，在这类案件中，犯罪嫌疑人均是同村村民甚至近邻，因了解受害人家庭内幕，而敢于铤而走险。涉及"留守妇女"的强奸案件接二连三地发生，凸显农村"留守妇女"的安全保障问题已刻不容缓。

采访中，几乎每一个"留守妇女"都说男人不在家，自己睡觉都不踏实。据一位留守妇女说，原来丈夫没出去打工时，在大热天里，自己吃完晚饭洗了澡后，就会把家里的竹床抬出来，吹吹晚风，纳纳凉。但自丈夫出去打工后，自己一个人带小孩看家，即使天再热也不敢在外面乘凉。夜晚屋外有什么犬吠及脚步声，也会吓得她瑟瑟发抖。

这又是一个17年来专门侵害农村留守妇女的案例。

安徽临泉县鮦城镇毗邻河南，某村有个46岁男子刘庆朋，专门把眼光盯住家乡那些安全意识较弱的留守妇女。

1993年一个夏夜，刘庆朋蒙面蹿至附近一个村庄，拿刀将村民王某强奸，这是他第一次作案。2003年12月一天夜里，他窜到邻村吴某家将其强奸，并抢走毛毯、被子等物……因屡屡得手，刘庆朋的作案频率越来越高，2008年作案26起，2009年作案25起。

经过长时间侦查，临泉警方于2010年在刘庆朋的一个亲戚家将刘抓获。据警方查实，此前的17年间，刘庆朋共强奸农村留守妇女116人，抢劫91起，盗窃23起。刘庆朋作案时蒙着面部，持刀威胁受害者，抢得财物后伺机强奸。受害者中有十多岁的女孩，有近六十岁的妇女，还有孕妇。有一次，刘庆朋兽性大发，当着一位母亲的面将她的两个女儿强奸。

一个人犯下了这么多恶行，着实让人咋舌。连办案民警都表示，像这样的系列强奸案全国罕见。

刘庆朋身高只有160厘米，看起来老实巴交。他究竟有着怎样的犯罪心理？安徽志豪律师事务所律师明天是刘庆朋一案的指定辩护律师，他曾两次约见了刘庆朋。据明天律师介绍，刘庆朋交代一开始犯案只是出去盗窃，后来看到留守妇女大多是一个人在家，于是就起了色心，最后竟然发展到一到晚上就想出去作案。

"他后来犯案都上瘾了。"明天律师说，农村妇女受到侵害后不敢声张，更助长了他的嚣张气焰，让他逐渐有恃无恐。

2010年年底，刘庆朋被阜阳市中院一审判处死刑。

六、关注农村留守妇女

几千年来，中国农村家庭沿袭着男耕女织的生产模式，而这种模式近20年来在许多乡村几乎已不复存在。随着改革开放大潮的持续涌动，随着市场化、城市化的快速推进，"走出去"几乎成了绝大多数农村青壮年特别是男性青壮年改善家庭生活、寻求更好发展的唯一途径。在城乡二元社会结构及制度造成的现实门槛面前，他们大多无力承受举家流居城市带来的生存压力，于是，丈夫出门打工、妻子留守农村便成为无奈的选择。结果，传统的男耕女织变成了男工女耕，原本由夫妻双方承担的农副业生产、家务、抚养教育孩子、赡养服侍老人的重担，完全落在留守妇女肩上。让一个女人既当爹又当妈，既主外又主内，既干高强度的体力活又管孩子的教育学习，人何以堪？"牛郎织女"长年天各一方，一年或许更长时间才能见一次面，情何以堪？

尽管留守乡村给数千万妇女带来劳动强度和生理负担加重、心理健康受损、文化素质提高受限、发展机会减少、安全感降低、对男性的依赖程度加重、家庭稳定性降低等诸多问题，但绝大多数妇女仍在苦苦支撑。因为，老人、孩子在这里，耕地、房子在这里，在外打拼的男人也不易。这或许是我国现代化进程中经济欠发达地区的农村妇女必须付出的沉重代价。

对于她们的付出与牺牲，我们不应心安理得；对于他们的困苦与挣扎，我们不该袖手旁观；对于她们的忧虑与希冀，我们不能漠不关心；对于她们的利益与权利，我们不可视若无睹。如果说，眼下我们暂时还无法让留守妇女从重压下完全解脱出来，但至少可以给其一个支点、助其一臂之力。这是政府的责任，也是企业、社会的责任。

农村留守妇女问题已引起社会各界的关注。2010年3月14日，农工党中央向全国政协十一届三次会议提交了《关注农村留守妇女构建农村和谐社会》的书面发言。

农工党中央认为，近年来，随着大量农民工外出打工，给经济社会带来发展的同时，也带来了农民家庭夫妻分居，留守妇女生产生活困难等一系列问题。新形势下，农村留守妇女已经成为新农村建设的一支主力军，关爱帮助农村留守妇女，为留守妇女解决实际困难，对推动新农村经济的发展具有重要意义。

农工党中央调查发现，农村"留守妇女"普遍存在"三重"(体力劳动重、抚养任务重、精神负担重)、"四少"(社会活动少、世面见得少、经济开销少、夫妻见面机会少)、"五偏"(年龄偏大、文化程度偏低、教育子女学习情况偏差、与老人关系偏差、身体及心理状况偏差)等方面的问题。主要表现在：一是对子女教育力不从心。以笔者家乡湖北省大悟县留守妇女为例，年龄在25—35岁的25780人，大部分为初中及以下文化水平，对子女教育力不从心，仅能满足孩子吃饭穿衣的基本需求。二是残缺不全的家庭生活让她们疾病缠身、身心疲惫。留守妇女普遍感到孤独、空虚，离婚率也呈上升趋势。同时由于缺乏自我保健意识，普遍存在卫生保健较差的现象，调查显示，45.20%的留守妇女患有妇科病；14.99%的患病妇女没有钱或没有时间治病，还有14.69%的妇女近5年从未检查过身体。三是农村留守妇女人身、财产安全感极低。男性劳动力外出后农村只剩下了"386199"部队，这种人口结构的变化，导致农村治安防范力量减弱，财物被侵犯的现象时有发生。据调查，农村性侵害案件中70%的受害者是留守妇女。

为此，农工党中央建议：

(一)大力发展县域经济，带动产业发展，增加就业岗位。只有大力发展符合本地实际的产业，才能给外出打工人员提供一个在本地发挥的能力，增加收入的机会，从源头上减少留守妇女的产生。

(二)政府应出台硬性帮扶政策，鼓励妇女创业。一是进一步落实财政部、人力资源和社会保障部、中国人民银行联合实施的《小额担保贷款贴息政策》，推动留守妇女创业发展工作。二是建议政府投入专项资金，设立如"巾帼创业基金"等项目，大力培育留守妇女中的科技致富带头人、经纪人、农民技术员等，发挥她们的示范带动作用。对有一定经济实力的妇女所从事的种植、养殖项目应给予重点资金扶持。

(三)成立留守妇女互助小组，充分发挥妇女群体自身互帮互助的作用。各地应因地制宜组建互助小组，互助形式为公益互助、生产互助和技术互助等，在体力上互相帮扶，精神上互相安慰，可以大大减轻留守妇女在生产和生活中的劳动强度，缓解她们过重的思想负担和精神压力，增强她们的安全感。

(四)建立农村妇女妇科病普查普治的长效机制。政府应把农村妇女妇科病定期普查纳入公共卫生项目，列入政府"惠民工程""健康工程"，并投入专项资金。目前，国务院已启动重大公共卫生服务项目之一的农村妇女"两癌"检查试点项目，惠及亿万农村妇女。各级妇联组织要主动积极参与，密切配合，因地制宜，解决大部分农村妇女妇科病普查的实际问题。

(五)发挥基层妇女联合会(妇代会)作用，为农村妇女排忧解难。各级妇联组织要提高服务意识，把留守妇女当成重点关注对象，经常关心她们的疾苦，了解她们的困难，帮助她们解决生产、生活中的问题。各级政府和相关部门应支持妇联工作，主动为留守妇女排忧解难；丰富她们的文化生活，鼓励她们参加秧歌队、锣鼓队等农村艺术团队，让她们精神有所依。对先进村镇要及时总结经验并顺势推广。

如何解决留守妇女的生产生活难题？一些地方已经有了成功的探索和实践。在安徽省含山县，活跃着上百个留守妇女互助小组，留守妇女们由"靠人帮"变成了"我帮人"，从一开始的互助干农活儿，扩大到互帮致富、帮扶孤寡老人、各家红白喜事等，不仅解决了生产生活中的难题，更使留守妇女成为建设和谐农村的"主力军"。

第四章　农民工子女教育状况镜像

农民工，这个中国特有的词语，推动者中国城镇化建设的飞速发展，也反映着中国特有的国情和社会现实。

经过几十年的发展，农民工在很大程度上已经与我国的城市经济、城市生活紧密相连融为一体了。他们不仅是产业工人的重要组成部分，甚至已经成为我国许多产业的主体力量，在那些高危、苦累、低端的行业，更是如此。可以说，没有农民工就没有沿海地区以及整个中国经济的崛起，没有农民工就没有城市建设的繁荣。说农民工是中国经济崛起的功臣是恰如其分的。在今天的中国，我们根本无法想象没有农民工的城市生活会是什么样子。

农民工为中国的经济做出了巨大贡献，为城市少年儿童建造了大气的学校，可爱的幼儿园，漂亮的儿童乐园，可是，他们自己的子女却往往求学艰难。

一、"我们到哪儿读书去？"

受教育权是由法律规定的公民的权利，即公民从国家那里获得均等的受教育条件和机会的权利，而且它也是宪法中规定的一项基本权利。18世纪末，法国的爱尔维修最早明确提出受教育乃是人的基本"权利"，同时代的巴贝夫更进一步论证了受教育乃是人的原始权利。另外也有人指出，受教育权的核心内容是受教育权平等，即受教育的机会平等、受教育的待遇平等。

可是，对于广大农民工子女来说，想享受到以上的基本权利，却是那么的艰难。

以下，是《南方周末》刊登的几则农民工子女求学到处碰壁的历程——

A.死缠烂打的读书机会

（本报驻京记者师欣）北京南三环，木樨园龙湫服装批发市场里，记者辗转见到胡凤平。刘小宇，12岁，她唯一的儿子，在南苑行知小学解散后进入附近公办小学就读。

这位36岁、文化水平不高的安徽女人身上透着股来自底层的倔强，在毫无本地社会关系的情况下，硬是把儿子"挤"进了公办小学。她说自己一想起这个过程，就感到无尽的屈辱。

跑学校

2007年2月14日至17日的短短4天里，胡凤平备受煎熬，感到心里很憋屈。

"公办学校的门槛，太高了！"在给孩子办理入学手续时，胡凤平没忍住当众大哭了一场，这"高高"的门槛让她前后共跑了80多趟，总算才迈进去。

胡凤平在北京摆摊卖衣服，一心想挣钱把独子的教育搞好点，长大了不用卖衣服。可2003年年初开学不到一星期，学校要解散，胡凤平一下就慌了，看着孩子在摊前摊后跑，实在担心得不行。

她顾不上出摊，大清早领着孩子就到附近那所公办小学去。带孩子去是她的一个小心思——拿"活广告"去博得校领导同情。但一去她就凉了心——学校小会议室里已经挤满了从行知学校过来的家长，说是低年级一概不收。

同时胡凤平着手准备证件，三证（身份证、暂住证、务工证）俱全，没想到在朝阳区用了近10年的暂住证，丰台区不认可，也不给办理转证手续，只能重新办一个——她先得跑几趟，把第二个暂住证办成。

接着，她开始不停地往学校跑，找校长和副校长，有时一上午就去好几趟，哪怕只是在校长面前闪过。她想尽办法去感化校长。

"说什么也要让孩子进公办学校！"胡凤平满脑子就这一个念头。

胡凤平天天往学校"报到"去乞求感化，终于有了结果：某天上午，等了校长足有一个半小时，一位好心老师搭句话，让她再等会儿校长才能回来。胡凤平心一热，一声"大姐"后，"大姐"给了她点拨：真想让孩子上学，就花钱买。

她被叫到小屋里商讨孩子上学的价格。当时还有不少家长往外掏钱，学校都没有要。胡凤平那八九十趟算是没白跑，学校终于答应她在"收费"的基础上可以上学。

但到底学校收了多少钱，胡凤平不敢告诉记者。

她丈夫比她直率："现在公办学校说是取消赞助费，可我们要上还不得掏那么多钱？"

正在炉子旁烧开水的胡凤平给丈夫递了个眼色。

丈夫没有理会，继续把底给揭出来："原来公办学校收赞助费时，也就交1000多元。现在倒好，孩子上学都变成讨价还价了，跟做买卖似的，开始要3000元，我们最终砍价到2200元！"

"你疯啦，咋都说了呢。"胡凤平急了。

"从办暂住证到孩子上学处处受刁难，我气！"

小宇的北京生活

胡凤平的家是个几户人群聚的大杂院，简陋的小屋里摆了张双人床和一个上下铺，帮她照看服装摊的女孩和他们家三口住一起。

小宇放学了，回家吃午饭。他给记者计算着自己一共搬了4次家，转了4次学。他最喜欢的是西八间小学，因为在那里他待的时间最长，从一年级到三年级。在南皋，他上了一学年，行知小学只读了五年级一学期，现在进入公办学校又重新读四年级。

"这边儿早自习能学古诗，计算机课上学画画。"孩子历数着公办学校比私立学校课程丰富的地方，还有双杠、篮球架都比行知小学新得多。不过他和现在同学关系不怎么好，课间，小宇想跟他们一起玩，总没人愿意叫他，他就透过教室窗户看同学们玩。

出生3个月就来到北京的小宇，记忆最深就是吃过一次肯德基，去的时候高兴，回来就不高兴了，因为不能老去吃。

现在一提回老家，小宇就不高兴。"因为北京有地方玩，好看，有大桥，院子多。"

小宇的表弟们

小宇的老家几乎没人了，家里人能来的全都来了。胡凤平和丈夫1992年来到北京卖服装至今。"在北京习惯了，不可能再回去了。"

丈夫的妹妹两口子也在龙湫市场卖服装，他们6岁半的儿子跟小宇一样，起先在行知小学读一年级，学校解散后，幸运地降级转入公办小学，现读学前班。因为他采用的方法跟嫂子胡凤平一样，几天不做买卖，跑到学校，死磨加乞求。甚至跟校长提出，只要让孩子读书，我们自备桌椅。

胡凤平的姐姐在通州区做生意，小孩就近到公办学校读书就容易得多。胡凤平不明白为什么同在北京，自己孩子上学怎么就这么困难？

胡凤平坚持领记者去看儿子现在读书的小学：四层的楼房，宽阔的活动场地，安静不受外界打扰的校园。

胡凤平满心欣慰地告诉记者："不管自己受多大委屈，但为了孩子，也值得。"

B.从那天起，我离父母1300公里

泪水与离别

在北京开往徐州的火车上，林秋秋不停地哭，喊也喊不停。这个9岁的女孩就用这种方式向北京——她本以为属于自己的城市——做告别。"学校被'砍'了，我们只能回老家。"事后林秋秋用了一个'砍'字。

过去的半年里，林秋秋在北京南苑行知学校读二年级，妹妹比她低一年。学校被取消后，她父母没能找到新学校，只能让她们离开北京。

她父亲林平没有来送她们，因为"生意不敢耽搁"。

"我来北京10年了，"林平——这位33岁的江苏汉子在记者面前搓着粗糙

的双手感叹，"卖过早点、贩过水果、打过水泥砖、摆过地摊，别人都富起来了，我却欠下了两万多元的债。"林平现在开着一辆中型货车在北京跑运输。

"女儿回去的那晚我很难过，"林平说，"都怪我没有能力，怎么能让她们回老家？"

母亲刘荣曾为女儿留京做了最后的努力。"2007年2月16日，当我赶到南苑行知学校，那里有人把守着大门，不让学生进去。"刘荣说，"我找到了教育局的人，质问他们：学校封了，孩子到哪里上学？"教育局的人说："到公立学校呀！"可一个举目无亲的外地人在北京找到愿意接受孩子的公立学校谈何容易？

"那是一个饱受屈辱的过程。"刘荣说，2月8日，她来到北京新发地附近一所小学，门卫冷冷地把她拦在门外，说校长没空儿见你！母亲不甘心，在寒风中整整等了三个小时，磨到中午11时30分才进了校门，但这个小学最终没有接受她的孩子。

连续奔波3天，试过多个学校后，刘荣的希望落空了，夫妻俩下决心把孩子送回老家——江苏省铜山县张集乡。

1300多公里，16个小时的车程。2月24日上午10点，徐州到了。这里距离张集不足100公里，北京被远远抛在了身后。

从北京到杨庄

4月7日，当记者来到张集乡杨庄村时，林家姐妹已在附近的韩庄小学就读了近一个月。

林秋秋总拿现在的学校和以前对比。她喜欢英语，向记者大声背着单词。这让她在老家很突出：在江苏农村，英语是初中才开设的课程。行知学校五年级开设电脑课，但韩庄的很多孩子没有听说过"计算机"。

"他们——这里老师留的作业也不如北京多，他们的作业本没有北京好，他们……"林秋秋这样评价现在就读的学校。显然，她仍把自己列为北京小学生中的一员。

韩庄小学只有四栋破平房，由于上课铃被小偷拿走当废品卖掉了，一块厚铁片挂在办公室前，成为呼唤学生们上下课的工具。

韩庄小学的张校长介绍："全校140名学生，而老师一共才6名。"

张校长告诉记者，除了林家姊妹之外，学校里没有从北京转来的学生。他对林秋秋的表现满意——"知识面广，普通话的优势更明显。"

"这应该是北京实行素质教育的结果。"张校长认为，"但在农村，推行素质教育是不切实际的。最简单的例子是，不可能要求每位教师都能带好音乐、美术、体育三门课程。"

每天放学回家的15分钟路程，是林家姊妹最快乐的时光。不必担心汽车的烦扰，有的只是呢喃的燕语和柴门的犬吠。孩子们夹着书本，飞快地跑着，家中的小狗飞飞追逐着他们。

回到家里，她们的爷爷奶奶仍住着20年前盖起的房子，靠种地为生的老夫妻每年纯收入不到3000元，门前对联上所描绘的"两只巧手绘宏图"，仍旧是一个遥远的梦想。

"我一共四个孩子，秋秋他爸排行老四"，林平的母亲告诉记者，"其中有两个孩子在北京打工。"

63岁的奶奶曾两度到过北京。由于不习惯儿子居所的狭小，更难以忍受城里人对乡下人的白眼，老人又回到了老家。她期盼着自己的儿子能被北京接纳，但没有想到的是，连她的第三代都难以留在北京。

二、"请还给我受教育的权利"

随着城市化进程成为一股不可逆转的潮流，传统的乡土社会受到巨大挑战。我国进城农民工数量已达到2.77亿人。这将近3亿人的背后，是1亿左右的孩子，这其中包括跟随父母在他乡的约3000万随迁子女，6000多万留守儿童，其中4000多万年龄在14周岁以下。他们一边连着乡村，一边连着城市；一边连着艰辛，一边连着希望；一边连着昨天，一边连着明天……要为这1亿孩子守望美好的明天，让他们充分享受受教育权是最重要的一环。

调查数据显示，全国农村留守儿童约6000万人，由于长期缺少亲情、爷爷奶奶隔代又代管不力，产生了不少的问题。在调查中得知，有的家庭几个孩子在无人监管的情况下同时意外死亡、有的孩子遭受意外伤害成为终身残疾、有的成天忧郁度日流落街头、有的夜夜噩梦精神错乱、有的被人收买小小年纪成为罪犯的帮凶，有的相约自杀……有的年轻父母不得不将留守在家的子女带到自己打工的城市。但城市欢迎他们吗？

每年春节，是那些劳燕分飞的农民工回到家乡的日子，能够回家与亲人子女团聚，感受亲情的时光。但是，春节之后，更多的农民工在与孩子短暂相聚之后，仍然不得不抛舍可爱的孩子，重新走进城市。

若想孩子长期陪伴在身边，有两种方式可供选择：一是回到农村，不再外出打工；一是把孩子也带出去，一边打工一边照顾孩子。很多进城务工的农民工选择了后一种方式，这就产生了随打工父母进城的一个儿童群体——由留守儿童转变为寄居在城市屋檐下的随迁儿童。

父母在外打工的日子尚且艰难，这些进城的农村儿童的艰辛就可想而知了，特别是当孩子面临上学、升学等问题时，更是有一大堆麻烦，这也使很多农民工望而生畏，不得不把孩子留在农村的家里，由老人照顾，这又产生了留守儿童与留守老人。实在使农民工处于两难境地！

因此，很多农民工春节返乡后选择了留在家乡。留守儿童问题其实是农民工不愿意再外出的主要原因。有农民工表示，自己这辈子就这样了，不能让孩子再跟自己一样，宁愿少挣点也要培养好孩子。

说到底，这还是由农民工融入城市的成本过高导致的。我国迅速进行着城市化进程，越来越多的人获得市民的身份，成为城市的一员，城市人口越来越多。但是，那些拖家带口远道而来的农民工，即使在城市生活工作过很多年，仍然被各种各样的限制条件拒于门外，无法真正成为城市的一员——他们为所在城市的繁荣做着有目共睹的贡献，却在住房、医疗等方面无法享受与城市居民同样的待遇，尤其是他们的子女在接受教育时要花费更多的成本，甚至遭受歧视。

我们的社会或政府对农村留守儿童问题给予了一定的关注，有些地方也正在想办法，如解决随迁儿童的就学问题等，使农民工的子女在城市中不至于失学，比如很多省市自治区就明文取消了农民工子女上学要交的赞助费，比如我所在的湖北省的各大城市的公费学校，就全部取消了农民工子女上学的赞助费，每学年大约小学生3000，中学生5000，这为辛苦的农民工家庭节省了一大笔开支，这对农民工是很大的关怀，但是，这也只是解决了问题的一个方面，也只是一个权宜之计，要想真正解决留守儿童乃至农民工的问题，中国还有非常漫长的路途要走，农民工子女哪天在城市里和城市子女受教育的权利完全一样了，也许可以说中国的农民工问题彻底解决了。

《义务教育法》规定，义务教育是国家统一实施，所有儿童、少年必须接受的教育。保障包括随迁子女在内的适龄儿童、少年的义务教育是政府的责任。在《义务教育法》中，"保障"一词出现了19处，可见，"保障"好包括随迁子女在内的每一个孩子都能平等享有义务教育权利是立法的核心精神，也是使每一个孩子都能享有平等接受义务教育权利的前提。

然而实际情况又是怎样的呢？让我们来看一所民工子弟学校的例子。

2008年6月20日，成为邹永安终生难忘的一天。

这一天，四川省第一所合法的民工子弟学校成都市"扬帆民工子弟学校"新盖起的一幢四层教学楼，被上百名执法人员和四台挖掘机拆掉了，100多万元的投资和十几万元的建筑机械变成了砸烂的垃圾。

那个时候，主办人兼校长邹永安正在派出所，一边心疼一边犯难：该怎么去告诉那些在他学校里读书的民工子弟们？这些学生梦想着搬进"城里孩子用的新教室"，早已经掰着手指算了很久了。

43岁的邹永安是江西省萍乡市人，20世纪90年代在家乡的一所学校工作期间，他曾有半年时间参与基层扶贫，目睹了大量流动人口的子女失学。

早在1998年，在一次社会调查中，邹永安问几个在路边捡垃圾的小孩"想不想读书？"有孩子说"想"，他又问"读书之后做什么？"一个黄头发小女孩说出一个令他永远也不会忘记的答案："我长大要当警察！那样的话，我追妈妈时，她可以不用跑那么快！"小女孩的妈妈是个水果小贩，常在市容纠察临检的时候摔伤。他突然一阵心酸。

1999年，在开往昆明的火车上，邹永安的钱包和所有值钱的东西都被几个十多岁的小扒手偷走了，口袋里只剩1元钱。他冻饿交加，在火车站流浪了三天。

"我只流浪了三天而已，那些偷我钱的孩子呢？将来走上社会怎么办？"邹永安说，那三天让他想得最多的就是流动人口的子女教育问题。这些不被城市善待和接纳的孩子同样不会善待自己所在的城市。有一次，他看到一群城管砸碎了一个摆地摊的乡下妇女，还扭打这个妇女，旁边一个八九岁的男孩用一双仇视的眼睛看着。他看着这男孩的眼光心里一阵发冷，这孩子幼小的心灵里装满了仇恨，将来长大会不会仇恨这个社会？甚至报复这个社会？

如何引导城里流浪的孩子们向积极的方向发展？这是个未来的社会问题、这个知识分子心中"国家兴亡，匹夫有责"的思想一直困扰着他。

就在这时，昆明官渡区一所流动儿童学校招聘老师，邹永安前往应聘并顺利入选，月薪200元。在这里，他不但锻炼出了教学和管理才能，还认识了这所学校的投资人，亦即现在的合伙人冯平。同时，他也慢慢认准了自己的选择：专门为民工子女办一所上得起的学校，这将是一件有利于社会的事，而且也是一个巨大的市场。

一年后，邹永安和冯平来到成都。他们花了一年的时间，一边打工一边在成都流动人口集中的九眼桥、火车北站、红牌楼、洞子口、红花堰等地调查。发现成都市外来打工人员中举家进城的相当多，成千上万的打工者子女因城市求学门槛太高而无法读书，成天游荡在社会上，没有人专门针对这一批孩子办一所他们上得起的学校。

邹永安将目光锁定在流动人口密度最高的成华区青龙乡红花堰和荆竹村两地。从租房到购置教学设备，10万元的启动资金很快就消耗殆尽。在此期间，妻子离开了他。好在家乡父母和兄妹都很支持他，多方筹集了近50万元。

这样，一所能容纳500名学生的学校终于办起来了。他为这所学校取名为

"扬帆小学",寓意"扬帆出海"。

开学第一年共招学生350名。学费不能维持学校的运转,邹永安除了想办法筹钱之外,只能睡地铺、吃腐乳和白饭,被当地媒体称为"睡在地铺上的办学人"。

这个事例是农民工子弟办学之痛,下面这个故事,却是农民工子弟的择校之痛。

最近,老陈为两个儿子的上学问题犯难了。齐齐现在就读的这所学校,据说要改为民工子弟学校,学校里的老师全部都要调走了。如果齐齐想继续去公立学校上学,那么就必须交一笔不菲的借读费。

齐齐小学阶段还有4年,齐齐的弟弟下半年也要上小学了。老陈去学校咨询过,小儿子读6年,需要1.2万元借读费,大儿子读4年,需要8000元借读费。这就意味着,如果他仍然想让儿子在公办的学校就读,就得拿出两万元的借读费。这对一户民工家庭来说,是笔不小的数目。

事实上,老陈一家算是典型的候鸟,老陈和妻子不仅工作不固定,而且一家子居住的地方也无法固定。哪儿需要他们,就在哪儿住下。问题的关键在于,假如有一天他们离开这里,借读费却不能退了。

民工子弟应该怎样接受义务教育,每个地方都有不同的做法。虽然义务教育阶段已经免费了,但是,大多数民工子弟仍然只有去低劣的民工子弟学校接受教育。有网友对于民工子弟学校的存在提出质疑:"为什么民工子弟要单独搞一个学校?应该取消农民工子弟学校,让这些孩子插到普通班级和正规学校。"

在政策还未惠及之前,老陈家仍然要经受择校之痛。如果说,择校还可以根据自己的经济能力量力而行的话,那么,他们在家庭教育上却显得更加无助。面对儿子的犟脾气,他们也不知道,当棍子失去作用时,又该用什么方法去制服他。

同样是民工子弟家庭,每一家的情况都不尽相同。唯一相同的是,他们在家庭教育上的空白和忧虑。他们的这些空白和忧虑,又该怎样填补呢?

三、一个农民工子弟学校71天生存记

在农民工子女教育方面，农民工子弟学校是一个绕不开的话题。到底如何评价农民工子弟学校，是积极地、正面地评价？还是消极地、负面地评价？在中国社会特殊的历史时期，究竟哪种评价标准是客观的？笔者认为，以"合法、合理、合情"三个向度来综合评价"农民工子弟学校"，并给出一个客观的、科学的尺度，是慎重的、明智的、可行的做法。简言之，合法就是意味着对于农民工子弟学校在法律上的主体性进行评价，而核心是要界定"农民工子弟学校"将以一种什么样的市场机制介入义务教育体系中去（即指出在法律规定与实践都无法给出一个满意的答案，仍然存在着大约30%以上的农民工子弟不能在国家投资的公办学校就读，如何界定农民工子弟学校作为提供教育的一个法律主体），而这种合法性评价要以合理与合情为基础，否则这种合法到底是合乎谁的法将是一个有争议性的问题。合理的向度意味着按照农民工子弟学校产生的逻辑以及所起到的历史性作用为评判尺度，当然这种评价并不掩饰而是全面分析农民工子弟学校的局限性。合情就是要从农民工子弟的角度出发，而不是沦落为赤裸裸的利益衡量或一种机器式的僵硬态度，表现出一种现实的人文关怀而不是自私与冷漠。

这所仅仅生存了71天的农民工子弟学校的例子发人深省——

2006年4月4日，北京南苑行知小学原校址。北门上了锁，从门缝看到里面孤零零的6排平房，教室门都被卸掉了。黄校长试图从一旁的小侧门进入学校，却被已经换掉的值班员一把推了出来，黄校长猛一趔趄差点儿摔倒。

"黄校长，什么时候再回来呀？"闻讯赶来的学生家长——拾破烂的王大姐靠在门口殷切地问道，记者见到黄校长一脸的尴尬和无奈。

施压

黄校长的煎熬是从去年年底开始的。

2005年12月6日，北京丰台区教委开了个关于流动人员学校的会，有人向

97

黄校长传达了上面的精神，由于"未经批准"，"丰台区不留一所打工子女学校"；凡是给这类学校租房屋和场地的单位，必须终止租赁协议。

无奈之下黄校长以"需要几天办理相关手续"为由，通知了学生和家长，并允诺在随后的周末把课程全部补齐。

4天后重新开课，原本安静的校园却迎来五花八门的单位检查。紧接着，12月25日，丰台区教育委员会的通告就贴到了校园：

"凡丰台行政区域内未经教育行政部门批准的学校，自公告发布之日起停止一切招生和教育教学活动，并做好学校关闭后的善后处理工作。"

砌门窗

通告贴出后，学校又被迫停了两天课。怎么跟家长们解释？2006年元旦，学校比往常提前一个多星期放寒假了。

就在放寒假的几天里，校舍的房东叫来几个人，用砖头把教室门窗都砌死了，桌椅板凳也全给扔出来，横七竖八地铺了满院子，教室门也全拆了，唯一幸免的是厨房和老师宿舍，因为当时还有老师留在学校里没有回家。

临近春节，黄校长参加丰台区教委通知的"关于撤销南苑行知学校"的听证会。那天北京下起了雪，黄校长走了1个多小时才赶到。一路上他反复琢磨："学校关门这么多孩子怎么办？"他相信会上有人会认真讨论这问题。结果听证会只进行了十几分钟，黄校长的话还没说完，会议就结束了。

校长感叹：在家长眼里自己是个受人尊重的知识分子；但在上面看来，不过是个违规办学的孩子王罢了。

正月初七，学校就要开学了，黄校长带领着老师们把砌在门窗上的砖头一块块扒拉下来，再跑到旧货市场上去买门，回来重新油漆。

紧赶慢赶，学校终于如期开学了。

在劫难逃

可开学第一天，学校门口有人阻拦学生进校门，并且对前来打探情况的家长说，"学校要撤了"，"校方收了钱就跑掉了，他们都是骗子"。有些家长不敢再送孩子来上学。这一天，黄校长也收到了来自丰台区教委发给南苑行知小学"不合法"的正式书面通知。

从2月8日到16日的一个星期内，学生老师都像打游击战一般。北门被人拦截，学生们就从南门进；南门被拦截，再从北门进。从校长到学生，这都是漫长而痛苦的一个星期。校方最后的解决办法是：解散。

2月15日，黄校长连夜给学生家长发书面通知，解释学校被迫解散的原因，通知家长在京郊大兴区还有一个怡乐行知学校，愿意过去的，可以每天坐学校班车；如果嫌远的，学校也可以帮助推荐到其他兄弟学校去。

就这样，有着479名在校生的小学，人去房空了，将近60名学生转到30里外的大兴区瀛海镇的怡乐行知小学，剩下相当一部分的学生就近找学校，主要集中在大兴区西红门、黄村这些距离南苑比较近的镇子的打工子女学校就读；有80多名学生因怡乐行知小学太远，家长无暇照顾，也没办法另寻学校而只好回到老家。

南苑地区周边仅有三所公办学校：五爱屯小学，和义学校和南苑一小。可面对外来人口密集的南苑区，这三所小学也是不堪重负，没有那么大的接纳能力。

这次仅有近10名学生进入公办学校就读。学校26名教职员工，有3个到怡乐，五六个去了其他行知学校，剩下的分散到附近的打工子弟学校。

在这次丰台区教委取缔"未经批准"的打工子女学校中，包括南苑行知小学、京豫陈学校、槐房实验小学等16所，其中好几所学校都有上千名学生的规模。丰台区内还剩下3所初具规模的学校仍在继续"斗争"，共计学生3000多名，之前被迫解散的学校里有不少学生转到这3所学校来。

南苑行知小学的生命周期只有71天。

本文所叙述的"农民工子弟学校"，或称"未经批准流动人员自办学校""打工子女学校""流动儿童少年简易学校"等等，正是在这种"三元"对抗的社会形态之中产生的。2006年7月12日，北京市政府办公厅下发《北京市人民政府办公厅关于进一步加强未经批准流动人员自办学校安全工作的通知》，提出要"分流一批、规范一批、取缔一批"，尽快清理整顿未经批准流动人员自办学校，全市总共涉及学校241所，近10万学生。

他们在这个城市中顽强生存，却在这座城市的进步中步入逼仄之境。如今，有一扇理想之门为他们打开。然而，现实中的种种障碍，让那扇洞门只能遥作始终无法踏入的希望之所。

下面这个故事的主人陈传华，饱尝了在京城创建农民工子弟学校的喜怒哀乐。

第九次搬家……

"经理，那块地方租给我办学校吧？"

"不租。"

"我们会按时交租金，孩子们马上没地方上课了，求求您……"

"告诉你多少遍了，养猪养鸭行，让你办学校不行。学校是个什么地方，你这样的人能办得好？回头你跑了，把一堆孩子留给我，我找谁去？"

"不会不会，我在北京办打工子弟学校十几年了，绝对不会跑的。"

"那也不行，你走吧，别再来了。"

走出院门，陈传华抬头看到站在路边等她的丈夫，眼泪立时浸满眼眶。丈夫把手里刚刚点燃的烟头摔在地上，"三顾茅庐，刘备还请出了诸葛亮，为啥咱给学校找个合适的地方就那么难？"

陈传华叹了口气，回头望了望那片让她心驰神往的9排大瓦房。她实在太中意那块地方了：幽静的地理位置，很少有车辆通过，不必担心孩子们过马路的安全问题；前边4排房子可以改造成课堂，后边的房子低价租给家长，可免去接送的烦恼；门口的空地除草、平整后就是一块绝佳的天然操场，中间立起一根旗杆，每天举行升旗仪式，学生们都要戴红领巾……

眼看着离7月30日"搬家"的最后通牒越来越近，陈传华心里边像着了火。虽然，经历了许多冷漠、拒绝，甚至呵斥，但陈传华仍然坚定地想"要给364个孩子找一个读书的地方"。

几年前，志愿者在兴旺学校的南墙上画了一颗"生命树"：扎根在"友善""谦逊""坚强""自尊"的土壤里，繁茂的枝头挂满了红色的果实。在陈传华眼里，从兴旺学校走出去的孩子们就是这些果实。

7月29日清晨，陈传华颤抖着手最后一次抚摸那棵颜色依然鲜艳的"生命树"。几个小时后，伴随着一阵轰鸣，铲车将南墙连带"生命树"一起推倒。

寻找新校址

7月20日，坐在9年前买来的二手面包车上，陈传华扭头看向繁华的唐家岭中街。骑着摩托车的年轻情侣在公交车的缝隙中穿梭，狭窄的街道被车辆堵得水泄不通，商店里传出"挥泪大甩卖""最后一天清仓"的吆喝声，似乎一切都和过去一样。

只有头顶上空悬挂的一张张红色的动迁横幅，提醒人们，海淀区唐家岭村这个北京典型的城乡接合部正经历着一场翻天覆地的"整治"——城乡一体化改造。

面包车拐过拥堵的街道，一片片平房已经被拆得只剩下一堆瓦砾。虽然已经是正午时分，仲夏的阳光把大地烘烤得热气腾腾，运砖的车辆却依然跑得起劲。这景象让陈传华看得心惊肉跳，"左邻右舍都拆光了，很快就轮到我们兴旺了。"

车子缓缓开进兴旺学校方砖铺成的"操场"。陈传华跳下车，蹲在树荫下等候多时的学生家长柴光农缓缓站起来，活动了一下有些麻木的双腿，"陈校长，这次看得怎么样？"

陈传华苦笑着摇了摇头。西三旗、清河、东北旺、航天城……一个月里，她跑遍了方圆几十公里的村镇，找了不下20处房子，连家长们也帮忙四处打听。但相中的地段人家不租，主动找上门的，她又嫌环境不好。

"安全、离家长租住房近、有个活动的地方"，陈传华觉得自己的要求并不高，可就是找不到一个合适的新校址。

每天，陈传华都要固定接待两批人：一批是动员她尽快搬走的拆迁办工作人员，另一批就是"担心孩子没学上"的家长。

柴光农就是每天必来的家长之一。他11岁的小儿子在兴旺学校读五年级。

从老家河南固始县到北京17年，柴光农和妻子一直以收废品为生。"都是吃了没文化的亏，跟人家签个合同我都看不明白。"读到小学一年级便辍学的柴光农写得最好的字只有自己的名字。

"现在是高科技时代了，我们再苦再累也要供孩子读书，将来送到大学里去。"柴光农把改变命运的希望寄托在两个孩子身上。

"学校搬到哪儿去，我们都跟着。工作可以慢慢找，孩子们上学可是一等一的要紧事。"两个孩子都在兴旺上学的王生永，站在一旁嗫嚅，希望给陈校长打打气，但陈传华却忽然有些窒息，家长们对学校的期望此时成了一种沉重的负担。

刚到北京创办兴旺学校时，陈传华只有32岁，"年轻气盛，希望替家乡分担教育流动儿童的责任"。如今，她已经年近五旬，在老家，这把年纪应该准备退休了，可她没有停下来的打算。

"还没教出个名堂，学校却要关门了，我怎么对得起家长和学生？"陈传华不甘心。

最后通牒

"2008年，北京将加快城乡一体化的步伐。东坝乡驹子房村、金盏乡长店村等50个位于城乡接合部的村落，已被列为市级挂账、整治督办的重点难点村，拆迁改造工程明年启动，并限期完成……"

2007年12月10日，陈传华在报纸上看到一则"北京将对50个城中村进行改造"的新闻。她草草瞄了一眼标题，便把报纸扔在了一边。彼时，她并没意识到，自己有一天也将被卷入改造的漩涡。

2008年4月初的一天，几名家长找到陈传华，"唐家岭被列入33个整治改造规划方案完成的重点村之一，在市里都挂了号，听说要大拆迁。陈校长，你得到什么消息没有？"

"没事，我们是学校，不会拆的。"陈传华安慰着家长，心里却有点慌。"拆兴旺？能吗？"

就这样，在忐忑不安中度过三个月。6月18日，陈传华突然收到村里的通知，兴旺学校也在被拆迁之列，搬走期限是：6月21日0时。

"学校还没放假，学生上课怎么办？两天时间，让我上哪找新校址？"陈传华一时急火攻心，眼前一黑坐倒在校门口。

第二天，白色的拆迁告示便贴到了学校围墙上。"学校搬家？找不到地方就得关门。"消息不胫而走，家长们人心惶惶。几个淘气的男生，偷偷把告示撕了下来，天真地认为"没有告示，学校就不用搬了"。

陈传华提着礼物到唐家岭村大队找领导，队里领导摇着头说：这是北京市统一规划，谁也改不了。她又跑到海淀区教委，负责社会办学的领导也表示：因为兴旺学校没有获得教育部门审批，没有合法身份，"教委管不了"。

两天的腾退期限很快到了。6月20日一大早，学生们照常背着小书包进了校门。陈传华嘱咐老师照常上课，然后站在门口等候拆迁办工作人员。果然，村领导带队来到学校，找陈传华面谈。

"我不想做'钉子户'，找到合适的地方保证搬，请再宽限几天！"陈传华和十几个老师苦苦哀求。

看着正在上体育课的学生，村领导心软了："7月30日，不能再拖了。"

有老师偷偷拽了拽陈传华的袖子："合同签的是10年，还差几年才到期，是不是要点儿补偿？"

"咱还短人家三年的房款，咋好意思再要补偿？"陈传华尴尬地笑了笑。

望着拆迁人员离去的背影，陈传华想：在北京打拼了12年，过了那么多沟沟坎坎，这次还能迈过去吗？

进京办学

1999年，河南省光山县城关镇南向店乡第一初级中学数学老师陈传华，怀里揣着借来的56000元钱，还有丈夫下岗的2万元安置费，远走北京办学。

"当时啥也没想，就觉得不能让孩子们没学上。"扔掉"铁饭碗"、背井离乡，陈传华到现在也不知道自己当时哪来那么大勇气。

光山县属于经济欠发达地区，人多地少，按传统的耕作习惯，春夏只种一季稻，农民卖掉庄稼后，也只够买下一季种子和化肥，生活十分贫困。为了改善生计，许多年轻人带着妻儿、扛着包袱到大城市务工。

103

一次偶然的机会，陈传华听南向店乡教育管理站的朋友说，外出务工人员的随迁子女失学现象严重。"光在北京就有不少咱们的老乡，当地公立学校他们进不去，送回家上学父母又不放心，要是有老乡愿意在北京给他们办个学校就好了。"

说者无意听者有心。这天夜里，陈传华失眠了，"也许，我可以试试，到北京办个打工子女学校……"

第二天一早，陈传华把自己的想法告诉了丈夫。结婚十几年，丈夫从没对陈传华说过"不"，虽然觉得"不托底"，还是答应了。

凑齐了办校资金，揣着教育管理站的一纸"委托办学证明"，陈传华与丈夫来到了北京。

最初，陈传华把校址选在了光山籍农民工聚集的海淀区东北旺乡四大队。当时，大队领导正为大量外地儿童失学而苦恼，主动找上门的陈传华"帮他们解决了大问题"。队里二话没说，立即给陈传华批了一块空地。

第一年，陈传华招了48个学生。其中一个已经12岁的男孩子，却还要上学前班。"他父母说孩子'脑子有问题，傻'，其实这个孩子一点都不傻，只是没有人教他知识。"

开学第一天，有十几年教龄的陈传华，站在年龄参差不齐的孩子面前，竟激动得有些语无伦次。

经过一段时间的发展，学校盖起了30间大瓦房，增设了初中部，有了固定的老师，生源也从河南籍农民工子弟扩展到河北、山东、内蒙古……

"当年盖房子，他从房上掉下来，把腰摔伤了，再也不能干重体力活了。"陈传华有些心疼地看着丈夫。但他们从没为当初的决定后悔过，"让这些流动儿童有个地方学知识，是做善事，积德呢。"

流动的学校

"在北京，我们是流动人口，搬到哪里都一样。"站在空空荡荡的教室里，陈传华恍惚听到了自己的回音。她已经习惯"搬来搬去"的生活。建校12年，兴旺学校搬了8次。

开始，由于规划占地，刚刚发展起来的学校要从头再来。第一次搬家，陈传华相中了农民工聚集地唐家岭。因为时间仓促，她租下一处民房改建成教室，但租金年年涨。"吃不消"的陈传华又搬了两次家。

后来，经人指点，陈传华"厚着脸皮"找到唐家岭村大队书记求助，终于租到了现在的校址。虽然校园小了很多，只有三排房子隔成六个年级，但租金也便宜了很多。

再后来，北京取缔不合格打工子女学校，并将学生分流到公办学校就读。

当年的7月4日，没有获得审批资格的兴旺学校也收到了"告知书"：

经查实，陈传华未经海淀区教育行政部门批准，擅自在唐家岭村举办兴旺学校的行为，违反了有关法律，并在责令改正期内仍未达到《北京市中小学校办学条件标准》中的基本要求，该校将被责令停止办学……

为了切实保障来京务工就业农民子女在京接受义务教育的权利，使他们享有与首都儿童少年同等的受教育的条件和机会，请家长或监护人自本告知书发布之日起一周内持本人在京暂住证、在京实际居住证明、在京务工就业证明、户口所在地乡镇政府出具的在当地没有监护条件的证明、全家户口簿，向暂住地的街道办事处或乡镇政府提出申请，并持街道办事处或乡镇政府开具的"在京借读证明"到暂住地的唐家岭小学联系就读。"

与前几次搬家不同，这回陈传华没有四处托人求情，而是坐等取缔。"能进公办学校对他们来说是好事，学校关了，我就回家做生意去。"陈传华挺想得开。

可最后期限过了，依然不见有人来取缔，家长们也纷纷找来，表示自己的孩子还在兴旺读书。

"是那些证明难住了家长。"陈传华说，兴旺学校的学生家长大多从事卖菜、种地、保洁、收废品等工作，没有人能给他们开具所谓的"就业证明"，放弃现在的工作回乡开证明、取户口簿更是难上加难。所以他们宁愿交学费，送孩子上打工子弟学校，"只图个省心"。

于是，"不具备北京市中小学办学基本条件"的兴旺学校，一直走到了今天。

土井的世界

北京西北五环外的海淀区上地科技园区如今已经闻名全国，从这里向北12公里，有个叫土井的地方，与上地相比，这里是另外一个北京，另外一个世界。记者的车子在一片片红砖平房里穿梭，感觉这里有两多：垃圾多，孩子多，一堆堆，一群群的。

而这一切，被四周茂盛的灌木和绿色的栅栏隔成了另外一个世界。兴旺学校90%的学生就生活在这个世界里。

接近11点钟，7岁的王颖(化名)喝了一碗粥，便满头大汗跑出父母租住的小屋，奔向巷子里女孩子们聚集玩耍的"游乐场"———一条狭长的巷子。

"我语文拿了100分，得了进步奖。"

"有什么了不起，我去年就得过进步奖了，明年我要拿三好学生。"

"你们暑假作业都做完了吗？四本练习册我都做完三本了。"

………………

七、八岁的女孩子们聚在一起，最愿意攀比的除了裙子就是学习。

"学校要关门了，你写作业给谁看呀？"有个男孩子不服气地哼了一句。

王颖狠狠地瞪向那张脏兮兮的小脸，张了张嘴，却又不知道该怎么反驳他。孩子们一时鸦雀无声。

6月30日，兴旺学校提前放假，王颖认真地系上了红领巾、老师们穿上了漂亮的衣服，聚集在操场上。

王颖记得，陈传华校长亲自把成绩单发到她手里，还捏了捏她的小手。

"大家都看到门口贴的告示了吧？唐家岭改造，学校马上要拆迁了。不过，我一定找到新校址，希望你们认真完成家庭作业，开学后要检查……"王颖第一次看到平素总笑盈盈的陈校长哭了。

"陈校长说了，能找到新校址，到时你不完成作业，罚你背书。"王颖像个小老师一样严肃。

被王颖抢白的男孩子涨红着脸："开学我就回老家去读书了，那里东西便宜，上学也不用交钱。"

"可你不能跟爸爸妈妈住在一起了呀？"站在一旁的小莲耸了耸瘦小的肩膀，"我妈说我们得搬家了，原来我们住回龙观村，后来那里拆了，我们就搬到唐家岭，现在这里再拆，我们就搬到昌平去。"

终于在7月28日，王生永和柴光农接到陈传华的短信：学校已找到新校址，在六里屯。

所谓新校址，也只是一座厂子闲置的库房，需要大大改造一番。"这回，还能像12年前那样，一切从头开始吗？"陈传华不知道自己还能坚持多久。这间得之不易的库房，是陈传华和丈夫开着破旧的面包车，满世界乱转中无意闯入的。"厂长人很好，开始人家也很为难，不愿意租给我们。前面是厂房，后面如果成了学校，孩子们乱跑，厂子也怕出问题。"对陈传华来说，被拒绝已经成为一种习惯，这一次，她一如既往地继续坚持着。孩子们没学上，自己这么多年来的艰辛，和人家好商好量谦卑地求情……所有这一切，总会打动好心人。于是，在新学期到来之前，陈传华租到了校舍，只是，偌大的库房，要好好规整一番，至少需要几万元钱。

这是陈传华的兴旺学校的第九次搬家。

无论如何，这是一个好消息。很快，那些等着上学的孩子们从父母那里知道了，下学期他们有新校舍了。王颖偷偷告诉小莲，她每天都要抱着中国扶贫基金会送给她的"爱心包裹"才能入睡：一个粉色的书包里，塞满了文具、书本，还有一只可爱的吉祥物"抱抱"。"等开学了，我就背这个新书包到新的兴旺学校去上课。"

四、农民工子弟学校岂能"一关了之"？

解决农民工子女上学难问题，是社会的包袱还是责任？对于城市来说，这是个科学发展观问题。

一方面，城市公办学校的高门槛、高收费使得大量流动儿童被拒之门外；

另一方面，相对更符合家长实际需求的私立农民工子弟小学，又常常因为软硬件设施等问题，面临以"不合法"名义被关闭的命运，如北京、上海、广州等一线城市，都有新闻报道过农民工子弟学校被强行关闭，大量流动儿童被迫失学的情况。尽管政府出台政策，要求公办学校降低门槛，吸收流动儿童入学，但事实上，不仅许多公立学校本身对接受流动儿童有排斥情绪，以"小班教学""名额已满"等种种理由将他们拒之门外，很多农民工家长本身也因费用、教材、学制等诸多原因，并不愿意孩子进入公立学校。

因此，倘若按照僵化的思路，强制关闭大量"不合法"的农民工子弟小学，要求这些流动儿童进入公立学校就读，实际上的执行结果，只能是造成更多本来有书可读的孩子被迫失学。为什么对民办农民工子弟小学只能"一关了事"？为什么不能给予它们相应的政策、财政支持，用于提升其设施水平和教学质量？为什么一定要让公立小学占据大多数教育资源，而把事实上更适合农民工需求的民办子弟小学排斥在教育财政的覆盖面之外？

我们还是让事实来说话。

哪些"借口"阻挡农民工子女上学？

笔者调查发现，农民工输入地政府在落实农民工子女教育政策上有种种借口，其中突出的有三种：

其一，城市"免责"说。

这一看法曾经十分流行，现在仍大有市场。国务院解决农民工问题的若干意见再次强调了"输入地政府为主"的原则，但某些干部至今不愿接受。北京某区的干部就对笔者说："农民来京打工的目的是挣钱，子女教育就应放在老家！"

其二，民办学校"误人子弟说"。

与公办学校相比，民办学校大多设施简陋，师资力量薄弱。一些管理者认为，农民工子女学校安全隐患多，教育质量差，误人子弟，应当取缔。他们指责自办学校越来越多，主要目的是赚钱，违背国家对义务教育的要求。

其三，"进城失控说"

一些输入地政府认为，如果城市解决好了农民工子女的义务教育问题，会引发新一轮大规模的"进城潮"，出现失控的城市化局面。

对上述观点，国务院发展研究中心研究员赵树凯认为，一些城市管理者对解决农民工子女教育问题有意见、有担心，不难理解。这反映了城乡二元体制背后的深刻矛盾。但以统筹城乡社会和谐进步的科学发展观来看，从中国城镇化发展的大方向看，是非就分明了。

针对一些城市管理者的担心，农业部农村经济研究中心副研究员吕绍清说，最近两年对600多个农民工家庭的实证研究表明，所谓失控的"进城潮"不会出现。因为外出打工者多是低收入户。城市的生存和教育等社会成本是个无形的门槛，能够留下的农民工家庭只能是"有限增长"。

城市公办学校实际承担了多少"义务"？

国务院出台的解决农民工问题的若干意见，强化了两年前提出的"两为主"政策，即对农民工子女义务教育，由输入地政府安置为主和公办学校接纳为主。但笔者发现，这一目标的落实充满矛盾。

大兴区是北京安置农民工子女入学较好的一个区。区教育局社教科科长张香坦介绍，大兴区有公办学校170多所，接收农民工子女1.47万人，已基本达到饱和状态。而同期区内自办的农民工子女学校却安置了2.5万人上学。很显然，这里仍是以"自办学校安置为主"。据介绍，在京约50万流动儿童中，公办学校接收近一半，已基本处于饱和状态；另外约20万人进入自办农民工子女学校，且数量仍在增长。

目前，什么样的公办学校会接纳农民工子女呢？据一些农民工及自办学校负责人反映，主要有两类，一类是京城基础较为薄弱的学校，二类是城郊的乡镇学校。

一个新的问题是，在农民进城务工的"证卡制度"被废除后，农民工子女进入城市公办学校就读的"证卡制度"又出现了。

笔者查阅北京市政府2004年50号文件及各级教育部门规定，发现农民工子女进入公办学校就读，必须提供"五证"：户籍地无监护人证明、城市务工证、城市暂住证、户口本证明、实际居住场所证明。五证俱全，家长才可申请"借读农民工子女证明"，才能按国家政策免除借读费。

"老实说，能办齐'五证'的农民工子女极少。"一位区干部承认，全区能凭"五证"免借读费的不到5%。原因很简单：一个务工证，京城几百万农民工有多少人能拿到？即便办齐"五证"，公办学校也常以"名额已满"为由变相索要"赞助费"！

一些专家认为，农民工子女在城市入学需要一些基本条件，如身份证明、居住证明等，但门槛过高，就变成了障碍。像务工证、监护证明等，政府部门不给开，农民工就永远没有，这类规定执行偏了，就往往违背国家政策，导致变相乱收费。

2008年7月30日，国务院常务会议决定从秋季学期开始，在全国范围内全部免除城市义务教育阶段学生的学杂费。国务院文件要求，对符合当地政府规定接收条件的进城务工人员随迁子女，在公办学校就读的，免除学杂费，不收借读费；在接受政府委托、承担义务教育办学任务的民办义务教育学校就读的进城务工人员随迁子女，按照和公办学校学生一样的标准享受免除学杂费政策。

国务院文件在重申"两为主"解决进城务工人员随迁子女接受义务教育问题的基础上，进一步提出了三方面要求：一是做好统筹规划；二是足额拨付公用经费；三是加大教育资源投入力度。

此外，国家还有相应的政策引导，让各地更加重视解决进城务工人员随迁子女入学问题。

农民工随迁子女在接受义务教育的时候，只要符合当地政府设定的合理的条件，就可以和城市当地的孩子一样接受平等的、免费的义务教育，不能再向这些孩子收取额外的任何费用，比如"择校费"等等。可是各地政府执行情况不一，问题并未完全解决。就如前文所言，在我的家乡湖北省就执行得较好，可是在一些非常发达的一线城市，执行得就不尽如人意。

五、开学时节的沉重话题

又到了开学时节。跟往常一样，许多孩子背起书包，快快乐乐地走向校园。

然而，他们却很难高兴起来。因为是农民工的子女，他们不得不遭受求学上的种种不公，承受城市孩子无法想象的种种压力。

接受教育，是每一位公民的基本权利。当我们走近这群孩子，面对一双双充满渴望的眼睛时，心情竟久久不能平静——

6岁女孩，窗外听课21天说明了什么？

一则新闻《6岁女孩，窗外听课21天》，让我的眼眶充满了泪水，让我很想大哭一场，也让我思索了很多！我开始想我们的教育体制改革了吗？人人拥有平等的教育机会，我们面对这位6岁的农民工小女孩，我们还有力气说出口吗？我们教育界的官员们，是不是要反思一下呢？我们是一个人人平等的社会主义国家，可一个6岁的小女孩，竟然只能在窗外站着听了21天的课，如果没有人反映给媒体，她是不是一直要站在窗外听下去呢？我不得不一次次地问自己：社会主义国家的教育本质和性质是什么？现实中不断攀升的青少年的暴力犯罪，为什么很多未成年人会走上"不归路"？难道这只是他们自己的行为错误吗？难道只与家庭背景和生存环境相关吗？与当前我们的教育体制和教学方式有没有关系？与我们的社会现实有没有关系？！

是的，我国的教育体制一直在不断改进、完善，可我们却没有从最根本上去做。我们普及了义务教育，我们免除了学杂费，可我们却没有真正去理解社会主义教育体制的本质，更进一步说，就是没有真正去理解"社会主义教育体制教书育人的本质"！对于这个6岁的小女孩来说，也许她并不知道为什么会这样，可她唯一知道的，也是永远记住的，就是别人能在教室里上课，而我却不能；别人能坐在教室里，而我却要站在教室的外面。我们这样的教育体制和教书育人的方式，会给这个6岁的小女孩带来什么？她知道了：我和别人不一样！

上学费用高：农民工子女入学的第一道坎

开学已经好几天了。因为交不起300多元的学费，12岁的陈其国迟迟没有到学校报到。

笔者好不容易找到他的家。这是一间只有6平方米的小房子，单人床、破衣柜、旧电视、煤气灶就是全部的家当。一盏10瓦的荧光灯下，陈其国正在专心地看书。

他的父亲卧病在床，一提孩子上学的事，眼圈就发红："这两天，看到别人的孩子高高兴兴上学，我的心里难受得就像刀割似的。真对不住孩子，我这个做爹的，连他上学的学费都付不起……"

和陈其国一样，由于家庭生活困难，不少农民工子女不得不放弃求学。

树人学校是北京海淀区的一所农民工子女学校，开学已经一周，还有100来名学生没来报到。校长董庆云习惯性地瞅瞅校门口，有些失落，又有些无奈："反正每到开学，总得少那么百儿八十人。有的回老家了，有的转学了。至于有没有人辍学，那就没办法统计了。"

目前我国有2000多万流动儿童。国务院妇女儿童工作委员会办公室和中国儿童中心称，儿童中，9.3%的孩子处于失辍学阶段。这就意味着，全国有200万名左右的流动儿童失辍学。

上学费用高，是农民工子女上学面临的第一大困难。笔者在调查中发现，带孩子进城上学的大都是少数"先富起来"的农民工，而相当一部分在建筑工地、生产企业和服务行业工作的农民工，这个念头连想都不敢想。在重庆已经打工多年的张庆，这两天还在为家中两个上学的孩子发愁："孩子上学没人管，但到城里读书要额外交那么多钱，我哪承受得了，这只能是个奢望。"

公办学校：不敢多想的"奢望"

天刚蒙蒙亮，唐静就起了床。她小心翼翼地将前天晚上吃剩的饭菜装进饭盒，摸黑赶往10公里以外的农民工子女学校，开始一天的学习。

"我也想去公办学校上学，至少那里有好的食堂，但学费实在太高。"一想起夏天，早上带饭菜到中午就有点变味发馊，上海宝山区安南小学的这位四年级学生心里就有点发酸。

国家规定，公办中小学要建立完善保障进城务工就业农民子女接受义务教育的工作制度和机制。但真正要到公办学校上学，对农民工子女来说，却是一个不敢多想的"奢望"。

为了缓解农民工子女入学难问题，南京市要求10所公办小学向农民工子女开放。但笔者在鼓楼区的宁工小学采访时发现，外地生到这里上学，除借读费外，还需交纳1000元赞助费。学校姓李的教导主任解释："我们也想对所有农民工子女开放。但如果真这样做了，学校根本没有这么大的容纳量。那叫我们录取谁不录取谁？考虑到这一情况，学校还是设立一个小小的门槛。"

收费高，并不是农民工子女到公办学校上学难的唯一原因。"北京的公办学校，用的都是北京本地教材。将来考大学，因为没有户口，孩子还得回去考，怎么办？"从山西来北京打工的张眉栓愁苦地问。考虑到这个因素，许多家长不得不把孩子送到使用全国统一教材的民办农民工子弟学校。

我的一天：不能承受的生活之重

这是南京一所小学的一位农民工子女写的作文：《我的一天》——

"早上三点钟，我和妈妈起床。刷牙洗脸后，我和妈妈一起到五里之外的白云亭市场去批菜。批完菜后，我和妈妈一起把菜用车推到菜市场去卖。然后，我回家做早饭给弟弟和自己吃。等我们都吃完早饭后。我到菜场把妈妈换回来吃早饭。妈妈吃过早饭后，再来换我。然后，我就背着书包去上学。

中午放学之后，我回家做午饭。等我和弟弟都吃过午饭后，我再去菜市场换妈妈回来吃午饭。等妈妈吃完午饭后，再来换我去上学。晚上，放学之后，我回家边做晚饭边做家庭作业边带弟弟。等妈妈卖完菜后，我们就可以吃晚饭，吃完晚饭，我就可以睡觉了……这就是我的一天。

这几天，我妈妈说我上学没什么用，还不如专心帮她卖蔬菜，但我真的很想上学。"

王红梅是北京陶行知学校的班主任。一向沉默文静的她说起孩子就打开了话匣："也许是生长环境和家庭生活背景不同，不少孩子过早就担负起照顾家里的重任。和同龄孩子相比，这些农民工子女幼小心灵里早早就埋下了很强的自理自立意识，同时他们又是一群敏感而又易受伤害的特殊群体。"

刘阐（化名）是北京智泉学校的一名免费就读生。由于父亲被判入狱，母亲改嫁，只能依靠爷爷替人看大门而生活。每到开学时，他总是不得不做让他感到很丢脸的事："老师，我爷爷交不上学费，您先让我上课，过几个月爷爷把钱补上……"

他静静地站在笔者面前，被寒风冻得裂了口子的小手紧紧贴在裤缝上。笔者小心翼翼地避开他那清秀的目光。因为，眼睛是心灵的窗户，而在那窗户下面，是一颗敏感而脆弱的心灵。

偌大北京，就放不下一张民工娃的书桌吗？

"是妈妈把首都的马路越扫越宽／是爸爸建起了北京的高楼大厦／让我们仿佛感到这里就是我们的家"——在歌声中，新一代农民工子女表达了对"新家"的期盼，他们向往公平的教育和生活环境。

在人们向往的首都，每天都有数以万计的"打工仔""打工妹"从全国各地涌进北京"淘金"。然而，首都人并不一定都很友好地以欢迎的姿态接纳这些外地人，有时甚至排斥、拒绝接收。

请看刘武俊先生在《中国改革》杂志社2001年第10期上刊发的《解读北京的"傲慢与偏见"》，可以说把北京人的排外心理分析得淋漓透彻——

每座城市都有自己独特的气质，作为一国之都的北京，作为政治、文化、国际交往等等若干"中心"的北京，已经拥有太多的溢美之词，不过令人不敢恭维的是，这座城市潜伏和涌动着一种掩饰不住的"傲慢与偏见"的气质，不客气地讲，这其实是一种以制度歧视为表征的霸气。从学术的视角考察，包裹着"傲慢与偏见"的是一层被称为"制度"的坚硬的"壳"，是被公共政策乃至法律法规呵护的"非常之壳"。

相对于深圳等经济政策优越典型的"经济特区"，北京是一座典型的事实上的公共政策优越型的"政策特区"。北京人的优越感，相当程度上是得益于各种特殊的优惠政策的发酵剂的长期催化。长城无疑是北京的重要旅游资源和北京人的骄傲（当然也是全体中国人的自豪），不过，封闭排外也是长城式建筑的另一种文化隐喻。建筑学意义上的长城是智慧的象征，但政策和制度上的"虚拟长城"则是一种僵化的制度壁垒。令人喟叹的是，北京城内的"城市壁垒"几乎是囊括就业、升学、迁徙等全方位的，其"恢宏气势"似乎并不逊色于城外的古长城。

"不要让孩子输在起跑线上"，中国的家长们为此不惜付出一切代价，一般农民工是赔不起这股疯狂劲头的。而孩子是不是"输"，最终决定于孩子高考录取，决定于那张高考录取通知书。而毋庸置疑的是，北京孩子比其他所有地方的孩子，都有更优越的教育优势和录取优势获得高等教育深造的机会。

"偌大北京，放不下一张民工娃的书桌"，本文不无遗憾地宣布，很多时候确实是这样。

就算放下了一张是书桌，农民工子女也经常生活在一系列尖锐又集中的矛盾中。从家乡走进北京，孩子们面临着北京的繁华与自身处境的巨大落差。笔者有一个统计，没来北京前，68.8%的孩子认为北京是一个繁华美好的天堂，而来北京后，54.1%的孩子认为在京读书不如在家好，因为他们进了北京城，却不能成为北京人，他们只能在简陋的打工子弟学校读书，不能在北京考学，不能有足够的零用钱，甚至不能像北京孩子一样进一些消费场所，比如一个初二的学生告诉笔者，他每天凌晨3点就得起床帮妈妈进货。在我接触的30多个孩子中，单亲家庭就有4个。中国的三大差别，城乡、地区、脑力与体力劳动，似乎在他们身上集中地体现出来，他们实际上生活在繁华首都的边缘，成为异类人。

不过这不是北京的错或农民工的错。

在现代中国，农民工是一个毫无计划性、预测性的两亿多人的庞大的自由流动群体，类似逐水草而迁徙的牛群、羊群、马群，哪里有草吃，有活干，有工打，就流向哪里。

居无定所，不稳定地在中国大地流动的农民工，其随身携带的家眷孩子，在哪里好安下一张书桌？住所可以是流动的，今天可以租这里，明天可以租那里；做工可以是流动的，老板今天可以雇你，明天可以不雇你；而学校、书桌是不好流动的，学校不可以今天建在这里，明天建在那里。即使可以，老师也不好今天在这里，明天在那里。

不仅要给这些农民工的子女提供教学楼，课桌椅，教学实验器材，操场，体育设施等等，还要提供包括这些子女在内的农民工自己的住宿以及其他辅助生活设施，保障设施。而这些住宿，生活，教育设施在农民工及其子女的家乡原先就有，现在还在。当然，需要的都可以由农民工自己创造，不过其中除了劳力之外，还要土地，物资等自然资源。还要时间，还要老师。

只要流浪的农民工安不下来，跟随流浪的民工娃的书桌就安不下来。

六、农民工子女入学体现社会公正

社会公正，是构建和谐社会的重要因素。民工子女不能入学，它折射了社会不公平的一面，与构建和谐社会总体不符。那么，我们的社会学家怎么看待这个问题？中国社会科学院社会学所研究员王春光的观点是一个具有代表性的观点：

孩子受教育不仅仅是一个最基本的国民权利问题，还是一个影响到社会融合和秩序的问题。教育具有缩小社会差距、改善社会结构的功能，特别是下层人群寄希望于教育，为他们的孩子提供和创造向上流动的条件和机会。

尽管中央政府已经发文要求流入地政府负责解决外来人口子女的教育问题，但城市本身的教育资源已经非常紧张，而目前的教育管理体制、财政体制、户籍制度以及其他管理体制仍然没有把外来人口子女的教育纳入城市教育范围，因此在很多地方出现了城乡分割局面。

我国采用的是分级管理、地方政府负责的义务教育制度，现有的教育财政制度也是为此服务的，所以，对外来人口子女的教育问题，流入地政府不需要承担强制性义务和责任。另一方面，许多地方政府认为过多地吸纳外来人口子女进入公办学校，会影响本辖区的教育质量，也会增加财政负担，是吃力不讨好的事情。

城市需要农民工，是因为他们能从事城市居民不愿干的脏、累、差、险的工作，而且不需要付给他们很高的工资和过多社会保障，但城市并不愿意承担他们的子女的教育义务。

因此，不少城市政府以打工者子弟学校办学条件不够、教学质量差等理由，大量停办农民工子弟学校，从而使农民工子女在城市接受教育更加困难。

不可否认的是，按城市的教育标准来衡量，多数的农民工子弟学校确实不合格，但农民工子弟学校毕竟解决了不少打工者孩子的教育问题，所以深受许多农民工欢迎，获得了快速的发展。

仅北京市，1993年还只有一所农民工子弟学校，可是十年间已经多达300多所，学校的规模扩充得更快，有些学校在短短的几年内从几十个学生扩大到现在的几千乃至上万人，这300多所学校解决了4万多农民工子女上学问题。

尽管国家明令禁止城市公办学校向外来人口收取孩子上学的赞助费，并规定了借读费标准，但是公办学校的其他日常开支相当大，还是有一些学校私下向外来人口索取赞助费等，这一切都是不少打工者难以承受的。他们仅能支付农民工子弟学校的学费。

因此，有专家认为，在目前公立教育资源紧张的情况下，城市应该允许农民工子弟学校的生存，并帮助它们改善办学条件，不应该一味地采取断然的取缔措施，此时需要强调政府作为维护社会公正应承担的责任。

我们的城市不应该是一个封闭的社会，也不应该只属于少数社会精英生存。当我们在谈论城市化的时候，不应只局限于让城市建得更现代、更漂亮，更主要的是要让更多的农村人口进入城市，创造条件让他们中更多的人成为城市居民。农村流动人口要实现城市化，至少需要两代人的努力。为进城打工者子女提供最基本的义务教育，应该属于促进农村流动人口实现城市化的一条最重要的路径。

但是，现在他们中的不少人不但进不了城市学校，连在农民工自己办的子弟学校读书，也得不到合法的、稳定的保证。这些孩子从小就认识到城市社会是不欢迎他们的，长大之后将会怎么对待我们的城市和社会？

我们在给予城市孩子良好的教育的同时，是否也应该匀出一点教育资源给这些边缘群体的孩子呢？当我们千方百计地投入大量资金去创造世界一流大学的同时，是否也应该为基本义务教育投入更多的资源呢？

为此，首先应该对现行的义务教育体制进行重大的改革，让中央政府承担起基本义务教育的责任，然后向地方政府实现委托制。

在管理上实行按学生人数分配资金、以及资金跟随学生流动，采用信用卡式的教育资金分配机制；允许和鼓励社会力量参与基本义务教育的兴办，不能仅仅允许社会力量兴办贵族式学校。

具体到农民工子女教育上，首先应该取消各种烦琐的就学手续，让他们毫无障碍地进入城市公办学校，与此同时，城市应该降低对农民工子弟学校的要求，创造条件让有条件的农民工子弟学校改善办学条件。

让所有孩子接受最基本的义务教育，不仅仅是一个国家的责任，也是保证最基本的社会公正的需要。

教育公平是最能体现社会公平的领域，也是当前教育改革发展的重点领域。《国家中长期教育改革和发展规划纲要》把"促进公平"作为教育改革发展的重要方针，提出了形成惠及全民的公平教育的战略目标，这是着眼于现代化建设全局、针对我国教育的现状提出来的，具有重大的现实意义和深远意义。当前，要把重点放在义务教育均衡发展和扶持困难群体上，加快推进覆盖城乡的基本公共教育服务体系，建设惠及全民的公平教育。

教育公平关键是机会公平，保障公民依法享有受教育的权利。办好每一所学校，教好每一个学生，实现更高水平的普及教育，就是为人民群众创造更多平等接受教育的机会。努力使孩子们不因家庭经济困难、就学困难、学习困难而失学，不因性别、地域、民族宗教而影响受教育。要进一步提高教育普及率。要加大对家庭经济困难学生的扶持力度，重点是健全国家资助政策体系。在学前教育阶段，逐步对农村家庭经济困难和城镇低保家庭子女予以资助；在义务教育阶段，提高农村义务教育家庭经济困难寄宿生生活补助标准，改善中小学生营养状况；在职业教育阶段，逐步扩大中职免费覆盖范围；在高等教育阶段，健全高校毕业生代偿学费和助学贷款政策，逐步提高国家奖助学金标准和覆盖面；同时，把普通高中生和研究生纳入国家助学体系，努力确保家庭经济困难学生应助尽助。保障特殊群体的受教育机会。要完善特殊教育体系和特教老师培养，注重潜能开发、缺陷补偿和就业能力培养，为残疾人融入社会打好基础。

促进教育公平要把促进义务教育均衡发展作为重点。当前要在以下几件事上下功夫。首先，推进学校标准化建设。改造薄弱学校，尽快使师资、教学仪器设备、图书、体育场地基本达标。实施好中小学校舍安全工程，实现城乡中小学校舍安全达标。要用10年左右的时间，基本完成义务教育标准化建设。其次，着力解决"择校热"问题。加快缩小校际差距，加快薄弱学校改造。实行优质普通高中和优质中等职业学校招生名额合理分配到区域内初中。义务教育阶段不得设置重点学校和重点班。要加强区域内教师资源的统筹管理和合理配置，实行县（区）域内教师、校长交流制度，有条件的城区和农村可以逐步探索教师定期交流制度。创新教师补充和退出机制。三要保障进城务工人员子女和留守儿童平等接受义务教育的权利。要制定进城务工人员随迁子女义务教育后在当地参加升学考试的办法。要重点建设好劳务输出大省和特殊困难地区农村寄宿制学校，改善办学条件，优先满足留守儿童就学需要。同时，健全学校、家庭和社会相结合的教育和监护网络，帮助留守儿童健康成长。

促进教育公平要把合理配置教育资源，向农村、边远贫困地区和少数民族地区倾斜作为根本措施。当前，要在财政拨款、学校建设、教师配置等方面向农村倾斜，加快缩小城乡差距。统筹城乡教育发展，有条件的地方在义务教育阶段尽快形成城乡同标准、一体化发展的格局。要加大对革命老区、民族地区、边疆地区、贫困地区义务教育的转移支付力度，加快缩小区域差距。要以教育信息化促进优质教育资源共享。教育信息化是共享优质资源的最好载体，是促进教育公平成本较低、便捷高效的途径。要以建设中小学现代远程教育平台为重要抓手，整合互联网、广电网和电信网等网络信息资源，加快信息基础设施和应用体系建设。

七、社会在行动

党的十六届四中全会提出了"构建社会主义和谐社会"的执政理念，指出"我们所要建设的社会主义和谐社会，应该是民主法制、公平正义、诚信友爱、充满活力、安定有序、人与自然和谐相处的社会。"这一执政理念充满了人文关怀，让人不禁对社会、对生活、对未来充满了无限希望和美好的期待！

农民工子女教育问题得到了全社会的广泛关注！

北京为随迁子女建立临时学籍实现教育覆盖

新华网消息，记者2010年4且8日从北京市教委了解到，从4月开始，北京各个区县的流动人口服务管理站将发放《来京务工人员随迁子女入学登记卡》，来京务工人员在办理暂住证的同时，可为一同来京的孩子登记，所在区县教委有义务安排持卡儿童进入公办校就学。

据介绍，4月23日前，北京市各区县将完成对辖区内自办校学生信息登记工作，并建立随迁子女基本信息数据库。登记卡编号为8位，其中前两位为区县代码，后6位按照自然顺序依次排列。学生在同一区县内学校间转学，编号不变。跨区县转学，需重新编号。

北京市教委要求各区县逐校逐人登记，将学生基本信息统一录入《来京务工人员随迁子女临时学籍登记表》。登记表中学生信息须与登记卡一致。登记信息完毕后，由学校统一保管。此次向随迁子女发放宣传卡和登记卡，将使北京市实现对流动儿童学籍管理的全覆盖，流动儿童只要持卡，就可以在所居住区县登记入读公办校。如果流动儿童居住地发生变化，还可以持卡转学，就近入学，并在登记卡背面做好信息变更登记。

北京市教委还要求各公办校积极接收持卡流动儿童入学，如有困难，也要登记好学生信息，由区县教委协调解决，不得拒收或置之不理。

上海中小学校开放公办学校资源

上海市教委主任沈晓明透露，上海义务教育阶段城乡公办学校间的办学条件已基本一致。全市也正努力挖掘潜力，开放公办学校资源，让这些孩子享受到与上海学生同样的待遇。对农民工子弟学校，上海市将采取扶持与规范管理相结合的办法，通过提供校舍，投资改善办学条件，派遣校长、教师参与管理和指导等办法，保证其达到国家要求的教育质量。

2009年2月08日，中小学校春季开学在即，武汉市教育局宣布全面停收义务教育阶段借读费，全市义务教育阶段学校不得再向借读生收取借读费。

武汉市教育局负责人介绍，春季开学起，义务教育阶段实行新的收费标准，初中、小学取消借读费收费项目，农村公办初中、小学取消住宿费，城镇低保家庭子女和在特殊教育学校就读的义务教育阶段学生只需缴纳作业本费。

按武汉市物价局原有规定，借读费是对跨县及县级以上行政区读书的学生收取，初中、小学借读费每生每学期分别为600元和400元。

南京取消义务教育借读费　外来工子女享受"三免"

据《扬子晚报》报道，2010年2月07日，南京将首次全面免除义务教育借读费！

江西来宁的老李在一家玩具厂打工，他儿子在南京上小学。往年开学时，由于"五证"不全，他孩子都要多缴纳一笔杂费，2009年全球经济形势不好，玩具业不景气，收入开始减少。新学期就要开始了，他本来准备今年就带全家回老家谋生，但当他得知从这年春季开学起，孩子这笔钱可以省下来了，他改变了主意："我还是愿意为了孩子留下来，孩子在学校里成绩很好，南京学校的教学质量本来就很吸引我，现在更不能走了。"

老李省下来的这笔钱将由南京送出的"大礼包"买单。南京市教育局下发通知：2010年春季学期，全市义务教育阶段学校继续实行免杂费和课本费政策，并首次全面取消义务教育阶段借读费，对所有来宁务工人员子女全面免除杂费。

据介绍，这项举措将惠及南京全市53万名小学、初中学生，其中6.2万在宁就学的外来民工子女，100%实现杂费、课本费和借读费三项全免的同城待遇。据悉，南京为实现"三免"目标的免费义务教育，这年春天将累计投入超过

9000万元。

辽宁近15万农民工子女城里上学享受同等待遇

中新网沈阳2010年1月16日电,在刚刚过去的2008年,辽宁竭力促进义务教育均衡发展,实现教育公平,截至目前,全省共有近15万进城务工就业农民子女在城市中小学就读。

在辽宁省十一届人大二次会议1月16日举行的"改善民生问题"主题记者招待会上,辽宁省教育厅副厅长周浩波说,政府不仅妥善安排进城务工就业农民子女到居住地较近的学校就读,而且农民子女在评优奖励、入队入团、课外活动等方面,与城市学生享受同等待遇,保障平等地接受义务教育,实现了100%的入学率。

他透露,目前辽宁1835所城市中小学中,进城务工就业农民子女就读人数为14.9万人。

据《中国教育报》报道,2011年12月30日,记者从河北省教育厅获悉,该省采取措施,努力让农民工子女平等接受与城市孩子一样的义务教育。目前,该省城市(含县镇)中小学共接收19万余名农民工子女入学,其中小学阶段有14万余人,初中阶段有5万余人;在设区市城区内就读的有9万余人。

河北省坚持"以流入地政府为主、以全日制公办学校为主"的原则,将农民工子女义务教育纳入当地教育规划中,根据各地农民工子女输入情况,合理配置教育资源。在充分挖掘现有公办学校潜力的同时,新建或扩建了一批中小学校,并将农民工子女义务教育经费纳入教育经费预算,按照当地财政预算内义务教育经费标准,向接收农民工子女的公办学校拨付办学经费。

为保障农民工子女义务教育的权利和同等待遇,河北省建立了服务区制度,即根据当地农民工的实际居住情况,划定义务教育服务学区或定点学校,并规定小学的服务半径一般不超过两公里,以保证农民工子女就近入学;要求城镇公办学校无条件接收经认定分配的农民工子女,严格按照当地政府规定的项目和标准收费,并在教学管理、评优奖励、入队入团等方面,与城市学生同等对待。各市还广泛开展了"一帮一""共享一片蓝天,爱心关注成长"等活动，不少学校组织教师、学生与留守儿童建立了帮扶关系，重点帮扶思想品德有偏差、心理素质有异常、学习生活有困难的留守儿童。

2010年9月1日，由中央文明办、人力资源和社会保障部、农业部、国资委、全国总工会、共青团中央、全国妇联、全国工商联等8部委联合举办的以"情系农民工，关爱在行动"为主题的关爱农民工志愿服务活动启动仪式在广州开发区举行，广州"关爱农民工志愿服务活动"拉开序幕，重点为农民工提供就业技能培训、心理健康教育和农民工子女学习辅导和文娱等6项志愿服务，培养"城市主人翁"意识和"广州新市民"理念。启动仪式上，广州开发区建设集团发展有限公司、商业发展集团有限公司、工业发展集团有限公司等单位向中国志愿服务基金会捐款，共募集款项100万元，用于资助开展广州市关爱农民工志愿服务活动。

2010年，浙江省接纳进城务工人员子女入学的人数将创历史新高，达到114.4万人，其中72%的农民工子女就读于公办学校（包括公办民工子弟学校）。解决"入学难"的同时，"同城待遇"也不再遥不可及。

浙江省历来是外来人口流入大省，伴随着汹涌的农民工潮，接纳外来务工人员子女入学一直是省委省政府工作中的大事。2008年，浙江省政府发文要求各级政府科学预测未来一段时期进城务工人员子女的入学人数，以常住人口作为主要依据，编制中小学校布局和建设规划，合理配置教育资源。

"以输入地政府为主，以公办学校为主"，这是新近出炉的《国家中长期教育改革和发展规划纲要（2010-2020年）》的具体要求，也是浙江省在解决进城务工人员子女入学问题过程中始终坚持的原则，目的是保证进城务工人员子女能够享受到本地孩子的"同城待遇"，让其不仅"有书读"，还能"读好书"。

快开学了，该交多少学费？自2010年秋季起，在长沙市就读义务教育阶段的外来务工人员子女，与长沙市户口学生一样，实行免收"一费制"范围内的杂费、课本费、作业本费，学生只需缴纳少量自愿选择的服务性收费。此前长沙市只有城区的孩子、进城务工人员的贫困子女实行"一费制"全免入学。预计全市共6万名进城务工人员子女能享受到这一全免政策。

同时，原执行公办学校收费标准的行业（部门、单位）办学校，及受政府委托承担义务教育责任且执行公办学校收费标准的民办学校，凡享受政府杂费和公用经费补助政策的学生，收费标准均按当天出台的标准执行。

政策规定，取消原向学生收取的借读费。学生保险必须坚持自愿投保的原则，由学生或家长直接向保险公司购买。校方责任险由学校在公用经费中支出。

学生在校的寄宿费、伙食费等其他有偿服务收费应坚持自愿原则，不得强制服务和收费。取消农村义务教育学校向住校学生收取的住宿费，城市义务教育阶段寄宿费每生每期不超过200元。寄宿学生生活用品由学生自备，学校不得强制统一代购。学校食堂伙食费标准由学校严格按照不盈利原则制定并公示，报物价、教育部门备案，据实结算。至于很多家长关心的择校费问题，省、市级示范性普通高中，择校生取消学费项目，择校费标准统一规范为：省级示范性高中每生每学期不超过2300元，市级示范性高中每生每学期不超过1800元。择校费不准跨学期预收，同时要按规定收取代收费。

此外，学生秋季入学严禁收取与新生录取和学生转学挂钩的捐资赞助费、帮困基金等费用。

2010年"六一"儿童节前夕，前总书记胡锦涛前往北京巨山小学看望师生。胡锦涛特别叮嘱：进城务工人员是我国现代化建设的一支重要力量,为经济社会发展做出了巨大贡献。我们一定要千方百计为进城务工人员子女提供受教育机会,使这些孩子能够像城市里的孩子一样健康快乐地成长。

第五章　透视新生代农民工婚恋之痛

　　"新生代农民工"，指的是80后、90后农民工，他们从小上学，上完学就进城打工。他们从农村老家走出，从父辈肩挑手扛行李卷到子辈提着拉杆箱，一拨又一拨地闯入既遥远陌生又充满憧憬的城市，为改变命运实现价值，开始新的打拼；他们风餐露宿，干着最辛劳的工作，顶着最沉重的生活重压，还要承受远离亲人的孤独与生理上的不适；他们用艰辛与奉献，托起了城市的繁荣，推动着农村的发展，城里人离不开他们，农村人指望着他们。然而他们的家在哪里？情归何处？

　　这个群体就是第二代农民工！简称"新生代农民工"。这个群体的农民工对中国的城镇化加速发展起着重要的作用。

　　根据2008年2月21日公布的第二次全国农业普查数据公报显示，2006年外出从业劳动力中，20岁以下占16.1%；21～30岁占36.5%，农民工的平均年龄为28.6岁。新生代农民工正处在婚恋的黄金年龄，但由于受到打工奔波的影响，处于难以走进"围城"的困境。

　　受职业限制找不到爱情。根据第五次人口普查资料，农民工在第二产业从业人员中占58%，在第三产业从业人员中占52%；在加工制造业从业人员中占68%，在建筑业从业人员中占80%。尤其在建筑业、加工制造业方面，几乎是新生代男性农民工的就业首选。这些工作脏、累、苦，工资待遇不高，风险大，很难获得女孩的青睐，也难以获得与女孩相处的机会。

而在一些玩具加工业、电子产品组装服务业、纺织制衣业工厂里则是新生代女农民工成群结队，同样苦于"恋爱无人"。这些单位女工占绝大多数，在恋爱上又一般比较矜持，不好意思主动和厂外的男性接触，所以她们的婚恋也成了老大难问题。职业搭起的围墙束缚着这些青春萌动的新生代农民工。

收入水平偏低影响爱情发展。据中国青少年研究中心2006年调查，从收入水平看，新生代农民工的工资水平总体不高，收入在1501~2000元之间的占16.9%，1001~1500元的占21.6%，701~1000元的占26.6%，501~700元的占23.4%。其中能准时或基本准时拿到工资的占75.3%，偶尔拖欠的占17.4%，经常被拖欠的占7.3%。经济是一切的基础，新生代农民工的爱情与婚姻，同样需要经济条件为基础，爱情，尤其是婚姻不能建立在"空中楼阁"之上，这也影响到新生代男性农民工未来的择偶。

从职业上讲，新生代农民工已是产业工人的主力军。根据统计，目前农民工数量上已远远超过拥有城镇户籍的公有制第二、三产业的职工，达到我国工人总数的2/3以上，作为生产主体，支撑着国家的工业化，是当代中国工人阶级的主力军。全国总工会2007年组织开展的第六次全国职工队伍状况调查显示，农民工在第二产业中的分布占64.4%。从行业来看，农民工主要集中在制造业、建筑业、批发和零售业等行业，其中制造业所占比重最大，占全部职工的31.9%，建筑业、批发和零售业分别占9.4%和9.1%。而城镇职工在制造业中就业的比重只有22.8%。2008年南京师范大学《江苏省当代农村进城务工青年价值观研究——基于江苏省苏南、苏北新生代农民工群体的抽样调查》显示，75%的新生代农民工认为自己属于工人群体，定位为产业工人，仅有8%的人认为自己是农民。现实情况是：一方面新生代农民工就业稳定性差、流动性强，多数企业都还没有把他们当作稳定的产业工人；另一方面，他们承担着城市最累、最苦、最脏、最险的工作，他们与城市产业工人相比，享受不到应有的政治、经济及社会福利待遇，不能同工同酬同权，处于城市里的社会底层。

从地域上讲，新生代农民工常年生活、工作在城市，是市民。新生代农民工熟悉城市生活，向往城市生活。与老一代农民工"白天机器人、晚上木头人"的单调灰暗生活相比，新生代农民工拥有更加丰富多彩的娱乐生活，泡网吧、下迪厅、染头发、穿时髦服装、换新潮手机，对攒钱并不十分看重。他们讲究的是"心随我动，彰显自我"。新生代农民工通常也会在春节时回家一趟，但对家乡的乡土认同更多仅是对亲人的感情，对农业活动却缺乏感情和兴趣。他们更倾向于改变现状，想在城里有喜欢的工作，买房子，娶妻生子，真正融入城市。2007年发布的《广东省青少年发展报告》显示，有27.4%的新生代农民工希望在务工城市买房成新"客家"，50.2%的新生代农民工表示"干得好，愿意待下去"，"再干几年回家"或"想尽快回家"的加起来只有不到两成。《中国新生代农民工发展状况及代际对比研究报告》调查显示，新生代农民工更倾向于城市生活，有71.4%的女性和50.5%的男性选择"在打工的城市买房定居"。

从法定身份上讲，新生代农民工仍然是农民。新生代农民工一部分在城市里出生长大，一部分是初中或高中毕业后直接进城打工，他们没种过地，不会种地，更不愿意种地，普遍存在着农民不爱地，农民不爱农，农民不识农，"轻农、厌农、弃农"意识严重。虽然户口在农村，他们更倾向于把自己定位为城市人，压根儿就没准备再回农村，出来长见识的同时，希望能够和城市人一样"体面地活着"。

新生代农民工不同于父辈，就业期望值甚高，但仍面临困境。

就业期望高与敬业精神差。相对而言，新生代农民工对工作岗位比较挑剔，怕吃苦，常常不能踏实工作。一项调查表明，新生代农民工敬业精神差，且职业流动率是最高的，平均每人每年换工作0.45次。而20世纪五六十年代出生的老一代农民工仅为0.08次，新生代农民工的跳槽频率是其父兄辈的近6倍，即使能够做到"敬业"，也很难做到真心"爱岗"。这其中，近一半的人是因为"生活、生产环境和闲暇时间不足"而跳槽，17%的人提出"自己不喜欢那个工作"或者只是"想换个环境"。并且新生代农民工在获得工作的同时还要求享受生活，得到尊重，在文化、娱乐、健身等精神方面的需求不断增强。新生代农民工以独生子女为主，他们从小就被父母寄予了非常高的期望。这种期望在一定程度上造成了他们不切实际的就业意愿，即只希望找那些社会地位高、条件好、工资高的工作，加之有父母做后盾，生活压力小了很多，所以他们中的一些人往往随心所欲地跳槽，主动选择自己想要的工作环境。

就业期望高与职业技能低。随着经济发展，社会对农民工的素质需求也发生着变化。第二次全国农业普查报告显示，农民工初中文化程度占70.1%，高中文化程度占8.7%，分别比以前高出8.54个百分点和2个百分点，但新生代农民工的文化水平仍然较低，缺乏必要的专业培训、专业知识、专业技能，不了解工业生产或现代化服务业的基本规范，同现代非农行业对劳动者的要求还有相当大的差距。国务院研究室2006年发布的报告显示，农村劳动力中接受过短期职业培训者仅占20%，接受过初级职业技术培训或教育的占3.4%，接受过中等职业教育的占0.13%，而没有接受过技术培训的占76.4%。根据国家统计局的调查，84%的新生代农民工认为参加技能培训对找工作有帮助，但是仍有六成外出农民工没有参加职业技能培训。《广东省青少年发展报告》显示，有高达62.6%的新生代农民工未来有做老板的打算，"有自己的事业"是他们中不少人的最高理想。他们不愿像上一代农民工那样承担城市里低端的重体力活，又无法胜任复杂的技能型和知识型工作，难以在城市找到合适的定位，基本上只能从事体力运输、建筑小工、工业加工以及低层次服务等劳动密集型、重体力、低报酬工作。同时过于频繁的跳槽，使得他们对每个行业、岗位只能作蜻蜓点水式的了解，每一项职业技能也只能停留在"学徒期"水平。如此周而复始，也形成恶性循环。没有过硬的职业技能，他们很难融入城市，并且体面地生存。

国家统计局数据显示，2015年，全国农民工总量为2.77亿人，外出农民工数量为2亿人，其中，16～30岁的占61.6%。据此推算，2015年外出新生代农民工数量在1.2亿人左右，他们在中国经济社会发展中日益发挥着主力军的作用。

数据显示，新生代农民工的平均年龄为23岁左右，初次外出务工年龄更低，基本上是一离开中学校门就外出务工。一项调查显示，在珠三角，传统农民工初次外出务工的平均年龄为26岁，而在新生代农民工中，80后平均为18

岁，90后平均只有16岁。16岁、18岁的年龄，基本上意味着新生代农民工一离开初中或高中校门就走上了外出务工的道路，也意味着与传统农民工相比，他们普遍缺少离开校门后从事农业生产劳动的经历。

另据全国总工会研究室的最新调查，新生代农民工中的已婚者仅占20%左右。数据显示，新生代农民工主要是一个未婚群体，这意味着，这一群体要在外出务工期间解决从恋爱、结婚、生育到子女上学等一系列人生问题，这与上一代农民工外出期间80%已成家相比，存在很大差别，他们的婚恋状况已经成为非常令人关注的一个重大课题。

一、婚恋，漂泊在城市与乡村边缘

新生代农民工是当前中国城市化趋势最明显、速度最快的群体，对于中国未来的城镇化扩张格局起着非常重要的作用。然后，在其城市化过程中存在着的诸多问题往往抑制了他们比较快地融入城市。婚恋问题便是其中之一。虽然各研究领域对新生代农民工问题的研究从其特点开始逐渐延伸到新生代农民工的就业、住房问题，而对处于婚恋年龄的新生代农民工的婚恋问题研究少之又少。南京大学社会系教授、博士生导师风笑天认为"青年期正是青年从其'来源家庭'向其'定位家庭'转变的时期，成家和立业一样，是青年期社会化过程中最为重要的一件大事，也是人们生命历程中青年阶段的首要任务。这一客观的现实，要求我们关注外出打工青年的婚恋问题，研究和探讨他们的婚恋问题。"新生代农民工在城市化过程中存在的婚恋问题，从社会层面来说妨碍了劳动力的再生产与发展；从个人角度来说，压抑了人们的正常需求，这些将制造滋生社会问题的土壤，而且这些问题很可能从内部腐蚀社会，更会影响健康、有序的城市化。

制度因素影响了新生代农民工的婚恋

婚恋家庭问题表面上看是个人问题，但其实与户籍制度、就业制度、教育制度等政策影响巨大。我国户籍制度伴随着城乡二元体制的产生,派生出一系列的问题。青年农民工无法顺利地融入城市,在就业、社会保障与子女教育等方面遭遇的障碍与歧视,无一不与户籍的限制有关。此外,国家制定的一系列相关就业、教育的法律法规并未得到有效的落实。面对新一代农村流动人群,我们的一些城市仍然无动于衷,甚至有个别城市还想着法子,拆迁"城中村",不少城市并没有把农村流动人群作为中低收入者看待,低保、廉租房和经济适用房这些为城市中低收入者设计的福利政策都少有农民工的份儿。如此恶劣的环境使农民工的相关权益无法得到保障,严重影响了新生代农民工按自己的意愿恋爱结婚。

个人的现实困难束缚了新生代农民工的婚恋

根据第五次人口普查资料,农民工在第二产业从业人员中占58%,在第三产业从业人员中占52%;在加工制造业从业人员中占68%,在建筑业从业人员中占80%。而在这些工作中,男女工人的比例往往很悬殊,像棉纺织以女工为主,而建筑业则以男工为主,封闭的环境、高强度的劳动妨碍了异性之间的交流,对他们的婚恋造成了很大的影响。

收入水平偏低,影响爱情发展。任何的婚恋必须建立在一定的经济基础之上,没有经济基础的爱情和婚姻必定不会长久,这也影响到新生代农民工的择偶,许多人不得不暂时将婚恋问题搁置起来。

择偶是婚姻生活的基础。在新生代农民工中,当他们无法在城市中找到爱情婚姻,又频频被催婚时,只能将目光重新转回乡村。受到父母传统观念干扰之下,他们很难通过自主地运用"婚姻自主权"来寻找以感情为基础的婚姻。

新生代农民工男女错位。受大众传媒的渲染和城市文化的熏陶,一些新生代农民工的择偶观念随之发生变化,尤其是部分女性新生代农民工不再安于命运,不再坚守"门当户对",找个有城市户口、稳定工作的丈夫,借结婚方式进入城市生活已成为她们的愿望。她们结婚的功利色彩浓厚,已经不容易再接受农民出身的人,开始轻视、鄙视男性农民工。

一方面是新的观念渐渐在新生代农民工心目中占据了重要的地位,也自然而然地提高了他们的要求,另一方面是自身的条件限制与心理的渴望出现激烈的碰撞，新观念的冲击和现实条件的束缚使新生代农民工尤其是男性农民工的婚恋家庭问题更难解决。

传统家庭观念给当前的适龄单身青年造成压力

长辈急切盼望孙辈的压力。不论新生代农民工作为见过世面的青年一代思想观念如何变化更新，但长辈的传统家庭观念仍没有改变，早点抱上孙子是他们的一大愿望。网络上曾演绎流传这么一句话："新生代农民工，'媒婆'喊你回家相亲！"自身现实的期望与困难和长辈的期望交织在一起，造成了适龄单身青年沉重的压力。

独身主义者的压力。独身主义者有很多种，但对于农民工来说，他们中纵欲式的所谓独身主义者或者出于女权主义、宗教教义所占的比例少之又少，哲人式的独身主义者更是几乎不存在，更多的是因为精神压力所造成的变态或贫困而导致一部分人选择暂时或永久的单身，这一部分人在农民工群体中所占的比例不小，他们承受着世俗的巨大压力。

一些自然因素造成的压力

除了以上所说的人为因素，更有一些我们无法控制的自然因素的存在给新生代农民工造成了巨大的压力。

青年农民工是社会代际转换期的第二代农民工，婚恋情感问题已成为困扰他们的首要心理问题。他们面对婚姻恋爱的心理状态如何，记者也对其中一些农民工二代进行了采访。

"平时工作很辛苦，下班后感觉很累，哪有时间和心思去谈恋爱？我今年27岁了，也渴望拥有自己的小家庭，但身边都是姐妹们，又没时间接触外面的男性。在我们纺织厂，很多姐妹都有着和我一样的烦恼。"来自河南的邱春红如是说。而面对和他同来打工的小伙抛来的"橄榄枝"，这位姑娘表示，还是要找个城里人。"我现在降低标准了，只要是有稳定工作的城里人，哪怕年龄大些、身体略有残疾也行。"

江西务工小伙徐磊已经谈了3次失败的恋爱了，每次分手女方给出的理由都是："你赚的钱太少了，我们是没有结果的。"如今他还转战在各类为农民工组织的相亲会上，但基本上没有任何成果。今年他希望过年能多带点钱回家。"最好还能带上一个人回家过年！"

从婚恋困境中，我们可以看到，虽然农民工群体已经"更新换代"了，但城市的环境并无太大变化：和第一代农民工一样，新生代农民工要融入城市生活最大的"坎"，仍然是体制障碍，他们遭遇的依然是没有足够的福利保障，依然有政策和情感歧视，依然是城乡差别。只有通过制度改革消除这样的歧视，新生代农民工婚姻突围、就业突围等才有实现的可能。

由以上分析可以得出结论：新生代农民工是一个庞大的群体，但也是一个弱势群体。他们年龄较轻，心理承受能力和心智发展不够成熟，而且远离家乡和亲人，扎根未稳，社会关系和社会资本较为薄弱，同时又多为单身，正处在恋爱的季节，爱情是他们最需要的情感类型，但却受到了过分的压抑，身边鲜有能够在一起说心里话的伴侣，很难形成有效的心理压力分担机制、心灵创伤的消弭机制和生理压抑的消解机制，致使他们在黄金般的年龄感受着黑色的情感煎熬。随着他们的适婚期临近，婚恋情感问题成为困扰他们的首要心理问题。如何让他们在打工的时候有一份温馨的爱情和一个也许不太奢华但也足够温暖的婚姻，已成为社会工作者必须考虑和解决的问题。

在从事高强度劳动，缺乏适龄伴侣和社交生活的前提下，在人性感情压抑长期得不到排解、宣泄之下，一些农民工中间出现犯罪倾向及非正常的满足路径是极有可能的。最近，广东三大监狱基于新生代农民工犯罪的调查报告表明，新生代农民工性机能发育成熟，在缺少良好教育的条件下，他们性道德的形成往往落后于性机能发育；容易追求低级趣味和感官刺激，强奸、猥亵、轮奸等侵害案件，已经成为新生代农民工犯罪中一个不可避免的犯罪类型。

农民工需要岗位、需要信息，也需要解决婚姻问题。也许有人会说，婚姻问题是个人问题，与社会无关，与政府无关，自己找不着对象，市长也没有理由帮助他们解决。其实，新生代农民工婚姻存在障碍的背后是户籍制度、就业制度、教育制度等政策后果带来的社会经济差异的结果，是各种权益的缺失，是他们的基本权益得不到保障，享受不到应有国民待遇的结果。诸多现象表明，婚姻问题正成为影响农民工存在与发展的一个新趋势，正成为城市管理者面临的新课题！

二、现代婚恋观的冲击

不可否认，新生代农民工在城市的经历，使得他们迅速接受了现代社会的洗礼，婚恋观受到现代化冲击，择偶观念非常城市化。关于这点，著名的现代化问题专家英克尔斯曾指出：城市经历对于现代性量度有很强的间接影响。也就是说，城市经历通过大众传媒、学校教育和工厂经历等对人的现代性会产生重大影响。新生代农民工进入城市，对城里的新思想、新观念耳濡目染，他们也开始学着城里人大胆追求理想对象，"舍得花钱培养感情"，会在重要的节日为心仪的姑娘送花，或者是约心仪的姑娘看电影、逛街，制造并享受浪漫的爱情感觉。他们更加渴望自由恋爱的婚姻模式——

择偶标准多元化。当前新生代农民工已经开始多角度、立体全面地考虑其择偶标准，不再局限于传统农村"能过日子""勤劳""老实"这样简单的思维。他们的择偶标准已经开始多元化了："谈得来""感情好""体贴""有共同语言""相貌俊"等现代择偶因素越来越受到新生代农民工的重视。他们重视对方的个人品质和能力等个人条件，轻视家庭背景、政治成分等传统择偶标准。

择偶方式市场化。随着市场开放程度越来越高，很多农村地区新生代农民工流动加快，而日益发达的各种交通、通信设施也为新生代农民工的自由交往提供了方便。随着男女青年交往频率的增加和交往范围的扩大，自主选择的婚姻越来越多，介绍婚姻的"媒人"范畴也大大拓宽了：亲戚、朋友、打工时的同事、婚介所、报纸、杂志、电视台、广播电台、QQ、微信。需要指出的是，在信息发达的现代社会，网络、手机等为新生代农民工提供了一个崭新的交友平台，在这个虚拟社区里能够自由地进行情感交流。

择偶对象自主化。传统婚姻信奉"父母之命、媒妁之言"，唯父母命是从，婚恋在很大程度上会受到双方父母态度的影响甚至支配。新生代农民工则走出了农村相对封闭的生活状态，有了一定自由交往、接触的时机和条件，对自立自主婚姻的追求日渐强烈，希望自己主宰自己的婚姻生活，把择偶看成是个体私人领域的事，突出个人需求、个人幸福和个人价值在婚姻中的重要地位，信奉"我的婚姻我做主"，在择偶中突出以个体的喜好为取向而不是以群体主要是大家庭的喜好为取向的现代化特征。

择偶区域扩大化。随着择偶方式市场化，新生代农民工的择偶区域大大延伸，婚姻圈突破了原来地缘和血缘关系的狭隘限制，只要双方情投意合，"一切皆有可能"。现在，新生代农民工娶城里姑娘已不是天方夜谭，打工妹嫁"城里郎"更是常见。并且，不少新生代农民工与"打工妹"之间的相互吸引与结合中，不少是跨地区、跨越语言障碍、跨越习俗差异的。不同地区、不同民族、不同背景下的男女恋爱结婚的概率越来越高，相互学习，优势互补。这也反映了群体之间关系的融洽程度。

综上所述，如果说传统社会婚姻缔结的主要目的是男方寻找传宗接代、女方寻找一个终生的依靠，那么现代社会的新生代农民工的恋爱婚姻已经突破了窠臼，逐渐转向精神因素，更加突出人品的吸引和具有共同的话题。

可是，作为新生代农民工，他们虽然也有对于爱情婚姻的美好向往，但在现实生活中却总被羁绊；他们向往爱情，却总无着落。对精神、情感的强烈需求不能很好地得到满足，往往被长期困扰。

浙江宁波组织了一次民工情感婚姻大型问卷调查与个案访谈活动，试图回答一些问题——年轻的新生代农民工群体，在异乡的爱情梦是否有收获？面临的婚恋困境是什么？要怎么样才能收获幸福？

工作人员在宁波选取了两个调查点：一个是奉化市西坞街道力邦社区，那里居住着2000多名民工，是全国首个外来民工社区；一个是北仑银杏社区，社区里有960户外来工家庭，是第一个以外来民工为主体的居民社区。

调查发现，新生代民工在婚恋问题上主要存在五大困惑。

困惑一：要不要和女民工交往？

在力邦社区，民工汪进这样介绍自己："朱元璋和我是老乡，都是安徽凤阳人，我是新中国成立后第三十四年（1983年）生的。现在一家日本公司工作，但我很爱国。"他的开场白与众不同，网络用语很多。

不喜欢在现实中与人交往，是很多外来民工逃避现实的最普遍办法。汪进以前也是这样。

汪进2008年来到宁波，在一家日本独资纺织企业上班。纺织企业多的就是女工，按道理，长得英俊的汪进找女朋友的机会挺多。可是汪进不喜欢走现实路线，而是喜欢在网络上寻找自己的另一半。

2012年，汪进很偶然地在网络上结识了一位嵊州市的姑娘，网恋维持了一年多。每周唯一的休息日，汪进都花在宁波往返嵊州的路上。但分隔两地，最终这段感情还是结束了。这期间，一位女同事向他表白了深藏心底的爱慕，但被他毫不犹豫地拒绝了。

现在，汪进仍没有放弃在网络上寻找自己的爱情，他的寻觅仍在继续。

调查数据显示：受访者中，53.88%的人觉得和异性相处不畅，其中21.23%的人认为"不好相处"，24.89%的人"不知道怎么相处"，还有5.25%的人选择了"没时间相处"。在恋爱的方式中，通过网络认识朋友，成为最理想的方式，先了解后恋爱。在"解决寂寞的办法"选项中，选择第一位的还是"上网"，占26.85%。网络不仅成为新生代农民工了解外界的窗口，也成了他们与异性交流的首选工具，同时，他们与身边同境遇的异性反而疏远。

困惑二：要不要和本地人恋爱？

1979年出生的安徽人石玉明，2002年大学毕业不久，满怀着激情，远离广德老家，来到宁波北仑。

他应聘到海伦钢琴厂工作，是厂里一名普通小职员。两年后，他碰到的第一个人生选择，就是要不要和一个北仑女孩谈恋爱。一无所有的他，怕被当地人看不起，而且在北仑当地还有个说法：娶本地媳妇的花销要300万。考虑再三，石玉明决定换一种方式，先立业后恋爱。

他目标明确，用了两年，一步一步地走到了公司的中层管理岗位。这时，他遵守诺言去找当初的那位女孩，两年后，他们顺利地走到了一起，组建了自己幸福的小家庭。

石玉明先后荣获"北仑区优秀外来员工""宁波市十大外来务工明星"等荣誉，也成了当地人的好女婿。他的家庭还获得"北仑区文明家庭"等称号。

调查数据显示：52.16%的人不愿意和本地人谈恋爱，只有10.48%的人寻求一试。在另一个"和本地人谈恋爱，您最担心什么"的选项中，"被本地人看不起"的占比最高，其次是"无法融入当地社会"。受访者表示，心理上的问题远远要大于"生活压力太大"。

困惑三：要不要在异乡成家？

在银杏社区，工作人员遇到了上门来给民工小孩打针的女孩吴亚凌，若没有社区陈汉松书记的介绍，我们很难把长得清秀、穿着护士服的小吴，和外来民工联系起来。

老家湖南的小吴毕业于护理专业，4年前，一次上网求职的偶然举动，让她来到北仑。4年后，小吴也就不知不觉地安定下来，成了新北仑人。

2007年，小吴差点儿就从新北仑人"蜕变"为真正的北仑人。当时，她同本地一位男青年恋爱了，刚开始小吴担心遭到男朋友家人的反对，结果男朋友的家人对自己挺满意，但等她带男朋友回老家，自己的爸妈居然反对，不愿意让她嫁那么远。

25岁的小吴最后顺从了爸妈，但自从那次后，她再也不敢和当地人谈恋爱了。

一年后，小吴在工作时碰到了一位老乡，老乡有过和她类似的情感经历，两人渐渐有了共同话题。次年2月，两人走进了婚姻殿堂。

他们一直有一个念头，等过两年还是回老家去。她笑称："很多民工都有类似的'老家情结'，这里虽然好，但如果有可能还是愿意回到家乡。找对象也一样。"

调查数据显示：在2442个调查对象中，只有334人和当地人谈过恋爱。在这334人当中，最后结婚的只有39个，其中，因为"被父母阻止"（包括双方父母）

没有结婚的是139人，余下的才是"感情不忠""性格不合"等原因。

困惑四：要不要找老乡

2014年，26岁的王彤瑶已经结婚两年了，她的丈夫是她的老乡。

在山东老家时，她几乎被家里人逼着去相亲，也是在家里人的张罗下和丈夫走到了一起。"家里人希望我早点成家，怕我嫁到外地，在父母眼里，老乡知根知底，有什么事情也方便，就连说句话也对味。"

小王说，丈夫大她3岁，现在北仑开集装箱卡车。两人是在老家完婚后，一同来宁波的。

有了孩子后，丈夫心疼她，让她把厂里的工作辞了，在家带孩子。小王这样形容自己目前的生活："带着孩子四处逛逛，是我一天的主要内容。接触到的大多是和我一样带孩子的妇女。丈夫开车比较辛苦，下班回来往往很累，有时倒头就睡了，我看着也心疼。"

小王打算等孩子稍大一点，就出去工作，减轻丈夫的生活压力，共同挑起家庭的重担。

2015年调查数据显示：在"您更愿意选择和本地人结婚，还是和老乡"的选项中，81.34%的人选择老乡，在理由选项中，"方便沟通"摆在第一位，占29.00%，第二就是"生活习性差别不大"，有19.55%；"感情做主"和"可以一起回老家"两个选项比例一样，都是14.72%。

困惑五：要不要去相亲？

2015年，张虎元29岁了还是单身，这在老家也算"剩男"了。

这个问题，在爸妈一次一次地催促下，他才反应过来，自己都快30岁了，连个女朋友也没有，是有点晚了。

张虎元在北仑一家纺织公司当技术工。工作以外接触异性的机会不多，公司也很少组织联谊活动。

许多民工找对象偏向于老乡，在对象的选择上，张虎元有自己的想法："我不介意是老乡还是当地女孩，只要找到合适自己的就可以，关键要看人。两个人有共同语言，性格上合得来。"

他不是很相信相亲节目，尽管没有参加过，总觉得它更多的是在炒作。爸妈托在宁波的老乡给他物色了一个姑娘，要他去相亲，他也不干，他很反感这个方式。他对相亲带有一种偏见，他觉得相亲就像是到菜场买菜，这和他心目中的幸福距离太远。不过，张虎元表示，他可以接受同事的介绍，因为大家年龄相差不多，所处的环境也一样。在他看来，这个转变已经是自己的一大进步了，也是一种自信的表现。

调查数据再次显示：只有3.36%的人有过在婚姻介绍所相亲的经历，86.50%不能接受没有恋爱过程的婚姻。85.65%的人怕婚介所的速成相亲方式，也不相信其效果。11.38%的人不喜欢传统的介绍对象方式，但是愿意参加有组织性的公益相亲活动，希望通过活动来接触异性，寻找自己的另一半。

三、灰色情感地带

不可否认，新生代农民工进入城市，在大城市这个巨大的光怪陆离的中心体的巨大诱惑下，自身的情感世界会遭受到巨大的冲击，甚至一不小心，就会坠入无法言说、难以面对的灰色情感地带。

以下，是笔者亲身接触到的几位新生代农民工的婚恋经历，这是一群漂泊在都市边缘的美丽的年轻生命，她们背井离乡，来到霓虹灯闪烁的都市，在城里姑娘不屑一顾的岗位上，艰难地追求着自己的城市化梦想。

口述者一：楚楚，女，24岁，高中文化，某私营企业职工。

"最容易让女人倒下的是金钱和虚荣。"

五年前，我高中毕业，在那个小山村的女孩子中，我的学历算得上是最高的，本来凭我的成绩是能够考上大学的，然而高考前，因为父亲生病，我在家侍候父亲，夜里伏在床上受了凉，考试那天正发烧，考试成绩受到了影响。仅差那么一点点，就改变了我的命运……

落榜回乡，我自然不会像村里那些小姐妹那样，嫁人、生孩子、衰老、满头白发地死去，我从很多老人身上，能看见她们的未来，我绝不甘心走那样一条路。我打点行装，在母亲的啜泣声中，乘上北去的列车，来到了省城合肥。也许是有一张高中文凭的缘故，我很快就应聘到一家规模不小的私营企业，当上了一名职工。

虽然这里的工作太苦太累，而且厂里制定了太多的规矩，让人有太多的束缚，而且工资满打满算也只有1000多元，但我没有怨言，甚至很满足，因为我心里有秘密：打工挣了钱，自费到大学中文系进修写作，以圆从小学就萌生的作家梦，像琼瑶那样，写出人间真情真爱。

在车间工作半年时间，厂长就将我调到装饰豪华的办公室，当上了轻松的打字员，兼为厂里起草一些简单文件。这对车间其他姐妹来说，好比从地狱升到天堂，丑小鸭变成了白天鹅。而我却并不那么舒心，因为我发现厂长的眼神太怕人，他看人总是斜视，从下向上慢慢打量你，似乎要用眼光剥去你的衣服，让你赤裸裸地站在光天化日之下。

但时间一久，我渐渐轻松了，厂长并不像我想象的那样让人害怕。其实，他是很关心人的，而且在对我布置工作时，总是保持一定的距离。慢慢地，我对厂长的戒心放下了，与厂长在一起也没有了刚来的那种拘谨。在办公室没事时，厂长经常询问我的家庭状况，鼓励我应该上大学深造，不能在他的企业干一辈子。这些话说得我心里暖烘烘、美滋滋的。

有一天下班时，厂长说让我等一会儿，其他的同事都离开之后，厂长从办公桌内拿出一个精致的小盒子给我，我打开看是一条精致的项链。厂长对我说今天是你的生日，这是厂里的一点意思。我自己都忘记了自己的生日，在这异乡，却有人记得我的生日，真让我十分感动；况且我长这么大，还从没有戴过项链，就红着脸收下了。那一晚，我激动得一夜没睡。

从此以后，厂长不时送一些小礼物给我，和我谈的话题也比以前多了。他多次对我说起他的家庭和他不幸的婚姻，有时说得声泪俱下。这样成功的男人，也有自己的痛楚，不禁让我有些怜惜他。

有一天晚上，厂长带我去见一个客户。来到一家豪华的宾馆，然而并没有见到什么客户，可厂长却为我点了一桌丰盛的菜肴，而且还倒了酒。我根本就不会喝酒，但在他的劝说下，还是喝了不少，等喝完最后一杯，就什么也不知道地倒在了他的肩上……

半夜时分，一阵揪心的撕痛使我惊醒。他见我醒了，立刻起床，跪在我面前，指天发誓要与妻子离婚，正式和我结婚。事已至此，我还能怎样呢？我当时痛苦地闭上眼睛，两颗大大的泪珠，从眼里滚出来……

我轻信了他的誓言。此后，我与他在宾馆里过上了同居的生活，还为他流了两次产，最后一次流了很多血，差一点晕倒在医院大门口。

要不是那一次目睹那不堪入目的镜头，我还一直蒙在鼓里，以为他真的爱我，要和我结婚呢。那天我要出去办一件事，估计要半天时间，可我要找的人当天不在家，因此，我只有折身回来。然而，当我打开办公室的门时，我惊呆了：厂长竟在办公室的沙发上与厂里另一个女工赤裸裸地缠在一起。原来，厂长是一个地地道道的大流氓。

唉，现在说什么都晚了，在这里我只能告诉那些从农村到城市来的姐妹们：最容易让女人倒下的，不是苦和累，而是金钱、恭维和虚荣……

口述者二：李媚，26岁，初中文化，打工者，两个孩子的母亲，

"轻信，是我们女人所有过错中难以原谅的过错。"

26岁，对一个姑娘来说，也许是不算太小的年龄，但是，像我这样没有名分地拉扯着孩子有家不能归，流落在异地他乡，艰难地活着的人，却并不多见。我说这些，并不是要博得别人的同情，我也是念过几年书的人，在我的家乡，能念完初中的女孩并不多。"千万别轻信"，这样的告诫想必大多数女孩子都听过，可是，轻信，是我们女人一生中最难以原谅的过错……

六年前，我从皖南山区一个山清水秀的地方只身来到省城合肥，成为一个打工妹。刚来时，面对五颜六色的都市，真有点无所适从。好在村里先前已有几个姐妹在这里，在她们的介绍下，我在一家宾馆餐厅当服务员。这里活儿不累，而且伙食也不错，每月工资1000多元，除去房租，一个月下来也有700多元结余，我一分钱都舍不得花，全部寄回去，因为家里还有两个妹妹在上学。

也许是农村苦惯了，我做事从不晓得累，干得特别卖力，客人比较满意，经理也多次在职工会上表扬我，还说要送我到旅游学校培训。正当我干得起劲的时候，大堂领班俞婧却对我刁难起来，对此，我总是忍了又忍，然而，终于有一次，我实在忍不下去，和俞婧吵了起来。那天，她竟当着众人的面说我晚上经常去客人的房间，到半夜才披头散发出来。虽然是农家女孩子，白眼没少看，可我从没有受过这么大的侮辱。正在我们争吵得难分难解时，一个叫吴新的掌勺师傅站了出来，为我说了公道话，替我解了围。

虽然我和吴新之间也相识，但平时在餐厅各干各的事，说话的时候并不多，印象并不深，这次他却为我解了围，使我对他有了几分敬意。那天下班后，他对我说：俞婧是经理的相好，经理表扬你，她吃醋，你没有必要与她过不去，只当没发生这件事。

从此以后，我与吴新之间的话多了起来。后来，我的房东因为无故提高房租，我就在吴新的房子不远处租了一间房子住下，上下班正好与他同路。吴新的家也在皖南乡下，他对我说他还没有成家，想在城里赚到钱后回家开一个餐馆。我也正是这样想的，干几年挣一笔钱再回家开一个店，嫁一个自己喜欢的男人。吴新是个很老实的人，在异乡，我们都没有亲人，一来二去的，两颗年轻的心碰撞到了一起。农家女孩子没有都市女孩那样开放，面对爱情还是那样羞涩，我只有用特殊的表达方式，我为吴新洗衣服，将省下的零花钱买来好吃的，悄悄地放在吴新的床头。

那一天晚上，我突然发起高烧，吴新知道后，马上送我到医院，挂了药水。从医院回来后，吴新就坐在我的身边，为我端水、目不转睛地看着我，当时，我真的好感动。那天晚上很冷，吴新穿得那样单薄，而我却躺在温暖的被窝里。我实在不忍心他这样坐在床边，就让他到被窝里暖暖身体。他却不好意思，在我再三劝说下，他才脱衣上床。然而，一上床，他就一改往日的文质彬彬，一下将我紧紧抱住，就要扯我的内衣裤。我挣扎，他就苦苦地哀求我说，反正迟早都会有这么一天。女人的心天生就是软的，经不住他的哀求，我将自己的少女之身给了吴新……

不久我怀孕了，当我将这个秘密告诉吴新时，他一下子就紧张起来。当时，我心里就凉了半截。随着时间的推移，我的肚子也一天天大起来，我催吴新快一点回家把婚事办了，可他总推说等一等。

当我怀孕6个月时，吴新却不辞而别走了。后来一打听，才知道吴新其实有家庭，而且还有两个孩子。我顿时傻眼了，我只有狠心地到医院去把孩子打掉，可医生检查后对我说，这时再引产，大人有危险。没有办法，我只得将这个没有父亲的孩子生下来。

现在，为了养活自己和孩子，我不得不在一家酒店当上了"坐台小姐"。我不知道今后的路该怎么走，但自己酿的苦酒只有自己来喝。

这两个打工妹的故事让人心酸。打工妹为城市建设做出了贡献，她们想留在城里，组织家庭。但由于户口、工作、文化、住房等原因，她们总处于弱势地位。真正获得幸福的并不多。回到乡下，由于她们毕竟受过现代都市文明的熏陶，自主意识有了很大提高，与农村的男青年在观念上又有差距，因此，对于在家乡组成家庭，她们又感到有落差，不甘心留在农村。因此，总是对城里生活非常向往，希望能够在城里找到心爱的人，恋爱成家，这样，就很容易被一些别有用心的色狼所乘。

解决打工妹婚姻中的两难问题，我想，应从以下三个方面来努力——

首先，打工妹自己应调整心态，婚姻应以感情为纽带，不应仅仅当作留在城里的跳板。如果将婚姻作为筹码，放在了功利的天平上，婚姻的质量将大打折扣，甚至葬送婚姻。所以，打工妹在选择自己的婚姻归宿时，不能为了留在城里而以自己的婚姻为代价，这样的代价往往太大。

其次，提高自身素质，拓宽自己的生存空间。打工妹能不能最终在城里获得生存空间，关键是看自己有没有在城里生存下去的本领。因为有了生存的本领，才有条件选择自己的婚姻。

最后，相关机构应为她们的婚恋生活提供服务，提供指导。打工妹作为都市不可缺少的劳动者，她们的父母不在身边，生活上没有长辈的指导和帮助，也没有家庭的温暖，加之如今社会物欲横流，很容易使她们误入歧途。因此，当地社区组织或妇联组织应该承担起对打工妹生活和婚姻的帮助责任，维护她们的合法人身权益，为她们提供生活方面的咨询，特别是她们在婚恋生活中遇到问题自己解决不了时，要伸出热情的双手，拉她们一把，指一指路，她们就不至于走上邪路。

四、"速婚"现象值得关注

速婚是近年来在新生代农民工中较为普遍的一种婚姻形式，有着深层的社会背景和个人原因。

速婚是近年来新生代农民工婚姻中表现得较为突出的一个特点。速婚者在极短的时间里相互认识并结婚、组成家庭，速度像闪电一样快，因此又被称为"闪婚"。尽管人们认为婚姻应该慎重，但是，速婚现象已被一部分人所接纳并有蔓延之势。《中国青年报》公布的调查称，75%的公众听说过"速婚"，34%的公众接受速婚形式，认为双方只要情投意合就可以迅速结婚。天津市民政部门的一项数据显示，该地区的年轻人闪电式结婚的增长幅度已接近50%。不过，有半数（51%）人是不支持速婚的，他们认为婚姻必须经过慎重考虑，未经过慎重考虑的婚姻常会出现一些问题，如由于情感的缺乏，婚姻不融洽，甚至离婚的现象较为普遍。天津市调查显示，速婚者的婚姻从结婚到离婚的周期在不断地缩短，从一年到半年甚至一周的，更短者只有一天！笔者曾利用假期，对鄂东北某镇，找了16对在外打工青年做调查，发现他们对待自己的婚姻大事并不慎重，结婚前没有给自己太多的时间去了解未来的伴侣。从相识到结婚，一般不过半年，有的只有一两个月。他们的婚姻或多或少存在一些问题。

笔者了解到的速婚者有以下特点：1.速婚者年龄较大且文化程度不高。文化程度以初中为主，夫妻二人文化程度或者都不高，或者呈一高一低梯度分布，即丈夫高妻子低型和妻子略高丈夫低型。他们之中年龄最大者32岁，最小者20岁。夫妻年龄差距最大的有10岁。2.夫妻以同乡为多，只有部分男性（4人）是娶回的外地打工妹。这些同乡夫妻的相识途径特别，主要经由地缘和血缘方式，通过节假日期间亲戚撮合或者媒人介绍。打工青年在过年、过节时回来，利用亲戚朋友聚会的机会，收集附近有关未婚青年的信息，由父母托人约时间见面、牵线搭桥。如果双方有好感、不反对的话，便可以订婚并商讨快速结婚。娶外地打工妹者主要是由于工作关系认识，回乡是为了登记结婚。3.结婚仪式较为简单，打工青年们回家通常只是在老板那里获得较短的假期。多数夫妻举办仪式时较为匆忙，一些夫妻婚后就要重返工作地上班。他们的结婚仪式说不上复杂。在结婚时，男方向女方下聘礼，女方定做嫁妆，约请亲戚朋友喝喜酒。整个结婚从议定到举行，时间较短，仪式简单。娶外地打工妹者的婚姻仪式就更加简单了，有些甚至不办酒。4.婚后满意度低，彼此难以融洽相处，少数有离婚意向。在问到他们"是否经常彼此交流"时，多数回答"少"或"无法交流"；当问到"对目前的对象满意吗"时，多数回答不上来，或说"不知道""一般般"；当问到"是否会与对方交流"时，近半数回答"会吧"，有些则说"首先还是会出去挣钱，钱有了就都好了"，有些说"先分开一段会对彼此好些"，有些干脆说"无法沟通"。这些夫妇婚后并不打算马上生育孩子。

以下，是一些速婚的例子，结果有好有歹，都比较典型。

28岁的皖籍农民工顾彬在江苏昆山张浦一家企业打工6年了，每年春节回老家，父母都催他结婚。去年春节他相亲4次，最后见的一个女孩感觉不错，只谈了10天恋爱，就匆匆结婚，如今女儿已经满月。他在张浦找好了房子，和人合租，每人一个单间，方便老婆自由来去。说到未来，他说，自己会在企业好好做，将来把老婆接到昆山，再租个大点的房子。

"闪婚没什么不好，关键是要'闪'对人。"小顾说。他手下30多个工人，除了2个和本地工厂的女工谈恋爱外，其余都是通过回老家相亲这样的方式匆匆结婚的。

闪婚主要是环境造成的。吴江一家乡镇电子厂的苏籍女工张琳琳，中专毕业后上班5年，每天除了上班就是回宿舍上网，再加上工厂地处偏僻，根本没机会认识别的男孩子。她父母最近给她在老家张罗相亲，本来对相亲不屑一顾的她，如今不得不低头，准备请假回家与男方见面。

笔者注意到，随着闪婚的不断增多，闪离现象也日益突出。根据苏北某县民政部门的调查，春节前后是办理结婚证和离婚证的高峰期。闪婚大约有1000多对，闪离则超过600对。有对农村青年从结婚到离婚只有10天：年底双方相亲，男的婚检被查出乙肝，他隐瞒女方实情。10天后女方得知实情当即大闹一场后离婚。最离谱的是，第11天，女方和新对象又闪了一把，开始了她的第二段婚姻。正月还没有结束，女的留在老家开理发店，男的去了无锡打工，从此劳燕分飞，大家只混了个脸熟。

　　大多青年农民工的"闪婚"是利用回家的短暂时间，在父母或亲朋好友的介绍下，并以数千元甚至数万元"彩礼"即"婚约保证金"的形式迅速确定恋爱关系，再一起外出打工、同居，并在很短时间内结婚。此种实用性十足的"闪婚"正在以更务实的态势演变为农村新"乡俗"。

　　明生和春花在两个月前经媒人牵线，纷纷从打工地回来，初次见面，两人并没有明显的好感。可是他们通过电话交流，两人做了一个惊人的决定："过春节回来结婚！"他们说："通过交流感觉对方还可以，我们没有太长的时间相处，只有先结婚，让父母放心。具体合不合得来还要看以后。"

　　随着时代的发展，人们的观念也在变化。南京大学社会系教授风笑天认为，青年人最根本的两件事就是成家和立业。如今，"有钱无钱，娶个媳妇回家过年"已经成了诸多新生代农民工的"新时尚"。由于受打工生活的种种限制，不少返乡青年选择了"速配"婚姻：经媒人介绍后，在外打工的他们通过电话或微信交流感情，得到父母同意后便趁春节回家迅速完婚，不少青年从认识到登记时间很短，结婚登记时间也都集中在春节前后。就闪婚这一婚姻形式来说，本身就存在很大弊端，了解不多，结婚仓促，会不会对今后婚姻生活造成隐患？会不会成为农村离婚率提高的潜在因素？

　　王俊是湖北省枣阳市南村人，初中毕业，在家学习计算机，后来去东南沿海从事网络管理工作。在外打工4年多，一直没有找到合适的对象。家里的父母为他的婚姻大事万分着急，今年春节一回到家，父母便不准他再外出了。父母的意见是："农村的娃子，不像那大城市一样二十七八岁结婚，那是他们有资本。你看我们家的老二都把孩子抱上了！"王俊却认为："我一没有钱，二没有事业，现在我还年轻，还可以拼几年呢！"

城市经历对于现代性量度有很强的间接影响，城市经历通过大众传播媒介、学校教育、工厂经历等对人的现代性产生影响。由于新生代农民工长期在外务工，很容易受周围人以及现代思想文化的影响。近两年，有学者开始研究新生代农民工的婚姻观念，研究表明，他们很多没有务农经历，文化水平比前辈高，婚恋观既不同于世世代代生活在农村的农民，又不同于市民，与老一辈农民工也有差异，还夹带着市民的现代性。在他们的意识中，年轻人二十七八岁结婚刚好，当前尚且年轻就不担心婚姻问题，因此他们埋头于自己的个人事业当中而不过多在意个人的婚姻问题，从而与外界的交往很少、交际圈很小，致使其婚姻问题受限。但是其父辈看着周围同龄孩子相继结婚，往往很担心孩子们的婚姻问题，四处张罗筹划。

周舟，上海某公司白领，她说："我自小就待在农村，算是在农村待怕了。我对我将来的男朋友是这样期待的：他可以不帅，可是必须有房！你看我吧，条件还可以，能找到长得帅的男朋友当然更好咯！"

风笑天教授通过一项调查发现，被调查者中超过三分之一的新生代农民工有同市民恋爱结婚的想法，其中性别、城市生活体验、社会交往、社会距离感对其通婚意愿有显著性影响。正是由于在一定程度上受到传统思想观念的影响，很多女性农民工潜意识地认为自己将来的丈夫在收入、学历等各方面应该比自己优秀出色，他们期待着自己可以找到一个城里的丈夫，从而落户城市。在现实社会里，我们可以发现很多年轻女性把嫁给"城里人"看成改变自己命运的途径，对爱情有着不切实际的功利追求。现实中许多男性倾向于娶年龄、受教育程度等方面略低于自己的女人。由于大部分青年农民工觉得自己既不属于城市，也不属于乡村，他们这种边缘人的性质决定了他们恋爱的结果和婚姻的可能性。新生代农民工在城市安家落户的难度是可想而知的，社会地位的差异使得他们在交换关系上处于不利的地位，最终难以满足成婚条件。城市中的挫败必然导致择偶目标转移到农村中去。由于在现实中遇到很多因素的制约，当新生代农民工在城市结婚落户的希望破灭之后，他们必然会经历这种无奈选择所带来的心理压力和精神苦闷。

著名社会学家费孝通在分析我国的传统时说："这样说来，我们的民族的确和泥土分不开了。从土里长出过光荣的历史，自然也会受到土的束缚，现在很有些飞不上天的样子。"新生代农民工大多缺乏务农经验,也不愿靠务农维持生活。对第一代农民工而言,进城打工只是赚钱和提高家庭收入的一种方式，农业生产仍要继续，农业劳动收入虽较低，但土地仍是他们生活的最终依靠。而大多数新生代农民工是从学校毕业后直接进入城市的，务农的经历不多，自然对务农不感兴趣。当然对家乡中经济生活的安排也失去了最终的发言权。

夏元，湖北红安人，21岁，初中未毕业，外出打工3年，在谈起今后的打算和前途时，其父说："怎么办？既冒得技术，又不会干农活，何去何从？"面临人生的婚姻大事，其父很是着急，2015年春节夏元带回了二万四千元的打工收入上交家庭，父亲先是极力表扬，把他的收入存入当地信用社，并下达了第二年要带三万元回家的任务，完成在镇上买房的心愿。2016年正月初九，夏元选择外出上海打工。

柯军，男，湖北鄂城人，1993年出生，初中未毕业就跟着父亲在外干安装的活。有活干的时候一天100元钱，家里还有个读初中的弟弟。看着村里的人纷纷选择在镇上买房，房价比去年每平方涨了近200元，虽说柯军才17岁，柯军父亲也暗自着了急，柯军母亲说"都在镇上买房，不买怎么办呢？现在媒人上门说媳妇第一句话就问你屋里在镇上买房没？"柯军的父母拿出所有积蓄再找亲戚借了一万，花了近十万在镇上买了一套三居室，柯军的父亲说："先摆在那，等把账还了再攒钱装修。"

从以上个案中，反映出由于中国传统观念的影响，父母对未成家的农村青年影响还是较大的，包括对家中经济生活的安排及对子女婚姻大事的影响（在农村仅靠新生代农民工本人很难支付起结婚和盖房买房的成本）。

数千年来，中国农村形成了以门当户对、着重地位财产、家族势力等为核心的传统婚恋模式，要求子女遵从传统的父母之命、媒妁之言的婚姻介绍方式，从而形成了一整套繁杂的婚姻程序，而且费用昂贵。据计算，现在农村男方家庭娶媳妇光是彩礼，起价就是10万，对于一个农村家庭，结婚如同盖房子一样，属于花钱的大事。由于传统婚约的存在，使得现代绝大多数农村子女结婚都需要有中间人介绍对象，然后才可以有一定的自主选择权。尽管相较于传统社会的结婚程序有所简化，但是基本的步骤一直保留至今。新生代农民工最终选择婚姻的仪式的地点大都偏好在家乡。这主要是因为婚姻除了是一种个人行为，同时还是一种社会行为，婚姻需要社会的监督，而这种社会监督只有在'熟人社会'里才起作用；当然同时还因为，新人们只有在农村本地才有它的最大效能，而这些人就是他们婚姻仪式的捧场者；而他们的亲朋好友，从农村的人情礼节来看，他们也只有在农村举行婚礼，才可以收回以前送出去的人情。

随着中国城镇化的飞速发展，当今农村，不少村庄凋敝，房屋破败，村民纷纷选择到乡镇买房准备儿子婚事，或者囤积以备涨价，由此带来乡镇扩张的"无序化"，乡镇商品房价格飞涨，男方经济实力能不能在镇上买房定居被不少农村女青年视作谈婚论嫁的条件。另外，现在的年轻人对土地没有感情，不愿待在农村，尤其是乡村小学的撤销使所有学龄孩子只能到镇上接受教育，这也必须考虑在镇上居住以节约成本。可以打破这种习俗的方法就是娶外地的媳妇或者干脆到更大的城市（主要是工作地）定居，但这也不是一劳永逸之策。娶外地的媳妇是非常不易的，且不论能否在务工期间找到一个不错的外地女孩，即使有幸找到也会遭遇来自双方家庭的反对，尤其是女方父母的反对。从夫居的传统使得很多父母不愿意女儿远嫁，因为远嫁就意味着聚少离多，这是情理之中的事。即使能够冲破双方家长的阻挠甚至得到他们的支持祝福，真实的生活也是巨大的考验。首先，外地的媳妇很难适应婆家的农村生活。即使婚后依然在外打工也至少会在怀孕生育期间留住婆家。农村的生活最是受地域传统影响的，"十里不同俗"，这与城市的开放文明有着天壤之别。在城市就易有"自己是外地人"之感的新生代农民工又如何适应与家乡有着千差万别的陌生地方呢？其次，婆媳沟通障碍。这对人生地不熟的媳妇来说无疑是难过又无可奈何的。加上孩子养育方面的分歧。虽然这个问题存在于所有婆媳中，但这类婆媳无疑面对更多挑战，再加上语言不通很难沟通解决，长此以往必会出现意想不到的矛盾和后果。

笔者以为，造成农村打工青年容易速婚的原因主要有以下几点。

首先，有些农村打工青年在个人认知上存在偏差。受城市速婚观念的影响，少部分农村打工青年把结婚看成一场游戏，把婚姻等同于性，对离婚也无所谓。对于婚姻的神秘感和神圣感淡化、消失了，持"性至上"观念者大有人在。有些农村打工青年认为，情感可以在婚后慢慢培养，甚至认为没有情感夫妻生活照样可以过得好。有些打工青年则对婚姻存在某种侥幸心理，认为只要自己认真付出，一定会得到对方的真情相待。还有些年轻人，结婚主要是为了让父母亲满意。

其次，有些个人缺乏道德。农村打工青年在外孤单寂寞，有些不能坚持住自己的操守，降低自己的择偶标准或者不负责任地与他人未婚同居。有些男子在家不好娶媳妇，便在外骗取打工妹的感情，提供虚假的个人信息骗取对方的信任而未婚同居，"生米煮成熟饭"，从而达到骗婚的目的。

第三，有些人缺乏自主意识。外来年轻的打工妹，大多从农村来，文化层次低，社会经验不足，缺乏自我保护意识，容易受诱惑。有些打工妹因找不到工作或工作薪金低，为了找个依靠或通过婚姻来改变生活而被别有用心的人所利用。

农村打工青年的速婚现象还有着深层的社会原因。首先，打工地缺乏交友环境和条件，择偶难。尽管农村打工青年在择偶上可能具有较农村封闭环境更为有利的条件，但在城市中受工作、交往、居住方式等客观限制以及作为城市边缘人的现状给其婚姻带来障碍。笔者所调查的速婚青年的打工地多数位于城市边缘，条件艰苦，治安乱，人际关系复杂。他们一般不与陌生人交往。女性的主要集中地工厂，一般会围墙高筑，铁门紧闭，是所谓的"安全岛"。她们在享受安全保证的同时，情感也遭受了封闭。其次，农村拉配现象仍然严重存在。农村媒妁风气还未改变，在节假日里回家的青年们仍然会被亲戚朋友拉着去相亲，聚会成了相亲的场所。一个青年往往要在一个假期里看几个对象，然后在看过的候选人中选择。若遇双方不反对的，媒人就会努力说合并代为操办婚庆仪式，年轻人较少机会进一步了解和交流。第三，年龄偏大，不得不结婚。受着农村"男大当婚、女大当嫁"习俗的影响，农村打工青年长年在外，年龄越来越大，他们往往会面临来自父母的压力。青年自己看着同龄人出双入对、带着娃娃甜蜜地享受天伦之乐，心里也不是滋味。父母的催促和亲戚朋友的介入就会加速他们选择对象、结婚的过程。

择偶时的矛盾心态也是农村外出打工青年普遍遇到的问题。大部分打工青年进入城市后对婚姻爱情的期望值高了，但现实中找不到如意的，使得他们处于某种矛盾心理中。婚恋观念上的不定型也加剧了他们的矛盾心理。在恋爱自主性上，他们通常想自己选择恋人和决定自己的婚姻，但是对于那些文化水平不高、又没有感情经历者来说，常常难以做出恰当的选择；有些青年在父母和自己的意见不统一的时候会出现矛盾心理；在婚恋模式上，青年在自由恋爱时，不得不找一个媒人象征性地介绍，否则担心会被笑话。自身的年龄也使他们产生矛盾心理。结婚前外出的农村打工青年的结婚年龄明显推后。婚姻的质量决定夫妻双方婚后的幸福程度和婚姻关系的持续期，高质量的婚姻表现为当事人对配偶及其相互关系的高满意度，具有充分的感情和性的交流，夫妻冲突少及无离异意向。可是，由于农村打工青年在"速婚"时是在一种无可奈何的情形下进行的，主观上又忽视感情基础，择偶过程中的矛盾心态会被带到婚后生活中，可能严重影响到他们的婚姻家庭生活。

农村打工青年的婚姻是个急需引起重视的社会问题。在农村，外出务工夫妻产生矛盾导致家庭解体的现象大有上升趋势。处于分割状态的家庭离婚的比例高达五成以上。缺乏感情基础而结合、平时较少的交流使得农村青年的婚姻犹如"苦水婚姻""噩梦"，易引发家庭冷暴力和暴力。还有些异地婚姻者由于被欺骗而结婚，对配偶缺乏了解，大多数不幸福，获得了对配偶的完全信息之后会选择外出、外逃甚至自杀。如何引导打工青年正确择偶、关注自身的感情生活、在组织家庭时多一些理性和自主，是我们必须重视的一个问题。

关注新生代农民工的恋爱婚姻问题，具有重大的理论和现实意义。学术界对于新生代农民工的研究越来越多，但是主要集中在经济学、人口学等领域，从社会学的角度进行的研究也主要是关注他们在城市的求职与工作、社会关系网络、社会支持与保障、城市社会适应、教育与职业培训等，对于新生代农民工的婚姻家庭问题则较少关注。在社会工作的层面上，目前对于新生代农民工的帮助主要在就业培训、权益维护方面展开，较少组织有益于未婚大龄青年交友的活动，较少有两地分居的农村青年的定期相聚，也没有解决流动家庭、半流动家庭的子女教育问题，少有对于危机中的农民工婚姻的干预调解。

五、故乡才是最好的依恋

是的，故乡才是最好的依恋。本节提到了一些"农村版海归"，她们带着增加了的人生资本返乡，潜移默化地改变着下一代的人生和中国乡土社会的面貌。

汽车颠簸地开进宁夏回族自治区原州区张易镇，孟宪范(中国社会科学院妇女研究中心主任)坐在车上，一边在脑海中勾勒着与此行拜访对象会面的场景，一边注视着车窗外这片被联合国粮农组织划入"世界上最不适合人类居住"的地区。

这是孟宪范主任组织的一个中国社会科学院"外出女劳工课题组"在进行调查工作。

然而，当她见到阿红时，这位走南闯北，研究多年妇女问题的学者还是有些许惊讶——阿红穿着碎花雪纺上衣，配着笔直的黑裤和时髦的黑包，用普通话礼貌地说着"您请进"，落落大方地将孟宪范引进自己窗明几净的新家，地板革铺地，白色吊顶，粉色窗帘配着同色的床单……一切都超出了一个中国西部普通农民家庭的装扮。

这个美丽的家庭的主任阿江，就曾是一位标准的打工妹。

6年前，17岁的阿红因为家里贫穷辍学去甘肃省会兰州打工，在一家面条工厂里每天超负荷工作。后来因为年龄大了，22岁回来结婚生子，现在她的丈夫还在兰州打工。阿红说，新房是用自己外出打工赚的钱盖的，算村里比较好的房子。

现在阿红仍保持着在城市里打工时的时尚穿着，也爱用品牌化妆品，每个星期都会去镇上澡堂洗澡，只是在晚上没有网可上时，阿红常常会想念城市的生活。

在中国，还有千千万万像阿红这样的返乡打工妹。她们在花季年龄离开家，将青春献给了城市，等她们回到农村后，因为之前在城市生活的经历和改变，让她们有一种身份上的不适应感。另一方面，她们从城市带回来的新的思想和生活方式也在潜移默化地改变着农村。

为结婚育子踏上返乡之路

两年前，当中国社会科学院妇女研究中心的研究者们开始设计"返乡打工妹状况考察"项目时，发现自己面对的是研究领域的空白。

两年后，经过与同事们长时间的实地调研，孟宪范已经能对返乡打工妹的特征如数家珍："家乡在中西部，儿童、少年在贫困中度过，生活在封闭的环境中；现在是中年，多负有照顾老、小的责任；经历过城市工业文明的洗礼；经历了从贫困到初步小康的过程，相信未来，相信明天比今天好。"

和返乡的阿红一样，15年前，阿花初中毕业便放弃了学业，年方二八懵懂无知的她对外面的世界充满了想象，揣上800块钱义无反顾地踏上离乡的山路，来到上海投奔表姐。

春寒料峭的夜晚，大雨不期而至，她拖着两个行李箱、挎着一个背包在风雨飘摇中踉跄而行，狼狈不堪的情景成为她此生刻骨铭心的记忆。由于没有手机，几经周折才找到表姐，跟着表姐在当地一家服装厂打工。后来，经人介绍认识了同乡男青年小吴，在异乡组建了一个小家庭。

婚后不久，丈夫继续在外谋着生计，有孕在身的阿花回到了民风淳朴的农村老家，继承了公婆家的杂货铺。

时光荏苒，阿花的儿子已经6岁了，在镇上的小学读一年级。阿花出了家门要么往南，走个十多分钟，到学校接儿子，要么往北，走不了几步，到杂货铺看看店。日子像钟摆一样有规律地来回游走。不过，阿花打算过两年孩子大些了再出去闯闯。

孟宪范的课题组在分析调研数据后发现，打工妹有两次外出高峰。第一个高峰是从初中毕业后到婚前，在人生的黄金阶段为城市建设奉献青春，到了适婚年龄，返乡结婚生子。等孩子在生活上对母亲的依赖逐渐减弱，便交给老人抚养，再次进城务工，形成打工的第二个高峰。至女工怀第二胎后再次返乡。

"在这之后，随着年龄增长、自身劳动力市场优势渐失及家务负担渐重的双重作用下，一些妇女不再外出打工。"孟宪范说。

照顾孩子、返乡解决婚姻问题、照顾生病父母是打工妹返乡的三大直接原因。而女性因为结婚、生育而回流的几乎占到回流原因的一半。

农村的"新风尚带头人"

返乡的打工妹们在老家大都是引人瞩目的，她们从头发到衣着，从谈吐到行为举止，都是关注的焦点。有时候会不自觉地向别人秀一下自己的普通话。…

孟宪范给了返乡打工妹一个美丽的称谓——"农村版海归"。她认为，就像海外留学归来的学子一样，出门见识过外面世界的打工妹返乡后带回了工业文明的元素，比之外出前或未曾外出打工的妇女，无论是个人参与农村经济社会生活的方式，还是价值观念，都发生了深刻的变化。

在村里，阿花那一头大波浪和叮当响的大耳环还是显得有些鹤立鸡群。看到有村民随地吐痰或乱扔垃圾，她总会忍不住说两句，似乎想通过自己的努力维持一个像城里那样整洁的卫生环境，却总会惹来些白眼和非议。

回家刚开始或许流连城市的繁华，"阿花们"对乡间的寂寥和单调生活多少有些不适应，然而与城市中透支青春和健康的高负荷劳作相比，她们也渐渐琢磨着如何在农村发挥用武之地。

31岁的阿英出生在江西省玉山县，只有初中文化程度的她，婚前婚后在上海、江西玉山和浙江义乌打工10余年。多年的经验，让她积累了企业管理以及人际交往的技能。

当她第二次返乡时，靠着打工期间积累的人脉和资金，和丈夫在玉山办起了负责来料加工的缝伞厂，五六万元的投入，五六台缝纫机，十几个工人。半年后，凭着阿英的魄力和诚信，以及正规的管理手段，缝伞加工厂扩建为制伞厂。现在工厂的固定资产已经有100多万，工厂有百十人，外面为工厂做活的还有约50人。

经过市场经济的洗礼，返乡打工妹不再安于世世代代"土里刨食"的农耕生活，普遍注意捕捉发展机会。

宁夏固原张易镇田堡村的梅姐，文化程度仅为初中毕业。她婚前和婚后在本省餐馆、北京制衣厂和内蒙古建筑工地打工多年，后来因照顾孩子返乡。

"坐到这个地方，你啥都不知道。到外面打工，特别是上了一次北京，让咱们见识多了。"返乡后，她总想干点啥。正是由于她思想活跃，有强烈的发展意识，2013年当上了村妇女主任。最近，她正在"给镇上打个报告，让我们这里办个养猪场"。

"可以看出，这是全新的一代村干部。返乡打工妹携带着新的知识结构和现代意识参与村庄生活的管理，为村民服务，将会给新农村建设注入新的活力。"课题组专家、社科院的陈午晴博士感受深切。

希望寄托在下一代

与男性农民工相比，抚育下一代的责任往往更多落在女性农民工身上。

阿花就像对待一件绝世珍品一样用心雕琢儿子，整天千叮咛万嘱咐，要好好读书，读书多了才会有大出息，坐大办公室，开小汽车。

阿花说，将来要是孩子学习好，一定把他送到县里升学率最高的中学去，争取考上大学。要是孩子成绩跟不上，她也想像城里人一样，给孩子请辅导老师补习功课，虽然这在村里并不好找，但她无论如何绝不允许孩子像自己当年那样轻易放弃。阿花坦言，自己这辈子也就这样了，现在最大的心愿就是把孩子教育好，她期盼着有朝一日下一代能够用知识来改变命运，摆脱贫穷落后。

在课题组接触的中西部6个农村地区的几十个案例中，大多受访女性缺少接受教育的机会，传统的乡土观念和家族意识，往往把读书求学的机会留给了她们的兄弟，有些人至今仍然不会写自己的名字。因为辍学和贫穷，这些农村女性不得不早早离开家乡进城务工。

然而在城市求职过程中，面对招聘单位对于应聘者知识、技能的明确要求，"找工作的时候吃了没有文化的亏"是打工妹们最为深切的体验。正因如此，回乡后，她们对于子女教育寄予极大期望，把自己未能实现的愿望寄托在孩子身上。

曾在北京做过旅店服务员的湖北姑娘周莉，最大的愿望就是回乡办学，"希望家乡孩子不要受我这种苦"，她还希望自己的儿子能到城市受到好的教育，"不然，我的努力就白费了。"

"她们正努力切断农村妇女因缺乏受教育机会而产生的命运代际传递。"在孟宪范看来，"推动世界的手是摇摇篮的手，母亲的素质决定着民族的未来和命运。"虽然返乡，但打工妹们的价值观依然影响着家庭与子女，从这个意义上说，她们正悄悄地影响着民族的未来。

她们是城市化欠账的缩影

在北京火车站东侧小饭馆林立的街边，青萍注视着每一个从身边走过的行人，只要是身上背着行囊手里拖着行李的人，她都会上前问一句"吃饭吗？家常炒菜，又快又便宜。"这就是青萍在北京的工作，在路边招揽客人，去自家店里吃饭，俗称"叫饭"。

今年37岁的青萍来自安徽，常年的风吹日晒使她的皮肤黝黑，无情的岁月已在她脸上留下清晰的刻痕。这不是她第一次从老家外出打工。16岁时她曾进入广东东莞，两年前因为长期在流水线工作过度劳累，被机器削去了一截拇指。得到一笔微薄的赔偿金后，她回到老家。

而在她33岁那年，老公和弟弟相继患急症过世，家里的顶梁柱瞬间轰然坍塌，看着咿呀学语的孩子和年逾七旬的婆婆，她欲哭无泪，一年后，终于经同乡介绍来到北京的这家小饭馆当了一名临时工。最初是刷碗，现在是"叫饭"。每月一两千元的工资并不算高，但她说："以我现在的年龄，找到这样的工作已经很不错了。去工厂企业打工？人家只收十几二十岁的小姑娘。"

35岁那年，因腰椎间盘突出、糖尿病、心脏病恶化，青萍曾返乡医治，花费上万。家乡那边说不符合政策规定没法报销，北京这边也说不能报，青萍一气之下把所有的医疗费单据付之一炬。休养不到一年，身体稍有好转，她便又返京打工了。

其实，在每一个城市，都可能发生类似的故事，或是在工厂的流水线边，也可能在超市、饭馆、服装市场、美容店……打工妹们在黄金劳动力年龄段进入城市，在失去劳动力优势时返乡。

孟宪范的调研组通过在江苏昆山等发达地区的调研结果表明，很多企业招聘员工的年龄要求都是18～22岁左右。好处不言自明：她们反应快，动作敏捷，能耐受长时间连续工作，身体健康。

而在打工妹一方，福利的缺失使她们不能在城市完成生育和抚育婴幼儿的过程，只得返乡，遇到天灾人祸更是无力支撑。所以，表面上是她们自愿辞工回家，实则折射的是福利排斥的结果。

根据孟宪范论文《2006年16~65岁正规就业者在城市劳动力市场上的分析研究》不难发现，农村外出务工女性大多在十六七岁就早早来到城市谋生，20至25岁是她们的劳动高峰期，而到了30岁，她们的自身劳动力市场优势渐失，开始返乡。而30岁对于城市就业女性来说，只是刚刚开始进入事业的高峰期。

诚然，打工妹返乡给农村带来了现代化的改变，但她们身上也折射出我们城市化的欠账。

孟宪范的观点是："就中国而言，城市化是我们未来发展的大方向。采取外来人口友好政策是必然趋势；现在这种流动人口钟摆式地往返于城乡之间是违背城市化大方向的，打工妹大规模返乡也不可取。"

目前这种打工妹大规模返乡现象让我们警醒，城市化的进程还面临着有流动而无迁移的种种问题。孟宪范说："'返乡'主要反映着中国特有的城乡二元结构带来的迁移障碍。壁垒森严的城乡二元户籍制度背后包含的二元就业制度、二元福利制度等，让包括打工妹在内的农民工们无法享有城市居民在住房、教育、医疗、养老上的福利。"

　　这样的城乡二元化，让很多打工妹成为在城市中徘徊的"无脚鸟"，不知何处能安身。最后的情景，借用广东打工妹诗人郑晓琼在《黄麻岭》的诗句："风吹走我的一切，我剩下的苍老，回家"。

第六章　农村空巢老人扫描

有这样一群老人，他们分布在农村各个角落静静生活，数着日子盼儿女回家，人们称他们空巢老人。所谓空巢，即"空寂的巢穴"，比喻小鸟离巢后的情景，现在引申为子女离开后，家庭空虚、寂寞的状态。"空巢老人"就是无子女或子女不在身边独自生活的老年人。生活不便、精神寂寞、病痛折磨……"空巢老人"的冷暖往往只有自己知道。

随着打工经济的蓬勃兴起，农村留下大批"空巢老人"，他们既要承担农活，又要照看孙辈，除了体力上的劳累，老人们还要承受心灵的孤寂。近些年，笔者走访了部分省市县和部分乡镇，了解留守老人的生活现状，倾听他们的心声，对"空巢老人"的经济供养、生活照料、医疗保健、居住条件、文化娱乐等方面情况进行了深入全面的了解，试图寻求解决留守老人"空心"问题的良方。

一、"空巢老人"名词的由来

2014年10月初冬，笔者在湖北大悟到武汉的班车上遇到一个无钱买票的老婆婆，恳求售票员行行好带她到武汉。售票员说："油价涨得厉害，我白带你不就亏了。现在是经济社会，谁做好事呀！"，看到售票员不答应，老婆婆竟然急得哭了："唉！这社会上没好人。"可能是老人的埋怨，激起了部分乘客的同情心，有人说："带上这老人算了，可能是没钱。"售票员还是不答应："你难道一分钱也没有？"老人在几个衣袋里摸索，有一元的、有五角的，凑在一起才十元零三角钱，离全程车票差一大截子。老人说："就是这么多，我还没有吃早饭，我还要搭公共汽车。"售票员将老人仅有的钱全部拿走了，不屑地说："不是一车人求情，我还不带你呢？你未必就没有儿子、孙子，这么大年纪跑出来做啥子？"这么一呛，老人又一次泪流满面。

听着老人的诉说，我渐渐了解到，老人叫朱芳，今年71岁，家住大悟县高店乡佃农村八组，她有三个儿子，大儿子谈云冬，二儿子谈云开，小儿子谈云顺，三个儿子都成了家。目前家里只有大儿子大媳妇，二儿子两口子，小儿子两口子都在深圳打工，已经三年没有回来过年。大儿子老实怕媳妇，大媳妇说："三兄弟共养的事，凭什么我养？他们不管，我也不管。"老人死了老伴之后，剩下她一个人，如果老伴还活着，还能够相依为命。老人也曾想找二儿子、三儿子，叫他们回来谈谈她的后事问题，但无奈两个儿子自三年前出去之后，音讯全无。老人无法，只好通过一个亲戚介绍到武汉一家庭当"佣人"，扫地、洗碗、料理家务，管食宿，每月500元。

听老人这样一说，我便问："这么大年纪，连自己都需要人照料，还去照料别人？""没得法，为了挣一口饭吃，反正现在身子还硬朗，过一天算一天。""那以后怎么办呢？""以后不能动了，就在城里要饭，死到哪儿算哪儿，总会有人埋的。"听老人这么悲观，我气不打一处来："老人家，你儿子这么不孝，我帮你找地方政府、找法院，告他们。"老人摇着头说："没得用的，他们连影子都不见，咋告？再说，老人告儿子，村里人笑话。唉，我命苦，老伴又死得早，又没有女儿，若是有个女儿，也贴心一些。去年孩子他舅去找大儿子谈我的后事，儿子儿媳同舅吵架，后来舅也不管了，我就成了个没人要的人。谢谢好心人，你莫要为我操心了。我还算好的，我们村还有像我这样的老婆婆被儿媳妇逼死的。唉。"老人的遭遇使我想了很多很多，半天回不过神来。

进入21世纪，随着中国城镇化进程的快速推进，城乡分割的二元体系开始松动，农村剩余劳动力大规模向城市转移。由于年轻人的外出时间越来越长，跨省流动得越来越多，加上相当一部分老年人对原居住地的留恋，使得空巢家庭大量涌现。

今天的中国，随着人口出生率的下降和人口平均寿命的增加，农村"老龄化"现象发展迅速，按照65岁及以上人口占总人口的比例衡量，21世纪初农村老龄化率已经超过城镇，2000年人口普查资料显示为7.35%，而城镇为6.30%，其中浙江、江苏、山东、北京和重庆农村分别达到了10.51%、9.73%、9.15%、8.35%和8.04%，在未来较长的时期内，农村老人的绝对数量会继续增加。

2015年，全国老龄办《第四次中国城乡老年人生活状况抽样调查成果》最新报告：农村60岁以上老龄人口中，空巢老人占总人口的51.7%；全国城乡失能半失能老年人占老年人口比例18.3%，总数约4063万。除这部分老年人，58.7%的城乡老人认为住房存在不适老问题，农村老人中这一比例高达63.2%。2015年，民政部社会救助研究院发布《中国老年人走失状况调查报告》称：每年全国走失老人50万，平均每天走失约1370人，失智和缺乏照料成为老人走失的主因。2016年，社科院《中国养老产业白皮书》数据称：2015年末中国60周岁以上老年人口达到2.22亿，占总人口16.1%，空巢独居老人近1亿。

20世纪80年代民工潮兴起，农村"空巢老人"现象就已经存在，然而却一直被人们所忽视，随着经济发展和社会变革，农村"空巢家庭"不仅不再是个别现象，而是在农村呈现出普遍特征。人口移动尤其是劳动力的流动，使得农村老年人与子女的分居现象越来越普遍。一些农民工家庭迁移到城镇或经济开发地区落户；过惯了乡村生活的农村老人很难适应城市的生活，一般选择留在乡村。可见，大量农业劳动力从农村流向城市，离开家庭在外创业，留守的父母成为"空巢家庭"的问题越来越突出。

空巢期的老年人不仅要肩负家中所有的事务，有时还要照顾未成年的孙子孙女，经济负担更加沉重。笔者2010年7月在安徽省寿县、河北省承德县和河南省浚县等三地进行了"农村子女外出务工后对留守老人的影响"的调查，结果

160

表明，与子女外出务工前相比，有近半留守老人的农业劳动负担和家务劳动负担都加重了。"空巢家庭"的中老年父母大都年事已高，容易受多种疾病的困扰。如果身体健康状况良好的话，生活尚能自理，一旦出现疾病，由于子女不在身边，生活上缺乏照顾，便会带来很多不便，不利于老人的康复。尤其当老人独居家中突然发病时，生命常常会受到威胁。子女外迁对老人的生活照料造成很大的负面影响，导致潜在供养照料人数减少和家庭养老质量降低，并最终造成农村老人福利和健康状况恶化。

农村"空巢老人"存在四大生活难题：一是情感问题。"空巢老人"大多过着"出门一把锁，进门一盏灯"的寂寥生活，这很容易使他们产生孤独感。加之农村老人向来有"养儿防老"的传统思想，对子女的情感依赖性较强，当需要子女照料时，儿女却不在身边，容易产生强烈的失落感。二是经济供养问题。农村"空巢老人"大部分收入很低甚至无收入，子女又无能力供养老人生活。三是医疗费用问题。农村"空巢老人"常年患病的比率高达70%以上，许多人常年多病缠身，每年医疗药费支出是一笔庞大的开支，无病时生活收支尚可保持平衡，遇到疾病就无能为力了。四是生活照料问题。农村"空巢老人"中生活自理的占60%，生活半自理的达到25%，生活完全不能自理的高达15%。由于子女不在身边，老人的日常起居成为困扰他们晚年生活的最大难题。

二、空巢老人情感空虚

中国人自古讲"孝"道，强调亲子人伦，提倡孝敬老人、赡养老人，而老人们也都希望得到子女赡养，希望从家庭和谐、温暖中获得物质和心理上的满足。然而，当下的"空巢老人"问题，却很无奈地发生了许多人们不愿意见到的事情。

4年前，看到村里的打工后生给家里盖起一栋栋新房，江西省永丰县的林福生把儿子赶到城里。那一年，儿子才高中毕业，本想复读一年再参加高考。林福生说，读书还不是为了找一个赚钱的工作？现在就能赚钱，还读什么书？

林福生的儿子和村里的年轻人一起出门了。这4年，儿子好像把这个家遗忘了，林福生多次托口信，希望儿子回家看看。儿子回话："你不是说，我没赚到钱别回来吗？"

为了把连续4年在外打工的儿子留在身边，林福生倾尽家财，10天内为儿子找了一名邻村姑娘成亲。结果，婚后第三天，儿子就带着新婚妻子踏上外出打工路。

从春节到现在，几个多月过去了，春播开始了，站在春风拂过的田野，林福生说："现在的家，一点也不像原来的家了。"

在乡村，年轻人走了，只剩下独自在田里劳作的老人和坐在家门口守望的孩子，像林福生老人一样后悔的爹妈越来越多了。

2007年春运，南昌铁路局麻城派出所民警接受过一个湖北黄冈的大婶的特殊求助，她追寻女儿数十公里，劝说女儿留在家里无效后，当众在车站给女儿下跪，但仍未留住女儿匆匆的脚步。她来到派出所，希望警察能用强制方式把女儿留住。女儿说："我每年都给家里寄几万块钱，不比在家种田好多了？"母亲却说："女儿，娘更想你在我身边啊！"

近年来，中国农村社会长期信奉的"养儿防老""父母在，不远游"等传统观念已经悄然淡出农村的生活视线，我们必须面对农村家庭功能弱化和老龄化社会等一系列问题。

与城市"空巢老人"相比，农村"空巢老人"由于经济水平低下和社会保障的缺乏，更具有脆弱性。目前，大量农村青壮年外出后，老人的日常生活水平随之下降。尤其是青壮年夫妻双双外出谋生者众多，加剧了农村家庭的"空巢"化与老人的养老难问题。这些外出者把小孩接去一同生活后，留守老人不但日常生活受影响，连精神慰藉也没有了。不少老人感叹："儿女们各自成家或出去打工了，有时一年也难得见个面。"最近，一项由中国老龄科学研究中心完成的调查表明，我国农村现有45.2%的老人感到不幸福，有35.1%的老人经常感到孤独，独居的和没有配偶的老人感到孤寂的比例更高。

关注此事的人士认为，与农村"五保户"相比，"空巢老人"的养老问题容易被忽视，他们大多体弱多病、生活缺少照料。尤其是高龄老人面临的困难更大，需要给予足够的重视。

中国老龄科学研究中心研究员张秋霞说："农村老年人精神慰藉的主要内容包括子女经济上的供给、精神上的孝顺、老人业余生活的丰富等等。但是在许多地区，农民们面临子女上学、子女成家、医疗保健等多种问题，在诸多的开支面前，老龄问题根本排不上号。老人们一般只停留在吃饱穿暖的水平，养老仅为了生存。"

两代分居模式，也使农村老人生活质量难以提高。在农村，18.2%的老人是一代户，这样，平时相对忙碌的子女想照顾老人也不可能那么及时。由于年龄差距而产生的"代沟"更使农村老人备感孤寂。在很多家庭，婆媳矛盾或两代人的性格差异使老年人被迫和子女分居，正如老人所言："搞不拢。"这在客观上影响了老人的精神愉悦。事实上，调查数据显示，在农村老人中，认为子女不孝顺或孝顺程度一般的占了26.1%。

儿女外出打工，"空巢老人"成了家里的顶梁柱。靠打工"致富"的子女并没有提供给父母充足的经济支持，以至于大部分老人还要靠劳动来维持生计。许多农村空巢老人只要还有劳动能力，就还会继续从事农业生产来养活自己。虽然外出务工的收入高于种地收入，外出务工的子女对老人的经济支持却往往很有限。很多外出务工子女打工所得的收入仅够维持自己的生活，有的甚至连自己基本生活都难以保障。我曾经访问过家乡的20位空巢老人，只有两位高龄老人是完全依赖子女支持的，其他的都是继续从事劳动，按一个老人的说法就是："等实在动不了了，俺就靠他们(儿女)。"

的确，子女是农村老人精神上的最大慰藉，而子女外出在精神上对老人的影响很大，特别是很多外出务工者与老人的联系不够，很容易引起老人的孤独感。

乐兰英，女，68岁，没读过书。有6个女儿和1个儿子。儿子37岁那年因为喝酒过度而死亡，老人一提这个唯一的儿子就很伤心。儿子死后，媳妇由于年轻，很快就改嫁了。儿子留下三个孩子，孩子要念初中，所以都要到县城里去读书。为了照顾三个孙子孙女，老伴独身在县城租了房子，照料三个孩子的起居。周末带着孩子回乡下，顺便干农活。媳妇改嫁后并没有带走一个孩子，但是孩子们的花费，她会承担一半，另一半费用都是由两位老人支付的。后来，老人在村里开了一家小卖部，贴补家用。在访谈时，小卖部的电话响了，老人去接电话时，村民告诉笔者有可能是她女儿。果然，是她三女儿，三女儿在南京打工，本来打算今年回家过年的，但由于天气原因无法回家。女儿与老人说了几句话就匆忙挂掉了电话。老人本来满心欢喜等待女儿回来过年，听说不能回来了，一脸的失望之情溢于言表。6个女儿要么出嫁了，要么在外打工，一年到头难得回家一趟，电话是女儿凑钱给老人买的。老人用电话专门接听，从来不打出去。老人说："有时很想和她们拉拉(聊天)，但电话费贵，我只能接。想和女儿多拉拉，但她们也得花钱，又要花时间。所以没事，她们也并不打电话来。"村里人有时会聚在小卖部聊天，老人从来不会因为人多影响生意而不高兴，反而很高兴，因为大家一起聊天可以暂时忘记孤独。

安徽省固镇县的吴世宗老人，81岁，老伴几年前就去世了。有3个闺女和1个儿子。大闺女已经出嫁，"家庭条件还可以，但是比较抠(小气)。"大闺女一年回来几次，但一年平均下来可能只给老人100-200块钱。老人的主要经济来源还是来自于二闺女。二闺女在许县(固镇县邻近的一个县)教高中，只要学校放假就会来看望老人，一提到二闺女，老人就流露出自豪的神情。二闺女从没有空手来，总是会买一些食品、肉类、衣服，过年也会给一些现金。据老人推算，二闺女一年要在老人身上花费800-1000元左右。三闺女的儿子和媳妇都在深圳打工，所以也过去帮助照顾孙子，有几年没有回来。逢年过节也会寄300-400块钱给老人。老人在经济来源上主要依赖于三个女儿。老人本来有两个儿子，大儿子因病去世，小儿子住在另外一个自然村。小儿子经常利用农闲时候去县城打短工。虽然离得近，但一年到头难得过来看老人，都是老人等到"弹尽粮绝"时才去找儿子要粮食吃。邻居们说："他儿子害怕老人找他要钱，所以干脆就不见面。"

张翠兰老太太，84岁，老伴在10多年前去世。老人祖籍山东，后逃荒到固镇，经人介绍，与靠山村的一个村民结为夫妇。老人只有一个儿子，儿子和媳妇都在浙江义乌回收垃圾，把四个孩子都带在身边。老家就只有老人一个人孤单在家，种不了地就把地转给别人了，一年下来别人也就随便给点粮食。吃菜、看病等消费全靠儿子一年寄300~400块钱。老人的生活非常清苦，在儿子没有回来给老人置备时，家里除了盐以外连油、酱、醋都没有。长期吃点馍，再吃几口腌白菜。由于腿脚不方便，有时连馍都吃不上。

刘大友老汉，河南信阳市张墩村人，65岁，小学三年级文化，现在与老伴、以及小儿子的孩子在一起生活。三个儿子都在外打工，大儿子在杭州，小儿子在苏州。小孙子读小学一年级，小儿子每年会寄2000多块钱给他，当然，这钱主要是供他儿子读书、吃零食、买衣服。虽说老人不需额外负担孙子的费用，但孙子的吃喝拉撒都需要老人照料，而且"特别能缠人，每天不是要跟着俺，就是要跟着她奶奶，做事都不方便。"其他两个儿子基本上也不给老人钱。几个儿子出外打工后，家里的土地就是老两口种，总共种了11.4亩地。

陈安付，63岁，湖北谷城人，没读过书。有2个儿子和2个女儿。大儿子和媳妇在县城打工，并在县城租了房子，把孩子放在村里由老人照顾。老人不仅要照顾4岁多的小孙子，还要耕种家里的10多亩地。不过，在县城打工的大儿子经常回来可以帮助老人料理土地，否则，老人的劳动负担更重。小儿子远在福建打工，还没结婚，挣的钱只够自己花，没有给老人寄过钱。儿子们没有出钱给老人养老，老人就通过辛苦耕种这10亩地来维持生活。

王克勤，重庆江津市西湖镇水庙村人，70多岁。膝下有6个儿女。本来儿孙满堂的她，如今却只能与老伴相依为命。为了生计，这位七旬老妪不得不自己背着几十斤的农产品，走上很远的山路，到场镇上卖几个钱。王大妈对村里人很是无奈地说："娃儿都出去了，有时寄点钱回来，但平时就别想指望他们。前几天到场镇上卖东西，累得我双腿发抖，第二天在床上睡了一整天。"靠不上儿女，生活艰难，又干不了多少农活，老两口经常到别人的地里捡茶叶、稻谷。

无论是来自专家的分析调研，还是笔者所见所闻，都在昭示一个问题：养儿防老、三代同堂，这些我国传统伦理道德中的美好传统和理想家庭模式，正与现实发生碰撞，遭遇了农村青壮年人口城市化、农村家庭小型化的挑战，很多空巢老人指望不上孩子很好地赡养，情感缺失，感情空虚，农村家庭的养老功能出现弱化趋势。

家住郑州市中原区沟祥营村的郭宝财老汉，膝下3个孩子，女儿远嫁青海，长子和次子住本村。老人家原有3间平房。几年前分家时，在村里的协调下，老人将宅基地平分给了两个儿子，并订下口头协议：两个儿子家必须留有父母的住房，以一年为期，轮流赡养父母。

后来老人与老二两口子的关系搞得很紧张，只好住到老大家。老大索要5000元房钱，否则不让住。去年春节前，老大突然退钱撵人，喝令父母搬回老二家。春节那几天下着雪，老两口离开大儿子家，又进不了二儿子家，只好在附近找了间四面透风的空房子住下，冻得睡不着觉。

老人曾经住过的老房子，如今已是残垣断壁。紧挨着老屋的那座漂亮的两层楼房，就是大儿子家。老人告诉笔者：这些年靠自己种的一亩薄地自食其力，没想过要依赖谁。想不到老了，却被儿子撵得无处安身。

说话间，郭老汉的长子和儿媳叉着腰走来，"说好了兄弟俩一家一年的，凭啥要在俺家住这么久！"儿媳理直气壮地说。笔者问她："你不是老人的儿媳妇吗？"大儿子却反问道："他就一个儿子吗？"老大媳妇还扳着手指强调不管父母的"理由"：一、他们没有丧失劳动能力，管他到64还是74！二、他儿子是农民，没有固定收入，去哪拿钱养他们！

像郭老汉这样没有固定住所，轮流到儿女家居住、吃饭的老人，各地农村都有。重庆人把这叫作"转转户"，轮流吃饭叫吃"转转饭"。

面对"空巢"家庭的增多和"转转饭"难吃的苦涩，郑州市中原区祥营村村支书郭庭义的一番话，道出了许多人的担忧和关注："像郭老汉这样遭遇的尽管不多，但多数农村老年人的日子过得并不舒心。农民都有干不动活儿的那天，到时怎么办？再说，现在农村一家也只生一两个孩子。将来让小两口养4个老人，负担得起吗？咱农民养老，除了靠孩子，是不是还应该有别的好办

166

法？"

我国农村大多数老人一直是由家庭提供其养老保障的，子女外出的必然结果是老人需要照料时子女的缺位。农村留守老人健康状况较差，劳动负担重。在对留守老人的照料中，无人照料或者无配偶照料者占相当比重。空巢家庭老人一旦患病，既没有儿女在身边照顾生活起居，也没有足够的经济能力请保姆进行日常生活的照料。他们中的大多数又不能获得相对稳定的经济支持以化解疾病风险，恢复身体健康。因此，"空巢老人"大都面临着各种老年病的威胁，日常生活和活动能力受到极大影响。农村空巢老人的身体健康问题普遍堪忧，甚至在家中暴病却无人救助的情况，也是时有发生。

杜德和老人，81岁，男，没有读过书，老伴几年前去世。现有3个闺女和1个儿子。老人本来有2个儿子，大儿子因病去世，小儿子住在另外一个自然村。小儿子经常利用农闲时候去县城打短工。老人身体并不太好，无法依靠儿子照顾，主要依赖左右邻居时不时地照顾。但一旦邻居不来，老人只能自己照顾自己。有一次突发急病，老人躺在床上，无法动弹，一直呼救，但没人听见。老人过一小阵子就大声呼救；后来，邻居到院子里上厕所，听见了老人的喊声，就上叫人将老人送到医院。老人的二闺女请假来照顾老人，儿子和媳妇很少过来。要不是被邻居发现了，老人就可能死在家里而无人知道。

浙江省永嘉县鲤溪镇87岁谢枝梅老太一子三女都在外谋生，自老伴去世后，她一直独居。那天，谢老太的大女儿回村看望母亲，路上遇到谢老太的邻居金老太。金老太诧异地问："你来干什么？你妈妈不是到岩头你女儿家去了吗？"两人急忙推开谢老太的房门，发现门被两根棍子从里面顶着，一股恶臭弥漫四周。门打开后，谢老太躺在床上，尸身已萎缩，后经医生勘察，谢老太已经去世五天了。

谢老太之死在村里引发很大震动。一个李姓村民说，我们村里这样的老人很多，近年来，很多青壮年外出挣钱，造成老人独守"空巢"，少人照料。

农村"空巢老人"的物质生活条件比城市"空巢老人"差得挺远。许多老人都有不同程度的老年病，但拮据的经济状况使他们多数都强忍病痛的折磨，甚至根本无暇顾及精神上的孤独与落寞。在农村，大部分老人对人生不再有什么计划，从自己干不动的那一天起，便对生活失去了信心，许多在生命边缘挣扎的老人精神上的需要似乎被淡化了，最迫切需要的是解决吃的问题以及健康问题。然而，就在这些物质需求的掩盖之下，农村老人同样期待着与家人一起享受夕阳的时光，期待着丰富多彩的老年生活，期待着社会的关怀。年轻有文化的人大多外出打工，留在家里的老人大多是文盲或半文盲，加之农活多家务忙，也没有时间开展文化娱乐活动，除了聊天、看电视、赶场外，也就没有别的消遣办法了。笔者调查中发现，老人看电视的并不多，大部分"空巢老人"家里有电视，但并没有多大的使用率。闲着没事他们喜欢去马路旁站站，凑凑热闹。"空巢老人"的最大消遣方式就是聊天，他们的精神世界空虚，老伴尚在的，可以相互照顾，独身一人生活的"空巢老人"只能依赖自己；如何解决"空巢老人"的情感需求，如何解决"空巢老人"的养老问题，是一个重大课题。

三、乡村孤寡，晚景凄凉

中国几千年延续下来的传统，都是子女和父母一起生活，三代同堂、四世同堂，儿女为父母养老送终。如今，随着社会变革、人口流动，这种传统正日益被打破。不论老年人还是年轻人，都趋向独立生活。由于儿女不在身边，农村"空巢老人"面对的生活困难比一般老人要多。比如耕种、挑水、洗衣、做饭、看病，尤其是与日俱增的孤独感，使他们的心理和生理承受着巨大的压力，许多人晚景凄凉。

"空巢老人"突发疾病猝死家中的现象时有发生。的谢老太在自家床上悄然离世，5天后才被前来探亲的女儿发现。此事在当地引发对"空巢老人"命运的担忧。

很多"空巢老人"还要负责全家人的农业劳动，因为主要劳动力都去了城市，这些农活又落在了不能算作劳动力或只能算作半个劳动力的老人身上，加重了老人的劳动强度。而且，不少外出打工的子女将孩子交给父母照看，孙辈日常生活花费的负担也自然落到了老人肩上。这也是目前比较普遍的年轻一代"啃老"现象的表现。留守儿童不仅增加了老人的生活负担，也在一定程度上增加了经济负担。

家庭养老难依靠，农村社会福利机构能否解决难题？

并非所有的"五保"老人都能够这样。重庆江津区夹滩镇幸福院院长告诉笔者：我们只能维持院里30名"五保"老人的最低生活标准，一旦生病，花几百元看病能承受，花几千元就不可能了。江津是重庆的近郊区县，农村有15万老年人，占农村总人口的10.6%。其中能进养老院和享受社会救济的不足1%。

在农村，还有成千上万不是五保户却生活十分艰难的贫困者和家庭，如甘肃，一个省就有近10万特困老人。让他们依靠家庭和自己的力量养老，几乎不可能。

四、破解"空巢老人"养老难局

随着我国城市化进程的不断加快，"空巢老人"的养老问题日益突出。人人都会老，当我们老去的时候，我们的生活会是什么样子的呢？根据笔者的调查，年龄六十周岁有养老金的城市老人可以用这一笔钱养老；可是，农村老人六十周岁后是没有养老金的，他们靠什么生存呢？很多人是需要子女赡养的，这样既增加了老人的心理压力，又增加了子女的生活负担。如果子女因为种种原因无法对父母进行养老，那这群"空巢老人"的养老便成了一个难题。现在农村"空巢老人"逐渐增多，而且问题突出。很多老人的子女常年不在家，致使老人出现了孤独忧郁的情绪，心里十分空虚；如前文所述。有些老人因为灾害事故等原因失去了子女，这是更加令人悲痛的；甚至有些子女对老人不履行赡养义务，更令老人心寒。

那么，我们到底应该如何破解农村"空巢老人"养老问题的难局呢？我认为，可以从以下几个方面入手。

增加子女的养老意识

加强传统美德教育，营造尊老敬老的良好社会氛围。要充分利用新闻媒体、学历教育、城乡文化阵地，广泛宣传中华民族敬老爱老的传统美德，让全社会所有人牢记"老吾老以及人之老，幼吾幼以及人之幼"的古训，明白老人的今天就是我们的明天，关爱老年人就是关心我们自己这个道理，培育尊老、爱老、敬老的良好社会风尚。

我国自古就是一个尊老爱幼的国家，如何解决好农村"空巢老人"的生活问题，使他们幸福地安度晚年，是摆在我们面前的一个重大课题。我们可以加强舆论宣传，弘扬中华民族传统美德，广泛开展敬老、养老、助老的道德教育，加强德治建设和法制建设，"以德治家"，强化赡养老人是每个公民的法定责任和义务的意识，使全社会确立家庭敬老、养老的思想，形成家庭养老的良好氛围，推广尊老、敬老、爱老、养老的文化宣传和教育活动，加强"孝"文化的宣传和教育，开展多种形式的亲情关怀活动，使居家养老的老年人体会到家庭的温暖，享受家庭的亲情关怀，使之在祥和温馨的社会环境中安度晚年。鼓励、倡导子女赡养老人，为居家养老提供舆论支持。对赡养老人的子女，每年可增加一定的休假；对爱老敬老的家庭予以表彰和奖励。

特别是在当今社会，忽视孝道的现象较为普遍，必须强化中华传统美德教育，让"空巢老人"在敬老、爱老的良好社会氛围中生活。

成立关爱"空巢老人"的组织

在强化服务型政府的理念下，政府不能缺位，应将那些有能力帮助"空巢老人"的人们组织起来，借助这一组织帮助空巢老人。首先，服务对象要广泛化。对所有的空巢家庭老人，政府和社区组织要鼓励、提倡、支持广大社会成员、低龄健康老人在自愿量力的前提下，参与社会发展和公益事业，为空巢老人提供上门照料等服务。其次，服务内容多样化。从"空巢老人"实际需求出发，不断扩充服务内容，可从目前以救助、医疗、文化娱乐等服务为主，逐步扩展到居家帮助服务、托管服务、医疗照顾服务、娱乐学习服务、情感慰藉服务等多种形式的服务。为空巢家庭老人提供家务助理、出行旅游等项目的上门照料服务。对独居、残疾空巢老人等特殊群体，应按照政府救助和社会互助相结合的原则，构筑多层次、多元化、多项目的救助服务网络。利用老年人同老年人容易沟通的优势，自己管理自己，自己服务自己。

对于子女不在身边的"空巢老人"，要强化《宪法》《婚姻法》《老年人权益保障法》等法规的宣传贯彻，让有赡养能力的子女承担赡养义务，落实赡养责任，提供赡养经费，让"空巢老人"生活有保障。要开展老年执法维权活动，用法律维护农村老年人的合法权益。农村有些子女不懂法，不重德，不知赡养与尊敬老年人是成年子女应尽的义务。他们或见利忘义，忘记父母的养育之恩，视老年人为负担；或冷漠歧视年迈多病的老人；或将老年人当作佣人，让老年人负担沉重的家务，逼迫老年人从事力不能及的劳动，使老年人不堪重负；或虐待老年人，打骂老年人，不让他们吃饱穿暖。对此，政府不能坐视不管，无论是来自社会的歧视、欺负老人的违法行为，还是来自子女扯皮、拒不赡养老人的失德忘本行为，均可通过法律形式使老人的自身合法权益不受侵犯，因为社会保障制度是以国家立法形式确定的，是国家和社会的一种责任和制度。

建立健全社会保障体系

走进河南长葛市后镇河敬老院，两亩桃园枝繁叶茂，粉红的鲜桃挂满枝头。敬老院有70多间房屋，"五保"老人的房间冬有暖气，夏有空调，还装了有线电视。敬老院有浴池、卫生室、健身器材，还订了许多报刊。十几个老人正在开着空调的娱乐活动室里，三个一伙五个一群，或打麻将，或下象棋，还有几个正在看电视。"多亏政府！要不，这大热天，俺这无儿无女的老头老太太能坐在这里享清闲？"今年79岁的李正泰老人对笔者唠叨着。

广东省开平市长沙镇家龄敬老院离开平市区不远。走进这个占地近千平方米的院落，老人们有的在晒太阳，有的在活动室看电视、打牌，每个人都神情安逸。一位老人告诉笔者，自己得病后，生活无依无靠，就被送到敬老院。现在每天吃两顿饭，顿顿有肉或鱼，伙食不错。笔者看到，老人的住房是独立的，类似于标准间。每天，工作人员做好饭，分发到各房间。管理员梁金山介绍，该院56个床位，现在有28名老人入住，其中，只有2人是非"五保"老人。

以上，是笔者参观的两处敬老院的情景。这充分表明，兴办农村养老福利事业，走家庭化养老与社会化养老相结合之路，是一条较为可行的解决农村"空巢老人"问题的思路。有条件的地方，可由乡、村组织牵头，通过招商引资及当地能人投资等多种渠道兴办养老院、托老所等，并逐步将农村老年人福利事业引向市场。对于年龄较大的"空巢老人"，可以考虑由其子女出部分资金，搬进托老所，进行社会化养老，解决留守老人、"空巢老人"无人管等问题。还可以发挥家庭养老功能，鼓励村民兴办敬老院。经济条件好的村也可以村(组)为单位创办敬老院，为老人提供日间照料服务。白天老人聚在一起学习，娱乐，晚上回家休息。

在我的调查中，部分家庭经济状况比较好的留守老人愿意、子女也赞成交费入住敬老院的占15%。建立人人共享的农村社保体系是保障农村"空巢老人"基本权益的根本方法，有独立的经济保障，老人才能过上有尊严的晚年生活。这包括三个方面：一是要加快完善我国农村养老保险机制，实现社会均等化。要进一步统筹城乡发展，消除城乡养老保险体制的差别，没有建立农村居民养老保险的地方，要尽快加大步伐；已开展"新农保"试点的地方，要进一步完善，并适当提高养老保险额度。就目前湖北省部分地市"新农保"试点地方来看，60岁以上的老人每月养老金80元，80岁以上老人每月养老金100元；"五保户"老人每月养老金600元，每月保险费75元，平时住院医疗费全免，虽然比以往有了很大幅度的提高，但还是远远不能满足农村老人的生活需求，农村养老保险应与城镇养老保险一样，应建立自然增长机制。二是进一步完善"新农合"制度，适当提高报销比例。三是建立农村"空巢老人"医疗救助制度。对身患重病经"新农合"报销后个人仍无力支付的农村"空巢老人"，应视同农村低保对象和农村五保对象对待，将其纳入医疗救助范围进行救助。

建立高龄老人高龄津贴制度

发放高龄津贴不仅体现了党和政府的关怀，对高龄老人也是很大的帮助，对农村老人和"空巢老人"来说更是雪中送炭。全国局部地区相继建立了高龄津贴制度，高龄津贴问题已经是我国老人反映最多的问题。我们建议参照其试行地方建立80岁以上高龄津贴制度，让高龄老人享受到社会发展的成果。

另外，为了保证农村"空巢老人"的身体健康，应加强相关部门服务的延伸与转变，为"空巢老人"幸福生活提供便利。卫生医疗部门应加强村级医疗网点建设，让"空巢老人"小病不出村。开展巡诊活动，定期为"空巢老人"检查身体，建立"空巢老人"健康档案，做到心中有数。提高"空巢老人"医疗费报销比例，使其高于一般人20-30%，减少自费数额，减轻经济压力；银行代发部门开展送款上门活动，让行动不便、路途遥远的"空巢老人"可以在家领款。简化办事程序，延长办事时间，让帮"空巢老人"办事的人能办成事。

加快建设农村老年活动中心

要采取措施繁荣农村文化，适时开展一些有益老人身心的文体健身活动，解决老有所乐问题，满足老年人的精神需求。农村要营造尊老敬老的良好氛围，村委会要多建设一些文化设施，多组织一些丰富多彩的文化娱乐活动，促进老年人的心理健康，使"空巢老人""空巢"而不"空心"。同时，要加大传统优良文化的教育，弘扬"尊老爱幼"的传统美德，宣传"百善孝为先"，对"敬老爱老"模范进行表彰，示范引路，营造良好的社会敬老爱老氛围。

此外，还要加大农村福利院建设，完善配套设施，提高集中供养能力。对经济贫弱的"空巢老人"在自愿的基础上，将其无偿纳入农村五保供养范围；对经济能力相对较好的农村"空巢老人"，根据本人意愿，收取一定的费用，进行集中供养，确保其生活与日常起居有人照顾。

根据老年人不同需求，组织青年妇女、学生定期上门为老年人开展拆洗被褥、缝补衣服、打扫卫生、陪老年人聊天、表演文艺节目等活动，消除老人孤独感，使老人"老有所学、老有所乐"。

加快农村经济发展

夯实养老经济基础。首先，对农村加大财政投入，加强基础设施建设，就近转移农村富余劳动力。国家和地方财政要加大对农村基础建设的投入力度，尤其是加大在水、电、通信、公路和能源等方面建设的投入；另外，要加大投入改善农村金融服务，增加农村信贷资金，为农民致富提供资金支持。鼓励城市有能力的企业到农村投资建厂，因地制宜利用当地的自然资源和劳动力，就近转移农村劳动力，使其"离土不离乡"。其次，对农业与农民贯彻"两免三补"政策，调整农业产业结构，建立与市场衔接的农业产品体系，促进农民增收。

2014年春节前，《农民日报》记者前往内蒙古，记录了长城下黄河边的两个小山村的生活情态。一伤，一喜，伤的是典型的白发老人村桦树沟村寂寞度日盼子不归，喜的是幸运的老牛湾村突遇旅游开发，年轻人纷纷回巢，老人们重展笑容。

过去，桦树沟村很贫瘠和闭塞，"一亩地才收50多斤胡麻、豌豆"。村子位于呼和浩特市南面200多公里处，到乡里不通汽车，一般都是走路或者骑驴，25里山路要花上3个小时，经过五六座山才能到。而外面赚钱的机会越来越多，这块土地已经"留不住年轻人了"。

傍晚，北堡乡的荒野山路上，40岁的张三银出现了。他是村里最早出去打工的人之一，这次回村探望孤身度日的亲娘。最初，71岁的母亲不愿让他去打工，但因为父亲早逝，张三银要娶媳妇，弟弟还在读书，而贫瘠的土地里刨不出"这些急等花的钱"，张三银在老母亲眼巴巴的注视下离开了家。

2009年，老牛湾搞旅游开发，许多年轻人都回来了，3月份，"空巢老人"张三女的大儿子李白终于回来了。他是小包工头，带本村的七八个青年工参加老牛湾"炮楼"工程建设，花了1000多元在他的窑洞旁边建了个新窑，把母亲接了进去，还花200多元买煤给她烧炕取暖。张三女终于可以"挨着"儿子踏实地睡个好觉了。

李白看好老牛湾的旅游发展前景，花了1万多新建了三间窑洞，准备用来接待夏天的游客。还建了全村最大的"水窖"，可以贮存100立方的水。张三女再也不用为吃水发愁了，"娃给我担水。"她布满皱纹的脸上漾满开心的笑。

看来，要解决农村"空巢老人"问题，根本办法还是要发展地方经济，兴办乡镇企业，儿女们在本地就可以打工，何必抛弃老人外出呢？

综上几条所述，农村"空巢老人"由于其特殊的身体条件和精神状况，需要包括经济供养、生活照料、医疗服务、精神慰藉等多方面的服务，而提供这些服务的应该是一个由老人子女及近亲属、邻里、村委会、社会组织和政府共同组成的横纵结合的三层次社会关照体系。首先，子女及近亲属是照料老人的核心角色。子女不在身边是很多农村"空巢老人"的无奈，也是引起老人生活困难、精神孤独的根本原因。因此，作为子女，要"常回家看看"，多与父母联系，关心老人，缓解老人的孤独寂寞感。其次是横向关照：邻里与村委会的关照。在农村，街坊邻里是除子女之外与老人接触最多的人，远亲不如近邻，他们可以在生活上帮忙照料老人，也可以有效缓解老人的"空巢感"；村委会作为最基层的社区组织，对"空巢老人"的关照更具针对性和及时性，它不仅可以利用集体和政府资源为"空巢老人"养老提供经济支持，还可以通过组织各种活动来丰富老人的精神生活。第三，纵向关照：政府与社会组织。政府所提供的关照主要是以经济支持和制度建设为主。经济支持主要是为"空巢老人"提供各种补贴、建造福利设施；制度建设则是建立和完善各种农村社会保障制度，以满足"空巢老人"在养老和医疗方面的需求。政府通过收集"空巢老人"的资料并向外发布，吸引社会组织义务为老人服务，一些组织成员具有专业的医疗保健、家政知识，可以帮助提高老年人的健康状况，缓解孤独感。

"空巢老人"现象是经济发展过程中衍生出来的一种社会问题,它与"留守儿童"一样不可忽视，特别是农村"空巢老人"更需要得到社会的关注与关爱，它是建设社会主义新农村过程中不可回避的问题。近年来，随着人口老龄化速度不断加快，老龄人口持续增多，这一问题日益凸显。另一方面，尊老爱老是中华民族的传统美德，关爱老人是我们每个人义不容辞的责任，我们希望农村"空巢老人"这一弱势群体能够得到政府和社会各界越来越多的关注与帮助，能够将尊老爱老的美德传承下去，让农村"空巢老人"幸福地安度晚年。

农村社会"空巢家庭"的出现和增多不是一个孤立的社会现象，而是政治制度、经济形态、思想文化、代际关系等诸多因素合力的结果，它是社会经济发展到一定阶段的必然产物，是社会进步的标志。但是它也给国家经济、社会发展带来战略性问题，需要我们在社会实践中不断探索实际工作方法，建立多层次、立体化的社会支援网络，从政策和制度上解决"空巢家庭"的社会支援和社会保护体系，才能维护社会稳定，促进社会长期高效有序发展。

　　总之，笔者认为，"空巢老人"问题是一个社会问题，需要全党重视，全民参与。只有各级党委、政府重视了，领导坚强有力了，工作才好开展。"空巢老人"的养老问题是一个庞大的工程，我们要从根本上解决这个问题，就要在制度建设，法制建设方面进行相应的调整，从道德层面上也要进行教育，使全民共同投入到这项事业当中来，为这些"空巢老人"解决难题，更加完善我国的社会保障制度。"空巢老人"的养老问题十分复杂，关系民生、关系百姓命运，同时与我国的经济发展有着密切关联，需要社会各界的长久努力，把我国的和谐社会建设得越来越好，把民生建设做得越来越完善。

　　这是我们期待的农村和谐社会的希望！

第七章　村庄的变迁

不可否认，大批农民工外出打工推进了中国的城镇化进程，也开拓了现阶段我国农民就业和增收的主渠道。据统计，2000年开始，全国农民的工资性劳务报酬占其纯收入的比重已达到31.1%，许多地方把外出务工列为劳务经济目标考核。外出打工仔、打工妹"一年土，二年洋，三年盖上新楼房"，"一户打工，带动一村；外出一人，致富一家"已成为许多贫困地区农民脱贫致富奔小康的重要途径。

"民工潮"培育和积累了支撑我国经济发展必需的人力资本。"民工潮"的出现，在工业社会的熏陶下，一方面提高了农民的科技文化水平和劳动技能，另一方面使农民增长了见识，积累了从事经营活动的经验，培育了市场经济观念，塑造了推动中国社会变革的原动力。

然而，在巨大"民工潮"之下，中国传统的乡村结构已经遭受了极大的改变。从长远的眼光看，城市发展了，却荒芜了农村，众多乡村的凋敝已是不争的事实，这不利于中国的总体发展，更不利于社会主义新农村建设。中国城乡真正的大裂变，不能抛下守护着一片美丽土地的农村。

一、凋敝：村庄的噩梦

笔者从小在大别山深处的农村长大，记忆中多是乡村的可爱；可现在，每每回到乡村，目光所及往往都是孤寂和苍茫；行走在繁华都市灯红酒绿的五彩世界里，夜深人静沉睡在钢筋水泥的茫茫森林里，竟分不清自己身属何处，心归何处？

笔者每每回到老家，在村里近几年新建的房屋前徘徊，看不到几个族人，儿时的伙伴也难得一见，几栋平房散落在山谷中，新房建了几年，却基本上没人居住，台阶上长满了枯草，门窗上积满了泥土，门锁或是长满铁锈，或是干脆大门洞开，室内空无一人，几件旧家具似乎可有可无，也不惧怕小偷光顾。几处有人烟的地方，也大多是老人和小孩，门前生活垃圾随处可见，村人也学着城里人的模样，袋装食品成了他们走向现代文明的重要见证，这些五颜六色的包装袋充斥在乡村的房前屋后，造成的白色污染成了乡村最为普遍的景观。

在村里走了一圈，老人告诉我，村里的旧屋基本上没有人居住了，村里人不是搬到村外建了新房，就是在外面打工长期不回来，因此，从村中经过旧房时，千万要小心，屋顶上的朽木、残瓦随时都可能掉下来砸着人，最好绕道而行，当年的热热闹闹已成为永久的梦幻。

这些年来，随着大量农村人口外出务工，在农村出现了越来越多的"空心村"。村子破败，土地荒芜，人口流失，缺乏生气。中国的"农二代"不愿意吃苦，也不愿意种田，据调查，新一代农民工只有10%的人愿意回家种田。未来的一天，中国农村说不定会出现种田断档人，田亩会面临一片荒漠！

代表乡村繁荣的标志——乡村小学没有了，整个乡村似乎一下子安静下来，除了鸡鸣狗跳，再无童稚笑语、琅琅书声。每当我看到那些还没有发蒙的光腚游戏的孩子，那些弯腰驼背的白发老人，心中就会有隐痛。谁来教育这些孩子？谁来传承乡村文明？

无疑，大量的农民外出打工导致了农村的凋敝。如果你到农村走一走，你就会看到，中国的农业毕竟还是一个需要体力的重活。由于主要劳动力外出打工，由老人和妇女从事农活，劳力不济使农耕的粗放成为必然，劳力不济还导致水利设施的年久失修。

村庄里的年轻人不在家里，多数人一年才回来一次。村庄里平常只有老人和儿童。并且，儿童们由于跟随父母到所在地的"农民工子弟学校"学习而不断离开村庄，导致"撤点并校"不断。村里非常冷清，见到的大多是老人踽踽的身影。在湖北监利县金庙村采访，一半的住房都门窗紧闭。这个村庄的部分老人也随着子女搬到城镇居住，"城镇化"了。留下的一片片住房（不少还是新建的）淹没在荒草里，空空荡荡，锈迹斑斑，日晒雨淋，形似废墟！

如今村庄的耕地、水利的基本格局，主要还是1958年大跃进至1979年开始的改革前期完成的。改革开放将近40年来，政府对村庄内的微观农业设施既很少关注，也很少投资。分散单干的农民对此无能为力，农业行为完全短期化、暂时化、原始化。什么农业项目赚钱，就扩大播种面积，增加化肥、农药的投入，以刺激产量增长，根本不管会不会造成生态破坏，不管"可持续发展"。但是，乡村水利这类需要组织起来、合作起来才能"搞定"的事情，却连一个牵头的人也难找到。即使有了牵头的人，村里的老人们的体力也难以胜任。笔者在鄂北调查，舒山村的雷书记抱怨最多的就是沟渠淤塞太严重，导致一些耕地无水灌溉，承包户不得不撂荒。一旦村庄水利报废，一家一户的农民修复无能为力，农业的麻烦就大了。

在多数农村，污水横流，垃圾遍地。农户的生活也在逐渐"现代化"，受现代生活方式的影响，农户在生活中普遍使用洗衣粉、肥皂、洗发水、洗洁精等化工产品，由此产生大量难以分解的生活污水，成为农村污染的一个重要源泉。由于村庄内没有健全、科学的排污管道，农户就只好随意地将不易分解的污水排放到房前屋后的各种沟渠、池塘之中。真是"破瓦残墙，污水映夕阳，"农村破败尽萧瑟。

由于某些农民的懒散，家门口的垃圾慢慢淤塞了整个水塘，上面飘浮着一堆堆生活垃圾，红的白的一次性生活用品就那样随意地投到上面。那曾是我儿时游泳洗澡、大人洗衣服的地方，现在像是一个垃圾堆积场。一走出农户整洁的房舍，就碰到遍地流淌、臭气熏人的污水。污水流到哪里，就臭到哪里，污染到哪里。排到河沟里，导致河沟发黑、发臭，鱼虾越来越少；渗透到地下水，导致井水被污染。

同城市居民一样，农户也大量使用塑料袋、玻璃瓶、塑料瓶、纸箱、纸巾。与过去农家的废弃物多是木、竹、棉、麻、石制品不同，这些现代垃圾很难自然降解。由于缺少甚至完全没有垃圾回收的公共设备，如垃圾桶、垃圾箱、垃圾车等，大量生活垃圾没有办法进行无害化处理，只能长年累月地丢弃在河边、路边、屋后。它们花花绿绿，随风飘散。不仅破坏景观，而且藏污纳垢，成为各种病菌的滋生场所。

污水和垃圾使得村庄美丽宜人的自然环境大打折扣。风景优美的农村不见了，取而代之的是一个到处充满白色、红色垃圾的乡村世界。

村庄凋敝的后果是可怕的。作为中国"二元社会"长期化的一个典型的现象，凋敝的村庄严重降低了村民的生活质量，加剧了城乡之间的发展失衡，让留守在家的农民只能无可奈何地生活，同时也殃及了外出的打工仔、打工妹们。2008年金融风暴导致沿海很多劳动密集型企业破产倒闭，近2000万青壮年农民工下岗回乡。但故乡的村庄已非"乐土"，凋敝的村庄迅速湮灭了他们回家创业的雄心壮志和生活的情趣。而当他们被迫折返城市寻找新的工作时，繁荣的城市又"居大不易"。许多大城市欢迎农民工来从事"脏、累、苦"的低薪工作，但普遍拒绝这些"低素质"的劳动力入户定居。偌大的上海曾大张旗鼓地宣传"上海居住证转户籍政策首批获益者产生，40名在沪务工的优秀农民工获得上海户籍"，而上海的民工有数百万，能入户者微乎其微。另外一个"文明城市"深圳，有1500多万的常住人口，但户籍人口长期控制在200万以下。不要说农民工，就是一些毕业多年的大学生，也没有机会获得深圳户籍。在"二元社会"大背景下，中国农民工的命运就只有年复一年地寻寻觅觅，在城市和乡村之间"荡秋千"。好不容易赚来一点血汗钱，不少都贡献给了交通部门。

即将流失的村庄

不久前，笔者约《中国青年报》记者丛玉华，《农民日报》记者何红卫一起同行，到了大别山深处的郭家岗村调查。首先进入我们视线的是一个破破落落的村庄，大部分房屋倒的倒，塌的塌，断墙的断墙，残壁的残壁，一个个空洞的门楼，一个个大门上挂着锈迹斑斑的铁锁，人去屋空，让人觉得这是一个被废弃的村庄。

老书记郭生元一个人在家，他有四个儿子，大儿子郭安心当兵后在县工商局开车，二儿子郭国心为了孩子读书在镇上租了房子居住，老伴帮忙照护孩子去了。三儿子打工在外面谈了一个女朋友，但女家嫌郭家岗远，不愿嫁过来，三儿子只好到外地女方那边当上门女婿去了。四儿子也因为娶不到媳妇，经人牵线搭桥到孝感女方家当了上门女婿。家里只剩郭生元一个人了。郭生元的两处房子垮塌了一处，他也懒得修，他说修了也没人住，等于白修，就他一个人，住不了那么多。

我们问这个村原来多少人，郭生元告诉我们，郭家岗原来420人，大集体时分成两个小组，只是近10多年间，打工的打工，搬走的搬走，搬到哪里去了，他也不知道。由于交通不便，许多年轻的后生待在家里连个媳妇都找不到，只有出去，到别人那里当上门女婿。这些伢们到外面打工还能"骗"个媳妇，但人家都不愿意嫁到郭家岗来，男伢只有到女方那边去，所以村子里的人越来越少，就剩下这些老头和老太婆。等这些老头老太婆一死，郭家岗就没有人了，村子就不存在了，消失了。

如今，郭家岗只有一个还算年壮的郭明才没有走，他当过兵，算是有点头脑的人。他靠走村串户收谷子、茶叶、板栗等土特产贩卖来养家糊口，他若不搞点小买卖赚点脚力钱，就没法过活。

我们问村民们："改革开放这么多年，郭家岗就没有一点变化么？"大家你一嘴我一嘴地说："变化个啥？村子越变越穷，越变越破，人越走越光。""说句笑话，过年时哪家杀年猪，连帮忙捉猪的人都找不到；要是死了人，连抬棺材的人都凑不齐。"

在郭家岗村的几天采访中，我们一直在思考一个问题，既然走的走了，死的死了，留下来的人该怎么过？"你们现在最迫切的要求和心声是什么？"我们心情沉重地问。

"我们说了也是白说，没人管的。要是有人管，我们郭家岗就不是这个

181

样子。"郭明才说，"我们最着急的是没有学校，孩子没地方读书，读到小学三年级就得到镇上去读书，租房子住，每年学费加房租费，再加生活费，最低也得三五千块，我们根本负担不起。再一个，就是修一条像样的机耕路，让外面的东西能运进来，村里的东西能拖出去，减少我们肩挑背扛的痛苦，我们建房子连水泥、沙子都运不进来。没有路，什么也别想搞。其实，我们郭家岗山场面积阔大，长着很茂盛的草秸，如果发展养殖业，养羊养牛还是很合适的；搞种植业也可以，种些药材和值钱的东西就更好，但苦于没有启动资金，就是有启动资金，我们偏远，掌握不了信息，又想搞，又怕亏本。所以我们左右为难，只能维持现状。"

"如果村里不发展，恐怕许多人还得走。过去中寨行政村600多人，还有另外几个村民小组，现在只剩下不足200人，像我们郭家岗是原来人口最多的自然村，400多人，现在差不多走光了，就剩下我们这些老货。"郭生元忧心忡忡地说。

类似这样的现象绝不仅仅在郭家岗，我们在下乡采访时经常看到的是土地大面积抛荒，农村人口大量流失。俗话说："故土难离。"农民不是迫于无奈是不会背井离乡的。但现实是，不出门打工，困在农村，经济收入是死门。但农村大量的土地不能搁荒啊！必须留住部分农民，不然发展农业从何谈起？发展农村经济更是一纸空文，人都没有了，还怎么发展？农村不发展，国家就不能兴旺，现在党中央提出社会主义新农村建设，但最大的困惑是农村没有人，我们一方面要鼓励农民回乡创业，一方面还要发展乡镇企业，就地农村城镇化，让农民离土不离乡。农民都往城市挤，最终不是农民真正的出路。

曾有社会学家说："中国的根本问题就是农民问题。"要想留住农民，政府必须改革他们的生活环境、生存状态，加大对农村、对农业生产生活设施方面的建设投入。"就像郭家岗村，村民上街没有路，孩子读书没学校，在家的小伙子连个媳妇都找不到，这怎么能留得住他们？所以，政府应制定出新的措施，让农民在自己的家乡创业，现在农村一片破败荒芜，太需要有人在农村的大地上创业了。比如水利要修，渠道要挖，通信设施要搞，交通要改善，文化生活要丰富……许多要干的事。否则，大片的田地抛荒，如此下去，农业会崩溃的。

人走田荒家底空

由于工作关系，笔者先后到湖北、江苏、山东、湖南等省的十多个县市进行采访，每每顺带留意当地乡村的现状，发现所到之处，耕田的、插秧的、灌溉的、采茶的，不管是田间山上，沟边地头，忙碌的多是老人、妇女和孩子。4月中旬，正是刈麦插秧的"双抢"大忙季节，山东省东阿县顾关屯乡曹凤寨、刘家屯、高家庄等村的田野里，却见不到几个青壮年劳力。61岁的曹思富老人说，现在种田没收益，年轻人多数出门打工去了，就剩下这些老家伙走不了。

在湖南省平江县左源村，农民贺送军给笔者算了一笔账：一亩水田产稻谷450公斤，按每百公斤200元算，可卖900元，扣除化肥、种子、农药、水费等投入，加上请人犁田、插秧、收割等工钱，成本接近500元，辛苦一年，最多只能落下400元的收益。如果全靠种田，饭都不够吃。贺送军说，他们村1000来人，就有500人外出打工，孩子和田都交给老人，能种就种，不能种就荒着。湖北省监利县常年外出务工人员20多万，最高时弃耕农田40多万亩，占当地耕地总面积的24%。湖北省洪湖市汉河镇也差不多，全镇4万多人，外出务工的就有2万多人。

农业是国民的命脉和基础，无农国不稳、民不安。一些地方政府随意让农民大片抛荒农田，而且对荒芜了的农用种粮补贴照发不误，这样，将助长更多的懒汉和外出打工人员不种田。

房子改好了，风气却坏了

湖南省平江县有15.6万农民在外打工，笔者在瓮江镇石坳村金光组调查时，65岁的刘佰平老人指着野草疯长的稻田，一脸愁容地问记者："像我们这样的'老人村''空心组'，干部没人愿当，人心逐年涣散，上级咋不想个法子管管？"

金光组共有25户，96人，人均只有5分田，常年在外打工的近40人，村组干部也在外打工。村里平常基本处于放任自流的状态，偷盗、赌博成风。刘佰平忧虑地说，现在钱挣多了，日子好过了，偷、抢、嫖、赌等乱七八糟的事也越来越多。刘佰平说这几年赌博的多了，香港传来的"六合彩"赌码争着买。山里人朴实厚道，过去哪听说过丢这丢那，现在倒好，猪呀，牛呀，一不小心就被人偷走了。

瓮江镇农民刘胖子说，现在有些农民一心钻进钱眼里，连黑白都不分了，只要能挣来钱，在外面偷也好，抢也好，只要能弄到钱，就是本事，就是光荣。

左源村农民贺送军说，他原在广东一块儿打工的同事，先后有5个女孩子去卖淫。贺送军呼吁说，政府部门不能光追求经济效益，还得加强精神文明建设，不要给农村留下长久的隐患。

中国农村的传统伦理道德观念如今受到市场经济最猛烈的冲击。进城务工潮带来的空巢化，冲击了原有的乡村社会秩序。加之社会转型期利益分配不均和多元生活方式带来更多的问题。农民外出打工，游走在城市的边缘，在几乎不被关注的同时，受到多元化价值观的冲击，他们曾经认同的理念已然差不多被全部颠覆。可回到乡间，城市与农村截然不同的价值取向又无从对接，他们一片茫然，灵魂无处安放。于是在返乡之后，有人因为一点小事，就很容易走向极端。

对于任何一个国家来讲，城市与农村本是不可分割的。中国人民大学张鸣教授说："解决农民问题不在农村，而在城市。"没有农村的现代化，就没有中国的现代化；没有农村的精神文明，就没有中国的精神文明。

人才流失，组织瘫痪

有的基层组织部门反映，"打工经济"在增加农民收入、促进城市繁荣的同时，给农村经济社会发展和组织建设带来了一个突出的问题，就是素质较高的、有文化的青年农民大量流失，有的村组由于找不到合适的干部人选，长期处于瘫痪状态。

鱼米之乡的湖北省公安县章田寺乡干部焦虑地说，由于农村精壮劳力大都外出务工，在选配村组干部时常常感到后继乏人。今后如果没有相应的政策，建设强有力的村级组织将成为一句空话。这个乡的一个长新村不到1000人，外出务工的农民600多人，占了一大半，走的都是18岁至35岁的有一定文化的青年。目前全村只有5名党员，都在45岁以上，最近20年没发展一个党员。新生力量成为空白。大部分有知识、有能力的年轻人都不愿意留在农村当干部。

地处大别山区的湖北省罗田县地坪村支书肖新建说，由于缺乏青壮年劳力，村里开展防汛、抗灾等公益性活动时都喊不到人，往往力不从心。现在农村的土地、山林、鱼塘等生产资源都处于半闲置状态。农民打工挣的钱，大多用于盖房、子女上学，生产性投资很少。长期下去，不利于农村经济持续发展。地坪村农民肖春明说，我们也想在农村发展，但受资金、技术、环境、人才制约，很难成气候。

江苏省江都市副市长袁中飞说，农村劳动力大量外出，客观上造成了科学技术推广难、基层组织建设难等问题，在一定程度上影响了经济发展和农村稳定。我们应该既重视组织本地劳动力向外转移，又注意为农村留下足够的高素质人才。尤其要引导打工农民返乡建设家乡，带资金、带技术、带项目返乡创业。如果城市越来越繁荣，农村越来越萧条，就永远不可能实现城乡经济社会协调发展。

湖北省一位农业专家认为，农业的效益虽然低，但农村发展潜力很大，以湖北省为例，全省有7000多万亩草山草坡没有得到充分开发利用，全省每年生产的2800万吨农作物秸秆，利用率不足10%，全省有200多万亩可养水面闲置，还有3000万亩中低产田有待改造。仅粮食加工一项，全省就有1000亿元的增值潜力。这些农村资源长期处于闲置或半闲置状态，是一种极大的浪费。目前最为迫切的是制定切实可行的措施，引导资金、人才和技术向农村或农业领域回流，为农村未来发展培养一批中坚力量。

二、人走村空，治安环境堪忧

2015年，笔者回老家大悟县三里镇中寨村过春节，正好参加了一个亲戚的寿礼，来了很多客人。吃罢宴席，大家坐在一块自然闲聊起农村的各种世态，最先提起的是乡村的治安。当前我国农村有哪些突出的治安问题？如何看待当前新形势下的乡村治安需求矛盾？以下记录的差不多是这些农村人的原话，很多话听着叫人揪心——

"现在生活过好了，总觉得心里不舒坦，憋着气。村子不像村子，平时像死了一样，见不到几个人，只有过年才热闹些。"

"都为了搞钱，都为了进城，老家伙没人管，都是自个寻短路。老家伙一死，村子就更没人，我看农村迟早要散。"

"最可恨的是现在社会小偷小摸太多，啥都偷。说是太平盛世吧，咋会有恁多烂事呢？"

"我家不敢养鸡，不敢养鸭，值钱的东西都不敢放家里，这日子咋过？"

"过去小偷小摸，现在大偷大摸，晚上开着车来偷，形成一帮子团伙。跟旧社会差不多，政府不知干啥去了？许是太多了，管不过来。"

"农村这样下去咋办呢？我们都不敢在屋里住了！"

……

是的，农村青壮年都外出务工了，家里留下老弱病残孕，抵御恶势力侵害是无能为力的。为犯罪分子提供了可乘之机。

我老家一个庄子一共就五六十人，青壮年都外出打工了，剩下老的老，少的少，就是所谓的"993861()部队"。去年我伯母去赶集，大白天，家里进小偷，狗被打死，鸡被逮走，羊被人偷走两只。村庄人少，进了小偷，邻居都不知道。

2015年清明，我回老家祭祖，看到了我的二大娘，她是一位孤寡而寂寞的老人，仅蜗居一间瓦屋，但很知足。她说："我不养猪，不喂鸡，只要满足我一日三餐就可。"言外之意就是我惹不起，躲得起啊。

农村治安的主要问题就是盗窃抢劫，尤其针对缺少青壮年的留守家庭，暗偷明抢非常猖狂。2015年7月份，笔者老家6个村子一晚上25家被盗，有人说是一个盗窃团伙开车来的，听见全家都打工的隔壁家搞得咕咕咚咚，也不敢出

186

来，因为村里人走光了，没几个人，打不过强盗团伙。事后村民到镇派出所报案，派出所也没办法，至今案子没有破。另一个百十户的村庄，几天之内被偷8家，其中一户人家3个月被偷3次。

近两年还有一种案件也经常发生：青年男子冒充公务人员，以发放贫困补助、办低保等名义或攀亲戚取得老人的信任，然后再以换零钱等方式骗取钱财，侵害目标大多是五保户，养老钱被骗后，受害人往往难受得寻死觅活。

随着外出务工人员的增加，农村治安问题已经成为老大难问题。老弱病残的留守大军，警力严重不足，日益猖獗的盗贼，造成了乡村治安之痛。如何化解新形势下的乡村治安难题，备受百姓关注。

还有些农村地处偏僻，农户居住分散，留在家里的又大多是老人和小孩，看家护院的能力十分脆弱。一些不劳而获的人不愿卖力气挣钱、靠劳动致富，走上了偷盗的不法之途。虽说一些牲畜家禽被盗，作为犯罪案件来讲，算不上什么大事，但对于一家一户来说，损失却不小，且没有安全感。现实情况是，农村点多面广，治安防控措施薄弱，牲畜家禽的圈舍又大多建在主房之外。那些小偷小摸者正是看准了这一点，一旦想作案，如入无人之境，得手容易，逃逸方便。不少乡镇派出所警力有限，业务工作繁忙，无力承担日益复杂、繁重的治安防控和侦破案件的任务。即使农民报案，或因价值不大，或因警力不足，或因属流窜作案，要挽回经济损失，实属不易。

更有甚者，农村的小偷小摸已演化到大偷大摸的地步，甚至明火执仗，确实令人担忧。三年前笔者回家过春节，竟然停电一星期，一问村里电工，说是三台变压器一晚上叫小偷偷跑了，敢偷变压器的人，绝不会是一两个小偷干的，肯定是一个犯罪团伙，可也一直没有破案。

近年来，村子里的青壮年都外出打工去了，"人走村虚"，少了"顶梁柱"，无力抗衡，一些不法分子更加肆无忌惮，横行乡里。正月里，西湾村一夜之间有6头耕牛被盗走，至今还未破案；伍峰村雷新元被逼无奈，只好夜夜将牛系在脚上睡觉。秦家墩湾62岁的秦家顺说，家里添置新的东西，就提心吊胆怕被偷，他家刚买来一辆三轮车，小偷半夜就光顾了，扭开锁撬开门，将车拖走。幸好一片狗叫声惊醒，他才和邻居一起把车追回来。他说，这村里20户人家，几乎家家都养了狗。

三里镇舒山村五组项登勤老人养了3头羊，关在牛栏里，半夜里，小偷把羊全杀了，把肠肚抛在羊栏里，项登勤老人早晨起来放羊，发现3头羊全没了，只剩下一堆羊肠羊肚，气得哭了一场。尽管村里养了不少狗，小偷怕狗叫，恨狗，就弄了一些"三步倒"毒药把狗毒死，连狗也偷走。去年冬天，六组的吴得荣听见有人撬门栓的声音，披衣起来，打开门，吼了一声："你们半夜三更搞么事？好大胆。"没想到三个强盗反而在他头上敲了一棒子，把他打昏，进屋公然翻箱倒柜抢走了3000元现金。四组的项胜堂养了50多只"九斤黄"鸡，有一天晚上，一群小偷竟然开着厢式小货车停在门口不远处，拿了一把锁从外面将门环锁了，开始抓鸡笼里的鸡，把脚捆了，几只系成一串，往车上丢。听见鸡叫，项胜堂知道小偷在偷鸡，但门被反锁，只能在屋里喊叫："抓小偷，抓小偷——"等有人听见跑出来，一帮小偷已不慌不忙地装好了鸡，将车开走了。

更叫人气愤的是盗窃团伙进入农村作案如入无人之境，有一个家庭只有一个老人，一群小偷来撬门没有偷到值钱的东西，不甘就此罢休，竟将大门闩了，把老人捆起来"审问"：钱放在哪里？直到老人将2000块钱说出来，他们才肯罢休，拿了钱扬长而去。可见盗窃分子猖獗到何等地步。

这样的偷盗事件在农村已经屡见不鲜，尤其是进入冬季农历春节前夕这段时间，是盗窃团伙最猖獗的时候。

笔者采访大悟县吕王镇富山村傅本斋老人时，老人说："现在政府不收税费了，我们的日子还过得去，有烧酒喝，有饭吃，也不怄气。只是我们的鸡、羊，老有人偷，我们农民也没别的意见，但羊和鸡老是叫人偷了，心里就很怄气。小偷确实叫人脑火，我今天丢一只鸡，明天丢一只鸭，后天我的狗也被人毒死了，这些小事弄得我蛮闹心。我最大的愿望，政府不向农民要钱。我们农民手头富裕点，遇到年景好，也有粮食吃，这些我们都很满足。如果没人偷东西，我们的日子就更安稳一些。"这是一个老百姓对农村治安最基本的要求。

其实，乡村治安存在问题由来已久。1980年代末期，打工潮尚未形成时，村一级的组织都有在派出所指导下的联防队负责本村的治安巡逻，随着打工潮的兴起，青壮年劳力纷纷离家外出，联防队伍流失殆尽。如今随着公安机关警力下沉措施的实施，乡镇派出所的干警数量虽有所增加，但是面对乡村治安面广、点多的实际，仍然力不从心。乡镇政府虽然对辖区的治安也急在心上，但是限于财力，只能是干着急，村级组织更是无能为力了。

当前农村突出的治安问题主要是：一、犯罪活动呈现出团伙、流动、有车辆、有作案工具和凶器的特点，危害性大，反追捕能力强，偏远乡村和村外住户是这些犯罪分子的首选目标。这类犯罪是目前乡村安全的最大威胁。二、破坏电力和通讯设施。三、不少村子都是妇女儿童留守家中，个别心怀鬼胎的男人偏偏不肯外出，不是偷鸡摸狗，就是破坏他人家庭，这也是乡村中一大不安定因素。

除此之外还包括：因为宅基地、机耕地的边界问题而发生矛盾纠纷，或因夫妻外出打工分离引起一些家庭生活上的问题而产生不和谐因素；部分房屋、院墙、禽圈等防护设施不到位，时有打洞入室盗窃发生；小偷小摸现象司空见惯，很多群众想不起来去报案，这就助长了犯罪分子的邪气。

笔者认为，警力不足的矛盾绝不是主要矛盾，一些地方农村基层组织弱化，才是病根所在。有一个坚强的党支部真抓实干，总会有办法的。问题是，有些基层组织负责人无所事事，不惩恶，不扬善，且大多数居在城镇，基本不管村里的事。乡村治安工作也是流于形式。这样的社会环境，久之必然影响到人们的价值观、道德观，是滋生违法犯罪的土壤。

治安状况让农民越来越焦心。农村居住分散，治安防范体系薄弱，不像城市，除警力充裕、巡防措施强健外，还有天网工程。"三农"问题事关全局。没有稳定的社会环境，不仅谈不上农村经济的发展，更谈不上农民生活的小康。为了保护农民利益，保障农村的经济发展、社会稳定，农村的治安问题需要引起我们的高度重视。而要从根本上解决当前的乡村治安难题，一是要对返乡农民工加大扶持力度，帮助他们在家门口创业，保证农村中有一定比例的青壮年力量参与群防群治。二是要完善社会保障制度。建立更多的敬老院、托儿所，让老弱妇幼集中居住，相互依存，彼此帮助。三是要从根本上打击黑恶势力。

三、明天的粮食谁来种？

连续几年，天帮忙，人努力，每年都传来秋粮丰收的喜讯。然而，大量农村青壮年劳动力流入城镇，农村许多地方，老年人成了种地的主力军，老龄化逐渐成为农业发展的隐忧。年轻人都不愿种粮了，也不会种粮了，这不禁让人担忧，明天的粮食谁来种？

当下，一个不容回避的事实是，近年农村劳动力大量转移到城市，留在乡村的父老们随着年龄增大，也越来越不愿继续耕种务农。加上城市扩容，各地招商引资大量占用土地，耕地面积越来越少。"杂交水稻之父"袁隆平的学生、"杂交稻制种方法"和"杂交稻制种超高产方法"两项专利发明人黄培劲指出，随着农村劳动力大量转移到城市，不少农村已经变成"空心村""留守村""妇女村""老幼村"，这带来了一系列社会问题，农业生产产生的负面影响已经逐渐凸显。如果农村出现百分之六十的农户不种田，中国的粮食危机就会到来。作为有着十几亿人口的大国，一旦粮食生产出现不稳定因素，其危机可想而知。

粮食的重要性在战略地位上是第一位的。没有哪个国家敢对粮食问题有半点掉以轻心。所以在产业区分时，生产粮食的农业被划作第一产业。尤其是我们这个农业大国，粮食大于天，农业不能出半点问题。

毋庸置疑，今天中国的粮食生产已经危机四伏。有迹象显示，少数商户已经在开始囤积粮食，一些地方粮食已经开始涨价。一旦粮食价格出现不可控的剧烈波动，对于拥有十多亿人口的中国来说，将有灾难性的影响。

全球粮荒为中国敲响了警报，粮食安全已被纳入国家议事日程。

农业是安天下、稳民心的战略产业。13亿人口大国的吃饭问题是事关国家安全"牵一发而动全身"的头等大事，而"三农"问题既是国民经济的基础又是我国实现全面小康的关键，"粮食安全的警钟要始终长鸣，巩固农业基础地位的弦要始终紧绷，解决好"三农"问题作为全党工作重中之重的要求要始终坚持。"连续17年的中共中央一号文件都以农业为主题，凸现了国家对"三农"问题的高度重视。

中国政府采取了系列措施，最有效的办法是让国内的粮食价格与国际接轨，让国内的粮食价格与国际粮食价格持平或略低于国际粮食价格，从而让农民有利可图、调动农民的种粮积极性，也让那些出口粮食的企业无利可图。

我国是世界第一大粮食消费国，但还不是粮食强国，由于地域广泛，以及政策因素、自然灾害、小农趋同性等多种因素的影响，每年的粮食产量、价格波动都比较大，粮食储备对稳定粮食市场及确保国家粮食安全的重要性不言而喻。尽管政府乐观估计中国有大量粮食储备，不足为虑，但粮食重在生产，而非储备。目前的中国，粮食亩产量的上升已经非常有限，要保证粮食的总产量，就必须保证粮食的种植面积。然而，随着中国农村耕地逐渐被吞噬，我们有足够的理由相信：在中国的各级政府不虚报耕地面积的前提下，十八亿亩的耕地红线是很难保住的。当然，这还并不是最主要的。

众所周知，中国市场上的粮食价格过低，农民无利可图或获利甚微，已经让广大农民丧失了种粮积极性，大批的耕地不是被人为抛荒，就是被改种经济或其他作物。随着粮食作物种植面积的逐渐缩小，中国的粮食总产量只会不断下降。有人认为中国的粮食自给自足没有问题，实际上，问题很大。

确保粮食生产不滑坡，是我们这个农业大国的国情决定的，民以食为天，没了粮食，谈不上发展，现在气候变暖，灾害性气候影响范围越来越广，对农业生产的破坏力越来越大，如果粮食发生问题，不是短期时间内能解决的大问题，势必影响社会稳定，对社会发展造成巨大破坏力。所以前总理温家宝常说"手中有粮心中不慌"，越是在丰年的时候，越要重视粮食生产，才可能保证不滑坡。正是这种防患于未然的忧患意识，才能保证粮食安全更长久，人民生活有保障，仓廪实而知礼节，和谐社会建设才有坚强的物质基础，这是中国的特点决定的，也是中国几千年农业文明的教训换来的。

我们应该到农村看看：现在，还有多少强劳力在种田？尽管农业机械化前景美妙，但至少目前阶段田间工作还是很需要强劳力的，可我们的农村，究竟还有多少强劳力在田间"留守"？

当今世界，石油和粮食成为两大主题，两大主题的核心都一样，那就是涨价，涨价的原因也是一样的，那就是石油和粮食都供给少于需求。世界范围内的石油与粮食的短缺，给我们敲响了警钟。中国是人口大国，粮食比石油重要得多，虽然我们国家的粮食储备充足，目前并没有出现粮食短缺的问题，但是防患于未然，在粮食问题上马虎不得，粮食是农民种的，所以鼓励更多的农民种粮食比任何时候都重要。

习近平主席在一次讲话中说："我们的米袋子要系在自己身上才好。"这充分体现了党中央关于中国人的饭碗任何时候都要牢牢端在自己手上、我们的饭碗应该主要装中国粮的战略方针。

《国家新型城镇化规划（2014—2020年）》也把粮食安全问题作为重中之重，在第二十一章"加快农业现代化进程"第一节"保障国家粮食安全和重要农产品有效供给"中阐述道：确保国家粮食安全是推进城镇化的重要保障。严守耕地保护红线，稳定粮食播种面积。加强农田水利设施建设和土地整理复垦，加快中低产田改造和高标准农田建设。继续加大中央财政对粮食主产区投入，完善粮食主产区利益补偿机制，健全农产品价格保护制度，提高粮食主产区和种粮农民的积极性，将粮食生产核心区和非主产区产粮大县建设成为高产稳产商品粮生产基地。支持优势产区棉花、油料、糖料生产，推进畜禽水产品标准化规模养殖。坚持"米袋子"省长负责制和"菜篮子"市长负责制。完善主要农产品市场调控机制和价格形成机制。积极发展都市现代农业。

但现实不容乐观，由于粮价的偏低，农民种田没有积极性，抛荒现象依然严重，农民没有把心思放在土地上；很多人宁可在乡镇上开个小作坊也不愿意回去种地，因为种地不赚钱。这一点不能怪农民，这需要国家政策配合，我想与其让农民工进城与城市人竞争，倒不如让城市人多付出一些，把粮食的价格提高一些，大幅度提高也可以考虑，总之得让农民种粮食有钱赚，而且赚的比进城打工还多。

第八章　返乡！返乡！

2016年春节期间，笔者在故乡湖北大悟走访期间，发现往年春节一过，许多农民工就匆匆离开了，继续打工之路；而这年，许多人过年之后不走了，就留在家乡创业。过去不回来过年的，也都在春节前返回了。

2015年年底，笔者在贵州湄潭乡聚合村调查期间，已经有大量的农民工返回，据农民们介绍，往年回家过年的外出打工者有20%，而今年回家过年者可占到80%。近些年来，在农民的意识中，打工所承受的风险比自己在家搞产业要小很多。中国经济30多年来持续高速增长，是打工风险小于产业风险的基础。但近年来广东东莞、浙江温州等地企业纷纷倒闭，农民工大量失业，这对于农民打工的信心有一定的影响，使得农民重新思索打工对于自身的意义，农民要重新规划自己的人生道路。

目前，主流意识形态对于返乡农民工的引导是回乡创业，我们也确实在湄潭乡聚合村中听到了不少农民创业的言论。比如，有好几位农民都表示想在村子里开店做小生意，即趁着新村规划的机会，拿以前打工积累的一些收入再加上借的一些钱，在公路两旁建房，这样就可以在路边做生意了。笔者了解到，农民新村公路两边规划的宅基地有60户，目前这60户已经全部被农户划定了，有的农民还想要建房却找不到合适的地方。农民新村公路两旁，都在建房，一派繁忙景象。与此同时，笔者已经在聚合村发现了至少15个小商店，小商店在农村分布之广，是笔者在别的农村所没有见过的。这些小商店一天的营业额一般是30元，多则100元，收入不高，但还是有不少农民在做着建房做生意的美梦。

还有少数几个农民正在商议搞产业，村支书积极支持他们的想法，并表示期望让几个返乡农民工能成立一个"蔬菜协会"，实现蔬菜生产加工销售一条龙的形式，也就是所谓"公司加农户"的模式。

在农村，一些勤劳肯干、土地较多的农户的收入都还是不错的。比如湖北省汉川市闽集乡67岁的留守老人夏艮庚老汉就是一个典型，夏老汉夫妇勤劳能干，几个儿子都在外工作，他们照看一个孙子，种了17亩地，每年喂两三头猪，农忙就请机械耕作；不算日常消费的粮食和钱，老两口每年有上万元的收入。聚合村的黄支书50多岁，家庭情况与夏老汉相似，夫妇非常勤劳，每年收入一万有余。而村庄"能人"王某则更厉害，夫妇俩每年喂6头猪，种21亩田，每年收入3万多元。从这几个例子看来，在家务农的收入并不一定会很差，至少作为农民生活的基本保障是足够的。

当然，以上这几个例子在村庄中属于少数现象。首先是他们家里土地较多，也就是1980年代分田到户的时候分田人口较多。近些年来，粮食价格相对稳定，粮食收入虽然不多，但是可以看作农村最基本的保障。其次，勤劳能干。除了种植粮食作物，闲暇时间搞搞养殖副业，效益也较好。作为农民，怕脏怕苦就不行。而且，他们的子女都在外工作，可以获得相对较多的现金收入。也就是说，以上三个家庭都有两部分的收入：子女在外的收入和父母务农的收入。小农家庭这种"双重收入结构"，是农民生活水平提高和农村经济发展的基本经验。

一、返乡创业尝甜头

农民工之所以选择回乡创业，与农民工进城就业形势严峻有关。城镇就业压力比较大，而农民工在大中城市就业面临着更大的困难：城市非技术性简单劳动岗位基本饱和；城市生活花费大；农民工子女在城里读书必须回家乡参加升学考试，由于各地区教材不统一，影响升学；一些企业对务工人员年龄有限制，超龄劳动力被迫返乡。其次，农民工有强烈的返乡创业愿望。农民工在外积累了一定的技术、经验和资本，学到了从商和经营知识，掌握了一定的信息渠道，对家乡的资源、市场、商机比较熟悉，返乡创业成功的机会较多。据调查，农民工有10万元就可以办企业。大多数返乡农民工创办企业的行业与他们务工的行业基本相同，多集中于食品、农产品加工、餐饮、建筑、采矿、运输等行业，他们在城里打工积累的经验和资本对返乡创业具有重要作用。再者，新农村建设需要农民工返乡创业。建设新农村面临的最大困难是缺少资金、缺少人才。农民工返乡创业，促使资金、技术、信息、人才等流向农村，为新农村建设注入了新活力。

下面几则故事就是代表——

一个农民工的科技致富梦

到2016年12月底，通过4年的回乡创业，李铁军已完成了从农民工到现代农业高科技企业老板的华丽转身。李铁军，14岁开始打工，烧过锅炉，做过木匠，办过服装厂，跌宕起伏20余年，回乡从经营50亩蔬菜起家，到如今做成千亩现代农业高科技企业。

不"安分"东山再起

2008年，创业失败的李铁军来到江西省安福县城投靠亲戚，4年的安福生活，让他熟悉了安福的风光。不甘平庸的他也不断充实自己，寻找自己的创业着陆点，最终，他把目光聚焦在江西省安福县枫田镇车田村。车田村临吉福公路，距高速路口仅5公里，距安福县城仅10公里，有着极佳的地理优势。

2013年初，憋足了劲的李铁军找到安福县农业局领导，用精确的数据和翔实的资料，推介自己在车田建一个50亩规模绿色无公害蔬菜基地的愿景。仅一个月时间，就与当地农民谈好了土地租赁工作，一次性租赁土地50亩。李铁军的绿色无公害蔬菜基地很快建起来了，并注册成立了江西省泰龙农业有限公司。这一年，该公司年产值50多万元，实现了开门红。

2014年初春，美丽的车田古村游人络绎不绝。不少游客在他的菜地里流连，还有不少母亲带着孩子在认菜和拍照。突然一道灵光闪现在李铁军的脑海里——做生态观光农业！

科技引领华丽转型

2014年，瞄准了转型方向的李铁军在巩固食用蔬菜种植的基础上，迅速加大科技创新力度：一方面引进省内外农科院人才和技术；一方面大胆创建4000平方米的农业无土栽培技术观赏区。观赏区内共有无土栽培蔬菜30余种。农业无土栽培观赏开辟出安福史上第一条农业科技风光带，领跑安福现代农业科技发展，被吉安市政府认定为"农业科技示范园"落地安福县的唯一企业。

科技为李铁军打开了书写现代农业传奇的扉页，奠定了农业发展转型的基础。全县1000多户菜农纷纷加盟到他的旗下，签约专业种植户。2015年1月，李铁军成立了江西省科隆农业发展有限公司，成功转型升级为一家集果蔬种植、培育、开发以及经营为一体的大型现代化农业高科技企业。旗下拥有合作社3家，家庭农场1家，?营土地6000多亩，成立了20人的销售团队，年产值5000多万元。

不到四年时间，该公司项目不断创新。9月，李铁军作为优秀企业家当选县政协委员。

不忘感恩与回报

一路走来，李铁军的口头禅就是：感恩与回报、资金和梦想。

李铁军已带动了全县1000多户菜农致富，同时，还积极响应全省"五年决战同步小康，全面建设小康社会"的号召，助力精准脱贫工程，成立了安福县惠农蔬菜合作社，通过"公司+农户（贫困户）"的合作模式，垫资300多万元，带领全县20余户建档立卡贫困户合作种植紫玉淮山100多亩，实现150多万元的年产值。洲湖镇王屯村建档立卡户王纲争就是其中的受益者，2016年，他就获得了近8000元的收益，顺利摘下贫困户帽子。前不久，李铁军主动与县扶贫办联系，2017年，他将带领全县150余户建档立卡贫困户种植紫玉怀山1000亩，实现脱贫。

张明富：大山里的"三农"织梦人

每天睡觉仅仅5小时，其余时间投入工作，一门心思做个"三农"织梦人，带领村民共同致富。他，就是贵州梦润集团董事长张明富。

从"创业家"到"农民代言人"，他曾先后向温家宝总理和李克强总理写信建言，提出关于支持农民工返乡创业的想法，均被重视与采纳，从而催生了国务院相关政策的出台。

在许多人眼里，张明富这个名字，意味着不少身份和荣誉：贵州省人大代表、遵义市政协常委、汇川区团泽镇大坎村村主任、"全国劳动模范"、"全国五一劳动奖章获得者"等。然而，说起自己如今的成绩，张明富的回答干脆利落："放下我的一切荣誉，我还是个农民。"

1962年，张明富出生于贵州省遵义市汇川区团泽镇大坎村，由于家里条件不好，他18岁时高中辍学外出务工，拉过车、挖过土、当过油漆工。在外拼搏近10年后，张明富用攒下的6万元资金，毅然返乡创业，做起了商品批发的生意。

慢慢地，张明富的生意越做越大，但他又很快把自己挣到的第一桶金用于办厂。"周围人劝我回家修房子，但我总想着为家乡做点什么。"抱着这样的决心，他在大坎村创办了贵州梦丽雅化妆品有限公司。

起初，由于摸不着门道，公司接连两个月亏损。焦虑之余，他开始分析市场，为了扭亏为盈，他曾?四天四夜不睡觉亲自进货送货，身边朋友称他为"张铁人"。

铁人有铁心，在不懈的坚持下，他的产品凭借优良口碑，迅速在全省打开市场，带动百余人稳定就业。"个别人富，不是小康社会，大家都富了，才是小康！"张明富说，虽然自己一直以来致力于呼吁父老乡亲回乡创业。但是在他看来，对于建立真正的小康，这远远不够。

2005年，他投入所有资金，在大坎村开始养殖鹌鹑。然而当时的鹌鹑产业面临着重大危机，正当所有人束手无策时，张明富接下了这块"烫手山芋"，以"企业+农户"模式，创办了贵州梦润鹌鹑有限公司，并摸索出以市场带加工，以加工带养殖，以养殖带种植的?环?济模式。

"他这样付出，我们愿意跟着干。"张明富默默做出的努力，村民都看在眼里，越来越多的村民跟着他风风火火干了起来，就这样，第一个鹌鹑养殖全自动生产线在大坎村建立起来，实现年产360万羽，惠及万余农户。

"烫手山芋"最后成了张明富和大坎村村民的"钱袋子"，张明富也因此多了个新外号——"鹌鹑大王"。

"我只是多了一点想法和打工的?历，才把村子的资源用活起来。"如今，走进张明富的"世外桃源"，道路宽敞整洁，房屋错落有致，在满山绿荫的映衬下，过去的贫困村焕然一新，农业强、农村美、农民富。张明富用活了大坎村的资源优势，在山上和路边种上"经济带"，并整合生态养殖基地，打造了旅游观光园区，发展特色产业，全国各地游客纷至沓来。2012年底，该村成为全省30个同步小康示范村之一。

有村民说："张明富那么有钱，应该到城里过安逸的日子。"但他认为，"农村的困难和问题还很多，农村的事，农民不干谁来干？农民的事，学到知识的农民工不干谁来干？家乡的建设，我不带头干还等谁来干？"

农民工周辉耀：返乡创业乐当"种粮状元"

近段时间来，湖南省新邵县陈家坊镇塘垅村种粮大户周辉耀，每天都要到自己承包的田边观察禾苗生长情况。他告诉采访的记者，他是1998年开始规模种粮，每年种粮面积至少上千亩，今年种粮面积4000余亩。

周辉耀今年40出头，高中毕业后曾在外地打拼多年。2008年返乡后，当选为村党支部书记。当上了村干部，他就一直思索着如何让村民富裕起来。看到村里年轻劳力外出打工，村里的良田闲置，他心里很不是滋味。于是，他向村民开出每亩300元的承包价，租了1080亩田地带头发展规模种植粮食。

一提起规模种粮的事，周辉耀就非常高兴："现在国家对农业扶持力度越来越大，大规模种植粮食有奔头。近几年，每年我种粮面积都达到2000多亩，全部种植双季稻。最近除在本村和周边的司门、刘什等几个村流转2000多亩双季稻种植外，还在邻近的寸石镇流转了2000亩面积种植粮食，现在有4000多亩了。"

通过土地流转规模种粮，近些年来，周辉耀不但自己成功致富，还促进了村里支柱产业的大发展，为农民提供了就业岗位，使村民成为不离土、不离乡的"产业工人"，他每年被评为全县种田"科技示范户"。但周辉耀并没有满足，而是把资金投入扩大生产，先后添置了大量播种、插秧、收割的机械设备。该镇在周辉耀的带领下，涌现出了李喜林、周明亮等26户规模种粮大户，全镇2015年种植双季稻面积超过了10000亩。

"一人富不算富，大家富才算富。"周辉耀说，近些年，村里先后投资400多万元修通了1.5公里组道；改造"三面光"水渠1000米水渠；将全村30口山塘扩容、硬化；平整农田土地100亩；安装村道两旁太阳能路灯40盏；建垃圾池20个；新建一座3层共12间的高标准教学大楼。为解决村里脏、乱、差现状，村里还动员村民建起沼气池50余口。如今该村路渠配套、路网相连，村民的生产生活条件得到明显改善。村里还建起了100亩大棚双孢菇产业基地，农闲从事鸡毛加工和皮鞋、布鞋制作的村民有300多人。

面对百姓们的赞誉，周辉耀?定地说："作为村干部，就得为群众着想，多为百姓办点实事，只有大家富裕了，都过上了好日子，我心里才觉得舒坦！"

农民工何峰：返乡创业带富乡邻

没有创业资金，没有家庭背景，但她不甘心像父辈那样过一辈子"面朝黄土背朝天"的生活，决定到外面的世界闯一闯。在外打工多年，她吃了很多苦，增长见识的同时也积累了一些资金。5年前，在外打工的她毅然返乡创业，创办了松峰种养殖专业合作社。她，就是松峰种养殖专业合作社理事长何峰。

2016年6月22日，初夏的午后，何峰与合作社的社员们一道在稻田里忙碌着，一会儿忙着除草，一会儿给螃蟹喂食儿。

今年45岁的何峰，是灯塔市张台子镇天河泡村村民。她始终认为："一个人富不算富，大家富才算富。"

2011年，长年在外地建筑、建材业打工的何峰，开始返乡创业。从单一种植水稻到现在河蟹、淡水鱼乃至休闲、垂钓、采摘一条龙；从单打独斗到现在经营着家庭农场和100多农户入社的农业合作社；从简单的种稻卖米到现在有自己的经权威认证的有机米品牌、独立包装、网站、直营店……这几年，何峰走的道路，是一条艰辛创业的道路，可谓苦尽甘来，成功励志。

从何峰决定回到家乡的那时起，她就用开拓性的思维做一个新时代的新型农民。在耕种和经营中，她不断摸索和积累经验和技术，向先进学习，努力提升种植和经营水平。同时，她还将自己的经验和技术毫不吝啬地传授给周围的乡亲们，帮助大家提高效率，提升效益。

2012年3月，何峰注册了松峰种养殖专业合作社，带领大家走共同富裕的道路。她根据天河泡村的地理环境、合作社的土地现状等，为入社农户们选择了可循环种养结合的道路。目前，在不影响水稻收成的情况下，稻田养殖河蟹，把原本单一粮食生产变成了双丰收双盈利，每年产水稻60万公斤，河蟹0.75万公斤、鱼0.35万公斤，比过去单一水稻种植效益增加了1倍以上。绿色种养殖的模式，铸就了松峰种养殖专业合作社的品牌基础——餐耕有机米，目前该品牌已通过了谱尼测试有机食品认证等，成为本地区知名有机米品牌，拥有自己的直销店、网站和二维码，并获得了"重合同、守信用"单位称号。

事业成功了，何峰并没有故步自封。为带动更多农户发展，提高合作社成员收入，她每年都要到沈阳农业大学参加培训，到盘锦等地实地考察养蟹养鱼等。2014年12月，松峰种养殖专业合作社获得了中华全国供销合作总社颁发的"全国农民专业合作社示范社"证书。

在何峰的带领下，天河泡村及周边地区农民看到了新型农业的硕果和希望，纷纷返乡创业。目前，松峰种养殖专业合作社共有108户农户入社，带动了天河泡村村民稳定就业。现在，长年在合作社工作的员工约几十人，农忙时节则人数更多达数百人。

据统计，目前全国大约有近500万农民工返乡创业。据测算，农民工返乡创办的乡镇企业总数约占全国乡镇企业总数的20%。

专家指出，尽管目前外出务工农民返乡创业的人数还处于起步阶段，但他们所具有的创新意识和开拓精神，对农村经济社会发展的影响不断扩大，正日益成为推进新农村建设的一支重要力量。做好农民特别是农民工创业就业工作，不仅关系到"三农"问题的解决，而且关系到城乡统筹和"三化"同步发展，关系到社会和谐稳定，关系到全面建设小康社会和现代化事业的全局。

专家建议，应加快研究制定鼓励农民创业、以创业带动就业的扶持政策，加强市场信息、创业辅导、管理咨询、融资指导等服务，积极拓展农民就业创业空间，既要倡导进城入镇就业创业，也要鼓励就地就近就业创业，还要支持外出者回乡创业兴业；要引导农民从实际出发，选准就业创业兴业门路，宜农则农、宜工则工、宜商则商；要加强教育培训工作，着力提升农民就业创业能力，努力使走出去的具有较强的务工经商技能，留下来的掌握先进适用农业技术，搞创业的掌握基本经营管理知识。

有了这样的社会主义新农村，何愁留不住农民？农民何需饱受颠沛流离之苦外出打工？当然，城市建设也需要农民工，社会可以和谐多元地发展，愿进城的进城，愿留乡者留乡。进城者可以安心地在城里创业，政府解决好他们的社会保障，他们可以像城里人一样享受医疗、保险、就学等待遇，真正融进城里。留在家乡的农民，一样能在家乡创业，政府能改变他们的生活环境、交通环境、文化信息环境，让他们在农村一样感受到城里的现代化。

今后，中央将进一步加大对"三农"的投入力度，加快农业基础设施建设，让公共服务设施向农村延伸，目前的通水、通电、通路、通网线的"村村通"工程已在农村基本完成。在深化农村综合改革中，着重培养新型农民，即有理想、有抱负、有知识、懂技术、懂经营的农民，将是新农村建设的榜样和带动者。只要党的干部同农民心贴心，只要改变了农民的生活环境，只要先进的科技文化占领了农村阵地，那些丑恶的、腐朽的、糟粕的东西自然就没有市场。中国正在实施的构建社会主义和谐社会，建设社会主义新农村，实现农业现代化，就是在扭转和重建农村社会秩序。相信中国农村社会一定会是一派安定祥和的和谐农村。

二、政府作为凤还巢

2016年7月7日，农业部副部长陈晓华在农民创业创新经验交流会上指出，近5年，返乡创业的人数增幅均保持在两位数左右。目前农民工返乡创业人数累计已超过了500万。

在业内人士看来，农民工返乡创业创新不仅能够使广袤乡镇百业兴旺，还可以促进就业和增加收入。同时打开工业化以及农业现代化、城镇化和新农村建设共同发展的新局面。

政策利好是农民工返乡创业的动因，"我国农村的经济发展环境趋好，在城镇化建设的推进下，涌现了较多商机，为农民工创业提供了良好条件。"中投顾问高级研究员薛胜文在接受《中国产经新闻》记者采访时表示。

薛胜文认为，致使越来越多的农民工选择返乡创业还有另一方面的原因。"当前我国经济结构正在逐渐发生改变，第三产业发展速度以及产值已超过第二产业，而第二产业中的细分行业大部分具有劳动密集型属性，农民工多分布在第二产业中，在此情况下，许多农民工面临失业压力。"

不仅如此，著名经济学家宋清辉还对《中国产经新闻》记者说道："我曾与不少建筑工人聊过，年初建筑工地上的活越来越少，工资也在下降，跟去年相差约30%左右。这也是农民工兄弟返乡的另外一个主要原因。"

需要注意的是，"城市生活成本高、思想观念的改变等因素也导致了众多农民工返乡创业，但最主要的原因还是政策利好。"中研普华研究员闫素飞在接受《中国产经新闻》记者采访时强调道。

那么，政策的利好主要表现在哪些方面呢？

"近年来，各级政府出台了一系列针对返乡创业人员的扶持政策，如有些地方实行'保姆式'服务，在工商注册、子女入学、资金信贷等方面提供支持和帮助。对农民工的吸引力越来越大，使得一部分掌握着熟练技能的农民工返乡开辟致富新路。"闫素飞指出。

国务院于2015年发布的《关于支持农民工等人员返乡创业的意见》中，提出了支持返乡创业的五方面政策措施，包括降低返乡创业门槛、落实定向减税和普遍性降费政策、加大财政支持力度、强化返乡创业金融服务以及完善返乡创业园支持政策。

其中，在落实定向减税和普遍性降费政策方面，该意见提出符合政策规定条件的，可享受减征企业所得税、免征增值税、营业税等税费减免政策。

在加大财政支持力度方面，该意见提出，对于那些符合条件的企业和人员，会按照相关规定给予社保补贴。

同时提出，强化返乡创业金融服务，运用创业投资类基金来支持农民工等人员的返乡创业。并加快发展村镇银行、农村信用社和小额贷款公司，鼓励银行业、金融机构开发有针对性的金融产品和金融服务。还加大了对返乡创业人员的信贷支持和服务力度，对符合条件的给予创业担保贷款。

数据显示，截至2016年年底，农民创办的中小微企业已达2505万个，加工企业也已达40多万家，休闲农业经营主体27万家、农业新型经营主体250万家。

农民工返乡创业参与新农村建设，大致可分为四种类型：一是创办农业产业化龙头企业。返乡农民工在政府支持下，兴办规模种植业、养殖业、农产品加工业，延长农业产业链条，将小农户与大产业、小生产与大市场有效对接，形成一批带动力强的农业产业化龙头企业。二是兴办第二、三产业。许多返乡创业人员利用在城市和大中型企业工作的经验与技术，积极发展为大中型企业服务的配件配套企业，促进了产业发展的合理分工。三是成为经纪人或农民合作经济组织带头人。返乡创业的农民工利用亦工亦农亦商的特点，积极参加合作组织和中介组织，通过农产品和生产资料购销、传播信息以及开展技术承包、推广新品种新技术、跑市场、兴建特色种养基地和科技示范园等，发展了一批"一乡一业、一村一品"的产业集群。四是担任村干部或参加村民议事会及村民理财小组。

回乡创业者以第一代农民工为主。回乡创业者的平均年龄为39岁，年龄在30岁至45岁之间的占了63.9%。回乡创业的人群受教育程度普遍要高于农村地区的平均文化程度。回乡创业者平均累计外出务工5.8年。外出前，仅有28.5%的劳动力接受过技术培训，经过外出打工的锻炼后，现在几乎所有的回乡创业者都掌握了1—2门专业技能，有的还积累了丰富的企业管理经验。

其实，农民工回乡创业早在农民工出现初期就已经显现。在20世纪90年代初期，中国社会出现了一种发人深思的现象：在千千万万异地就业的"打工者"中有一大批人才脱颖而出，他们通过打工生涯的锤炼，掌握了生产技术，培养了管理能力，提高了自身素质，进而独立创业，他们有的创办了个体、私营、联营企业，有的领办或创办乡镇企业，创建了一大批中小型民营企业，以至大型企业，实现了"从奴隶到将军"的转变。昔日的打工仔打工妹，今日的厂长经理企业家，就是这些人的创业历程。这些人被人们称为"创业之星"。

有的县城，甚至整条街上的摊点、店铺都是外出打工人员回来创办的，被称为"创业一条街"。在笔者家乡大悟县大新镇就有这样一条街。邻近的河南省罗山县铁铺乡也有这样一条街。

农民工流出地政府已经开始高度重视吸引外出打工人员回乡办企业，他们不仅主动与打工者中的成功者联系，鼓励他们回乡投资，而且出台了一系列具体扶持政策，对于回乡创业者从土地批租、工商税收、手续审批和贷款等方面给予优惠和方便。现在蔚然兴起的创业潮，必将成为我国贫困地区农村经济发展新的增长点，为扶贫工作创造出更加符合各地实际的新经验和新机制。

创业潮兴起于农村劳动力流动的大潮，通俗地说，"民工潮"是花，"创业潮"是果。伴随着中国改革开放的历史步伐，农村富余劳动力跨区域流动已走过了十几年的历程。这是不同寻常的十几年，是从无序到逐步有序，从民工潮涌到创业潮起的十几年。

"今年过年回家，看到家乡变化越来越大，发展机会也越来越多，考虑到父母年龄大了，孩子读书也需要照看，我就留下来了。"36岁的屈志勇是河南省唐河县郭镇后岗村人。2012年初，他凭借在南方打工10年积累的经验进入家乡一家塑胶制造公司担任主管。"现在，自身价值得到了认可，工作起来也更加有激情了！"

屈志勇是唐河众多返乡农民工的一个缩影。唐河县是全国农村劳动力转移就业工作示范县。近年来，唐河经济迅猛发展，如今已有5万多农民工回乡就业，3000多人返乡创业。

"唐河要又好又快地发展，返乡农民工是一笔巨大的财富！"唐河县委书记说，"唐河必须抓住历史机遇，把经济发展与承接产业转移相结合，吸引更多农民工在家门口发展。"

为吸引"燕归巢"，唐河县在北京、郑州、泛珠三角、上海等11个城市和地区成立了家乡建设促进会，在台湾地区成立了旅台乡亲联合会，宣传家乡投资兴业的好环境好形势。

欲引彩凤归，先栽梧桐树。"再好的宣传比不上打造一个适合发展的'窝'。"唐河县委就是这么认为的。唐河县高起点规划、高标准建设了产业集聚区，大力实施"回乡人员创业工程"，举办"十佳回乡创业人员"表彰大会，一系列优惠政策措施让回乡创业人员政治上有荣誉，经济上得实惠。据2012年数据，唐河县在外同乡引资总额超过40亿元，15平方公里的产业集聚区已入驻工业企业97家，其中70%以上由返乡创业人员创办或联办。

随着大批项目相继落户唐河，唐河也已开始出现"招工难"。唐河县产业集聚区管委会主任王全广坦言："光把老板请回来不行，熟练工、产业工人回来，也是很大的财富。"

利用外出务工人员春节返乡的机会，县委、县政府组织数百名农民工到产业集聚区参观，同时以发慰问信、拜年短信等形式，鼓励和动员农民工在家门口就业。不长的时间，产业集聚区已经吸纳务工人员3万余人，尚需新增用工约1万多人。

是的，作为一个游走在城市和农村之间的特殊群体，农民工渴望安定，渴望归属。

"在外打工4年，我没有一点归属感。现在回到老家，担任车间组长，工资2000多元，每月剩下来的钱跟以前在温州打工时差不多，又能陪在家人身边，多好！"唐河返乡民工吴德艮的喜悦反映了返乡农民工的共同心情。

要留住返乡农民工，算好"生活账"，解决农民工的后顾之忧至关重要。

针对返乡农民工在生产生活中遇到的实际困难，唐河县在住房、就医、子女入学、社保等方面给予了多重保障。

唐河"日之新"塑胶电子有限公司分厂长董玉庆以前是深圳一家电子厂的车间主任，今年跟随唐河籍妻子返乡就业。"在深圳打拼多年，最麻烦的就是孩子读书问题。"现在，政府安排他们的孩子就近入学，并免除了走读费。在产业集聚区附近，4所中小学、幼儿园以及医院等配套设施正在开工建设。

为圆返乡农民工的城市梦，唐河县出台规定，对愿意转为城镇户口的返乡农民工，优先按照有关规定予以解决，迁入县城转为城镇户口后，在养老、医疗、社保等方面享受城镇市民同等待遇，同时保留原有的责任田和宅基地，仍享受各项惠农补贴。

"企业要留住人，必须要让员工在企业能体验到主人翁的感觉，同时要给他们提供尽可能多的提升机会和发展通道。"唐河"日之新"塑胶电子公司经理赵有法介绍说。针对农民工特别是新生代农民工实现自我价值意识强的特点，公司把他们送到外地进行培训，由技术人员干起，干得好再转为技术骨干和领导。"只要有能力，就会给你机会！"

23岁的赵公国，是个典型的新生代农民工，现在他是永茂集团职工。"现在公司大多数管理岗位都由本地人担任，其中很多都是原先在外务工的，只要好好干，发展机会还是很多的。"

唐河县吸引"凤还巢"的举措是中国不少地区的缩影。政府打造大环境，企业营造小环境，何愁人才不归返？

张店镇的田胜举是唐河返乡创业者中的排头兵。他投资6000万元创办了腾达机械制造有限公司，安排家乡劳动力800多人。"缺人了，政府帮忙招工，缺钱了，政府协调贷款。我选择回乡建厂，绝对不是盲目投资，而是综合考虑投资环境后的理性回归！"

为帮助解决返乡农民工创业期融资难题，唐河县县财政每年贴息500万元以上，县金融机构投放贷款1亿元以上，唐河县和南阳市投资担保中心联手成立了南阳市第一家县级投资担保中心，不长时间就为9家企业提供担保贷款2750万元。

有了政府的大力支持，内地经济欠发达地区如果能做到江浙沿海发达地区的农村一样，乡镇企业发达，家庭私营经济繁荣，脱了鞋子下田是农民，洗脚上岸进到车间又成了工人，农村经济被强力带动，甚至在一个个村庄的基础上裂变成一个个小城镇化，这样，不仅中国农村的数千年传统格局得到了彻底改变，而且，中国必将呈现一个良性的城镇化发展。

位于井冈山脚下的江西省永新县是贫困老区县，也是劳务输出大县，每年有14万名在外务工人员，从2014年10月起，该县部分在外务工人员提早返乡。正值春耕，笔者零距离采访了几位从沿海地区返乡的农民工，从而记录下他们在家乡创业、就业的点点滴滴。

笔者感受最深的一点，就是永新县委县政府指定了非常细致、实用的措施吸引返乡农民工。县委迅速成立了农民工人员返乡创业工作领导小组，负责农民工返乡创业就业工作的协调、督促、落实，积极引导他们在县工业园区务工或创业。不长的时间内，该县共帮助13900多名返乡农民工创业。

永新县埠前镇三门前村的刘祖祥常年在福建石狮一家模具厂打工，每年纯收入至少6万元。2013年由于厂里效益不景气，不得不提前回家，钱还没赚到3万。刘祖祥回家后在县工业园区的皮革厂找到了工作，每月工资1000多元，他说："在家门口打工也不错，而且，春耕又可种田。"芦溪乡合东村农民左里仔20世纪90年代末在广东东莞一家玩具厂打工，前几年，厂子倒闭了，他返乡后在县城针织厂找到了工作。他高兴地说："原以为提早回来就等过年，没想到在县城找到了工作，月薪也有一两千元，在家门口照样能打工赚钱。"

永新县为做好返乡农民工回家学技术再就业工作，实行补贴工资免费培训。从2013年11月份起，开展返乡农民工岗前引导性培训和就业技能培训，委托就业局培训中心、党校、职业技术学校等进行免费定期培训，共培训返乡农民工62000多人次，且100%安排就业。

高市乡樟木山村农民陈伯林20世纪90年代在广东东莞一家电子厂打工，2014年10月厂里不景气，他提早回家，到县三湾广场返乡农民工招聘会上得到信息，返乡农民工可以免费参加岗前培训。他说："由于我以前一直在电子厂做些非专业技术的事，没学到什么技术，现在通过一个月的培训，不仅学到了技术，而且还在县里的翔龙皮具厂上班了，月薪1000多元。"无独有偶，莲洲乡双湖村的胡小毛从广州一家制衣厂打工回来，11月中旬参加了岗前培训，如今就在赣粤恒兴公司工作。他兴奋地说："这次参加培训班学会了一门新技术，要感谢家乡政府部门对我们的关爱。"

永新县为返乡创业人员提供了最优惠的条件。返乡农民工创办企业，可视投资规模大小，酌情减免工商注册登记费；各金融机构对返乡农民工创办企业的，优先给予小额担保贷款支持，信用额度从50万元提升到200万元，由县财政对其贷款利息就业贴息补贴75%，对厂房出租产生的租金全免。在资金、厂房等优惠政策的引导下，返乡创业人员越来越多。目前，该县返乡农民工创办的企业已达40多家。

沙市乡三坊村的周友林20世纪90年代中期就在上海打工，经过10多年的打拼，手头上有了点积蓄，同时也掌握了一门过硬的技术。这几年，外面市场行情不好，他知道家乡是蚕桑大县，听说办厂又有许多优惠政策，2010年就回乡在工业园区办起了康真丝品有限公司，生产千家万户能用的丝绸被，而今办得很红火，经济效益不错。如今，厂里很多工作人员都是返乡农民工。他高兴地说："回家创业是我多年的梦想，今年终于实现了。其实在家里当老板的感觉真好。"和周友林一样，回乡创业的夏敦文充分利用永新的牛皮资源，创办了创新制革有限公司，经济效益年年攀升。他满怀感激地说："如果没有家乡的优惠政策和优越条件，我的厂很难办成，感谢家乡政府对我们返乡创业人员的关怀。"

2013年正月初九，湖北省麻城市歧亭镇荣家村的王荣彪没有像往常一样背着大包小包挤火车，而是在家中当起了老板，指挥着三名店员布置自己新开张的超市。"食用油和酸奶放在靠门口一些，儿童玩具往里面放一些。"

王荣彪说，自己前20年打工大概攒下了15万元，又通过当地支持农民回乡创业的小额贷款在当地农信社贷了10万元，最终凑足25万元，开起了超市。他的超市开张，几名赋闲在家的亲戚也随之有了工作，两名侄女一个当收银员，一个当导购员，而小舅子则成了采购员兼司机。

而以前由王荣彪带着在苏州的电子厂当技工的侄子王鑫，2014年春节后也选择了在家门口找工作。他说："武汉好多工厂招电子工，每个月也有2500~3000元，不比苏州低，但消费却比苏州那边低多了。"

麻城地处大别山革命老区，是湖北省的劳务输出大市。而像王荣彪这样外出打工后回乡创业的农民工，近年来有逐年增加的趋势，农民工回乡创业带动的富余劳动力逐渐增多。随着麻城工业园区的建成，越来越多的麻城农民工选择在家门口就业。

这些"务工能人"改变思路，回乡创业，不仅带回了家乡缺乏的技术、管理和市场信息，而且还起到了相关技术示范、推广等作用，有效地促进了当地经济的发展。这一转变促进了"劳务经济"产业链的延伸。相当一部分专家认为，农民工返乡创业是劳务经济从单纯的"劳动力"向"劳动资源"的转型。

农民工回乡创业，这是一种新气象。随着新农村建设的蓬勃兴起，这股潮流已经越汇越大，成为新农村建设的一支生力军。

这种现象出现在全国各地，蔚为风景。请看三则新闻。

武汉：农民工返乡创业个体经营最高可获20万元贷款

新华网武汉2016年8月24日专电（记者廖君）符合条件的返乡创业人员从事个体经营，武汉市将提供最高20万元的创业担保贷款。记者近日从武汉市政府获悉，武汉下发《关于做好支持农民工等人员返乡创业工作的通知》，从即日起至2017年12月31日，为鼓励返乡农民工创业，将提供一定额度的贴息贷款。

该通知规定，对月销售额或者营业额不超过3万元增值税的返乡创业人员，按规定免征增值税。对持《就业创业证》的返乡创业人员从事个体经营的，在3年内按每户每年9600元为限额，依次扣减其当年实际应缴纳的营业税、城市维护建设税、教育附加费和个人所得税等。

对返乡农民工等人员创办的新型农业经营主体，符合农业补贴政策支持条件的，可按规定同等享受相应政策支持。对返乡农民工等人员承包荒山、荒地、荒滩，经营特色经济林等的，提供技术服务和贷款贴息等支持，给予相应资金补助。对农民工等人员返乡初次创业从事种植养殖、家庭农场等经营实体正常经营6个月以上、带动一定就业人数的，给予一次性扶持创业补助。

据了解，武汉还将对符合条件的返乡创业人员从事个体经营的，提供最高20万元的创业担保贷款额度；对合伙经营、创办小微企业的，可按照每人不超过20万元、总额不超过100万元的额度实行"捆绑式"贷款，给予最长不超过2年的财政全额贴息。

湖北农民工回乡创业初具规模

新华网武汉2017年3月5日（记者邹明强）湖北外出打工的农民开始出现"回流"现象，一股回乡创业潮正在悄然兴起。据初步调查统计，近年来，湖北黄冈、咸宁等10地回乡创业农民工约为5万多人，累计回乡投资137.4亿元。

其中，咸宁、黄冈、十堰、襄樊农民工回乡创业已初具规模。

20世纪90年代中期，湖北省劳务输出起步早的一些县市就开始出现农民工带着资金、项目等返回家乡创业的现象。一些地方将回乡创业农民工列为招商引资对象，像外商一样享受招商引资的优惠政策，引导鼓励农民工回乡创业。农民工回乡创业主要集中在农产品加工、建筑、矿业开采、纺织、水电开发、机械加工、餐饮、娱乐、运输、服装加工、造纸、种养殖等10多个行业。

有调查显示，回乡创业农民工大多是同时期外出务工农民中文化程度较高者，主要以初中以上文化程度为主，占80%以上，他们获得知识、技能的能力及实践能力较强，更容易接受新的经营管理方式和市场观念，对成功创业有一定的信心。

农民工回乡创业，真正实现从外出打工"输出一人，致富一家"的"加法"向回乡创业"一人创业、致富一方"的"乘法"转变，对推进当地城乡区域?调发展产生了深远影响。

据罗田县统计测算，农民工回乡创业每兴办一个实体平均可以带动15人就业。黄冈等10地农民工回乡创业已为家乡提供就业岗位40多万个，带动农民每人每年增收3000元左右。许多地方政府领导欣喜地说，农民工外出打工赚了票子，换了脑子，回到家乡买了车子、房子，办起了厂子，带领乡亲们过上了好日子。

回乡创业农民工中有的走上村干部岗位，有的当选为人大代表，有的当选为政协委员，积极参政议政，为家乡的经济社会发展出谋划策。咸宁市农民工返乡担任村干部的已达1000多人，占全市村干部总数的五分之四。

安徽70万农民工返乡创业民工潮开始转向创业潮

新华网合肥2016年4月24日电（记者杨玉华）20多年前，16岁的邓立翠因为家境贫困成了无为县第一批走出去的"小保姆"，带孩子做家务一个月挣12元钱；20年后的今天，这位昔日的"小保姆"已经在家乡创办起安徽省最大的孵鹅企业，年产值3000多万元，带动农户9000多人。

像邓立翠这样，从"打工者"嬗变为"创业者"的农民工如今在安徽正形成一股潮流。记者从安徽省劳动部门获悉，近年来，安徽各地通过实施吸引农民工返乡创业的"凤还巢"工程，全省已经有70余万农民工返乡创业。

1995年，安徽省无为县在全省率先实施鼓励农民工返乡创业的"凤还巢"工程，把返乡创业农民工视同"外商"，实行与招商引资的同等待遇，给予企业登记、税收、用地、信贷等方面的优惠。并采取上门邀请、全程服务等措施，吸引大量在外务工有成的农民工返乡创业。此后，安徽各地都相继实施"凤还巢"工程，把吸引农民工返乡创业作为招商引资促进经济发展的重要举措。去年8月安徽省还专门发出通知，鼓励农民工返乡创业。要求各地有关部门对农民工创业采取正确的分阶段引导政策，为农民工返乡创业提供指导及相关政策、法规和信息咨询服务，对符合条件的，建立农民工返乡创业扶持专项补助资金，为农民工返乡创业提供支持。

积极的政策引导极大激发了农民工返乡创业的热情，一大批有资金、有技术、有市场?验的农民工纷纷返乡创业。他们带回了滞留在东部的资本、技术和先进的市场及管理经验，成为促进各地经济发展的重要力量。在无为县，目前40万外出务工大军中已经有近1万人"回流"返乡创业，他们把从沿海学到的技术、投资理念及积累下的资金带回家乡，独资或参股兴办起纺织服装、医药化工、电线电缆等各类企业1200多家,实现年利税3.8亿元,占全县财政收入的67%。在劳务输出大县枞阳,全县25万外出务工者中已?有3000人返乡创业,其中20%以上投资额度超过1000万元。在宁国市,9万农村外出劳务人员中,已经有近4000人返乡自主创业,创造产值数亿元。

来自安徽省劳动部门的数字显示,目前安徽全省外出劳动力突破1000万人,而返乡创业农民工就达70余万人,占农民工总数的7%。一度以单向输出为主的民工潮开始向回流创业潮转变。

再请看几则具体的事例。

"如果有合适的工作就不去南边了。"河南省罗山县铁铺乡的张德志毕业后曾到深圳工作3年,月薪近5000元。他告诉笔者,虽然熟练的技能让他站稳脚跟不成问题,可是考虑到长远发展,他还是毅然选择辞职。"富士康、美的等南方较大企业迁到这边,家乡工作机会多,扣除生活成本,工资就和南方差不多了,而且离家近,有安全感和归属感,想回家发展。"此外,与以前最看重的钱、安全、待遇、社保养老等相比,记者调查中发现,在80后、90后新生代农民工的心目中,他们不再单纯追求收入,"求稳"的心态尤为明显。

春节已经过去,安徽芜湖市三山区峨桥镇响水涧村的一批留守儿童却比过年还要开心,问他们为什么,孩子们高兴地说:"今年爸妈在家工作,不用出去打工了!"原来,春节期间,打工回来的留守儿童父母都接到了芜湖市委市政府领导《致留守儿童家长一封信》,芜湖市创业富民、小额贴息贷款以及惠民工程等政策深深吸引了大家,不少返乡的农民工都决定回乡创业、就近就业。

46岁的杨明良返回四川遂宁前在广东东莞恒丰家具厂打工,月收入2500多元。受国际金融危机影响,公司订单锐减,杨明良的收入也下降了一半。前两年,他离开广东,回到家乡。刚回到家找工作每次都很失望。有一天,他看到劳动与社会保障局搞免费电脑培训,就去报名学习了。"经过两个多月的学习,我掌握了电脑技术、平面设计、名片设计,这些都是小菜一碟!真没想到,对电脑一窍不通的我也能成为一家广告公司的老板。"杨明良激动之情溢于言表。

2014年2月9日，准备留在老家遂宁市工作的刘林在人力资源市场填写了求职登记表。他说："不用找求职中介，不用四处收集各种招聘信息，在网上就能求职登记找工作。"从福建打工回来后，他来到人力资源市场登记。这张登记表能将他个人信息录入电脑公布在网上，只要有适合的工作岗位，企业可以通过登记表上的联系电话通知他。

这仅是遂宁致力为返乡农民工创业就业"铺路搭桥"的一个缩影。为整合用工信息资源，拓宽返乡农民工就业渠道，该市通过移动通信短信平台和报刊、电台、电视台等媒体，及时向乡村发布用工信息，降低农民工的求职成本。组织公共就业服务机构开展本地企业用工情况调查，开设返乡农民工再就业服务窗口，免费提供职业介绍、职业指导、求职登记、推荐用人单位和查询岗位信息等服务。同时开通"12333服务热线"，将返乡投资者创业服务热线纳入"96196"全省政务服务热线一号通内，重点为返乡创业人员提供政策咨询、就业援助、维权救助等方面的服务。

把农民工的"乡愁"化作家乡经济社会发展的动力，是地方政府反复琢磨的一件事情。而让农民工成为"创客"，把家乡打造成农民工返乡创业的摇篮，是阜阳提高经济社会发展效率的得意之笔。

2014年春节前夕，阜阳市第四次开展了针对农民工的"接您回家"系列活动，与所有市领导外出慰问看望农民工一样，阜阳副市长卢仕仁去了江苏常州，看望慰问了在那打工生活的阜阳籍农民工，并开了一个座谈会，问需、问计于他们。"卢市长向我们介绍了阜阳近些年的经济社会发展情况，邀请我们回乡创业，介绍了一系列回乡创业的优惠政策，还把联系电话留给我们。"这次座谈会上，很多阜阳籍农民工心动了：回乡后用人成本较低，用地用钱上都有优惠政策。

34岁的欧阳建，深深地被"接您回家"政策打动。"我出去打工后，女儿一直留守在家里，跟着爷爷奶奶过。"欧阳建说，他每年只有春节才能回家待五六天，与女儿见面交流的机会少之又少。有一年春节回家，女儿因为不认识他，三四天都不愿意喊"爸爸"，后来好不容易喊出口了，"结果没两天我又外出了。"

这件事深深刺痛了欧阳建。"不能再这样下去了！一定要回乡！"2013年，欧阳建把上海理发店的股份全部卖掉，带着钱回到家乡颍州区创业。

在朋友的推荐下，他改行种植杭白菊，"政府给每亩地500元流转补贴，还投资打机井、修路，把灌溉、电、路等基础设施都解决了。"从第一年流转200亩土地种植，到2015年把种植规模扩大到800亩，销售额突破800万元，欧阳建的创业之路正蓬勃向上。

除了政策补贴，基础设施完善，公共服务还把"创客"的荣誉化作进一步创业的动力，让农民工返乡获得体面和尊严。

乡愁，就这样变成了创业者的动力。2015年12月18日，欧阳建作为回乡创业典型被阜阳市委市政府表彰，他的心里暖烘烘的……

在阜阳，像欧阳建这样感到幸福满足的返乡农民工不在少数，因为当地政府意识到，出台一揽子支持措施，是从整体环境上解决农民工返乡创业困难的重要途径。副市长卢仕仁说，应在创业环境上，推进商事制度改革，简化审批流程。在创业平台上，加强公共服务平台和孵化基地建设。这几年，各类开发园区、农民工创业园、孵化基地、标准厂房如雨后春笋般涌现。在这种思想引导下，光在资金支持上，市财政每年就拿出1000万元专项扶持农民工返乡就业创业，降低农民工贷款的门槛，拓宽农民工融资的渠道，给予农民工税收的优惠。

阜阳市临泉县高塘乡并不是个富裕的乡镇，乡长王大波粗略地算了一笔账：近年来，政府为返乡创业民工的基础设施投入了两三百万元，乡里发展起来的30多家各类经济实体带动了全乡上千人就业增收，其中不乏困难家庭。

在江苏常州打工的胡家路决定回乡创业，他3次找到了卢仕仁，咨询选址、政策等方面问题，卢仕仁每次都热情接待他，考虑到胡家路从事的是医用刀具生产方面的工作，卢仕仁从中牵线把他介绍到医药产业颇为集中的太和县。

每位农民工返乡创业的原因各有不同，但细究起来却有共通之处，外因上看，经济面临下行压力，部分产业产能过剩，用工量减少；内因上看，农民工在外生活费用高，比较优势下降，长期在外漂泊的他们更愿意回乡；家乡有新的发展空间，返乡当"创客"就更有吸引力了。

安徽省社科院研究员孙自铎表示，这些年，各地经济社会发展水平提升了一大截，就业空间大，待遇也不低，创业条件好，又在家门口，与当初外出打工时的背景完全不同了。在未来，"回乡流"将成为一种潮流。

扶持农民工返乡创业，以创业促进就业。从中西部农村进城就业的一些农民工，在异地经经受市场经济和现代工业的洗礼，积累了一定资金和人力资本。他们返乡创业，成为推动欠发达地区经济发展的新生力量。特别是随着劳动密集型产业向中西部地区转移的加快，农民工返乡创业前景广阔。因此，政府应在继续抓好农村劳动力外出务工的组织和培训工作的同时，积极鼓励、扶助农民工返乡创业，形成促进农民工输出与回流创业的良性互动。对农民工返乡创业，应实行尊重创业、因势利导、积极支持、完善服务的方针。尊重创业，就是尊重农民工自主创业的权利，保护其合法权益；因势利导，就是引导农民工服从国家产业政策要求，选准创业门路；积极支持，就是把扶持农民工返乡创业列入各级政府工作的重要日程，凡是外出务工经商后返回家乡创办各类企业的，只要符合法律和国家产业政策，并吸纳一定数量的当地劳动力就业，就予以鼓励支持；完善服务，就是强化服务理念，解决农民工返乡创业普遍遇到的突出问题，改善创业环境。

三、总理支持农民工返乡创业

2015年6月10日，国务院总理李克强主持召开国务院常务会议，确定支持农民工返乡创业政策，增添大众创业、万众创新新动能。会议指出，支持农民工、大学生和退役士兵等返乡创业，通过大众创业、万众创新使广袤乡镇百业兴旺，可以促就业、增收入，打开工业化和农业现代化、城镇化和新农村建设共同发展的新局面。

在我国进入经济新常态的大背景下，"就业"指标始终是李克强总理最关心的经济指标之一，他在不同的场合都强调，"就业是民生之本""更看重增长背后的就业"。也正基于此，2015年6月10日的国务院常务会议上，李克强再次强调就业是发展经济的基本保障。如何促进就业？除了盘活现有工作岗位，鼓励各群体创业，以创业来推动就业无疑是重要路径。

随后，国务院办公厅印发《关于支持农民工等人员返乡创业的意见》，推动农民工等人员返乡创业。可见中央对农民工返乡创业的重视。

李克强总理所言，中国数亿农民工很大程度依靠外出打工增加收入，抛家别子，上不能对父母尽孝、下不能对孩子尽到教养责任，致使许多家庭被爱所弃，处于风雨飘摇之中。尤其打工之路上的农民工年老之后的权益保障等问题面临困境。通过打工来就业，某种程度上而言，是短期的、持续性较低的一种方式。而创业则不同，返乡创业，一方面能够帮助一代农民工解决自身的就业问题，提高收入，另一方面，创业所带动的就业岗位能够以几何级数量翻倍，具有强大的可持续性，解决的不仅仅是一个人或者一代人的就业问题，其辐射度可以延续几代。除此之外，农民工返乡创业还能带动东西部产业转移，推动中西部城镇化。

"过去，农民工被称赞为'城市建设的功臣'，如今，城市欣欣向荣的同时，广大农村地区却亟待发展和建设。我们相信，农民工这样一个有创造力的群体，既然能撑得起城市的建设，又何愁不能在农村找寻用武之地？因此，如何给予有效的政策支持，盘活农民工创业这一活水源泉，尤为重要。"这是总理铿锵有力的声音。

不容否认的是，相对于外出就业，农民工返乡创业依然面临着创业环境不佳、创业资金不足等问题。因此，李总理确定五项措施来鼓励农民工返乡创业正是有的放矢，为的就是解决问题、砍破荆棘。这次国务院常务会议确定：一是简化创业场所登记手续，推进"一址多照"、集群注册等改革。二是落实农民工等人员返乡创业定向减税和普遍性降费措施，对创业担保贷款财政按规定给予贴息。三是在返乡创业较为集中地区探索发行中小微企业集合债券等，鼓

216

励银行加大信贷支持和服务。四是依托现有开发区、农业产业园发展返乡创业园和孵化基地。鼓励电子商务交易平台渠道下沉，带动网络创业。五是加强创业培训，将返乡创业农民工等纳入社保、住房、教育、医疗等公共服务体系，运用政府购买服务等机制，帮助返乡创业人员改善经营、开拓市场。

五方面的措施，既有政策革新带来的便利，如简化登记手续，又有实实在在的资金福利，如减税降费，既为农民工搭建平台，如发展返乡创业园和孵化基地，又有技术的补给和扶持，如创业培训等。如此种种，真可谓既是雪中送炭，更有锦上添花。

农民工群体，某种程度上是创业大军中的一个孩童，也许跌跌撞撞，但有无限潜力。浇水施肥，给予扶持，定会茁壮成长。尤其是当前语境下的农民工，早已不再是只懂苦力的旧群体，他们的知识结构、组成部分正在发生质的飞越，我们相信，政策到位的时刻，返乡创业的农民工一定会培育出别样的梦想之花。

四、愿进城者进城，愿返乡者返乡！

对于解决"三农"问题，及农民工如何转移城市，许多专家都献计献策。2005年9月5-7日举行的"21世纪论坛"上，中国社科院社会政策研究中心专家杨团认为，"农民大规模进城不现实，应'就地多元化'。"建议按照中国城市化的设计目标，加快下一步的小城镇建设，到2030年就是"两个对半"，如果一半人口转为城镇人口，到那时即便总人口为15亿，完全达到这一发展目标，也还有8亿人留在农村。即便城市化率超过60%，也仍然会有40%的人口，6.4亿人在农村生活。所以，农民既不离土也不离乡的生活方式将长久地存在，要使中国农民实现现代化，"就地多元化"是必然的选择。专家分析，虽然我们认可未来"三农"问题解决要靠城市化，要通过加快城市化建设解决农村劳动力转移的问题，这是根本上解决"三农"问题的基本方向，但我们也不得不承认，就地多元化转移农民是"三农"工作的当务之急。必须看到"就地多元化"，更符合我国当前大多数农村的实际情况，在这方面各地积累了不少实践经验，也证明了上述专家的观点的正确。北京一些郊区区县探索出了"四在农家"农民现代化模式，以富在农家、美在农家、乐在农家和学在农家为载体，让农民就地享受到现代化。山东等地探索出"村企合一"模式改造农村，农村就地实现城市化。

我们不禁产生一种疑问：既然农民工的社会流动是一种向上流动，为什么还有很多人要回到家乡呢？我们认为，农民工的回乡流动其实是一种无奈的选择。尽管从农村流动到城市、从农业流动到城市就业是一种积极的向上流动，但是，由于农民工在城市社会地位的获得面临诸多制度性障碍，造成他们社会流动的渠道仅仅通过劳动力市场进行流动的单一化，而难以进一步融入城市生活，回到家乡就成为农民工重新获取社会地位，实现地位转移、赢得社会声望的最好选择。这种选择不是因为农民工自身不想留在城市，而是受制于诸多外部因素。

按照建设社会主义新农村的要求，统筹规划城乡公共设施建设，加快形成政府支持引导、社会资金参与、农民劳动积累相结合的农村建设投入机制非常重要。农村基础设施建设要重视利用当地的原材料和劳动力，注重建设能够增加农民就业机会和促进农民直接增收的中小型项目。要加大对小城镇建设的支持力度，完善公共设施。继续实施小城镇经济综合开发示范项目，发展小城镇经济，引导乡镇企业向小城镇集中。采取优惠政策，鼓励、吸引外出务工农民回到小城镇创业和居住。

中国人民大学社会学系教授周孝正说："如果早日实现城乡一体化，农民就不必大迁徙，解决农民工的根本问题是城乡一体化，就像江浙沿海地区的农村一样。也就是说农民不需要走几千里到沿海大城市来挣他那份钱，在他们家乡就可以挣那份钱，这样他们就不必都跑大城市然后过春节又再回农村。"

这个社会是多元的，农民工的问题也会存在多元的现象。有资金、懂技术、会管理的农民工可能会选择回乡创业，家里条件艰苦，土地面积又少而又没有什么文化的农民工只有继续打工作为家庭主要的收入来源，而且这个群体恐怕占相当比例。所以农民打工的现象将长期存在。

农村里那些匆匆远行的背影，谁也阻挡不住。虽然"京城米贵，居大不易"，但城市对农村人口，特别是"新生代代农民工"的吸引力是坚不可摧的。土地对农民工来说，只是相当于他们的一份社保，一旦遇到不测风云，可以暂时躲避一下。比如，2008年当国际金融风暴来袭时，许多农民工就返乡暂避。

今后，农民工的出路有两个流动趋向：愿进城者进城，愿返乡者返乡！

进城者，国家需要提高进城务工农民的社保水平，在廉租房、医保以及子女就学等问题上解决他们的后顾之忧，同时让农村承包土地摆脱"社保"的尴尬角色，让土地流转更加顺畅，使农业经营逐步实现专业化、集约化。

返乡者，国家需要大力发展现代化农业，让一批有知识、懂经营、会管理的新型职业农民来种粮，让专业化、机械化和集约化的农业生产在城市化的大背景下成为我国农业生产的重要模式。农业生产只有摆脱自然经济的束缚，成为高效低耗的"新兴"产业，国家的惠农政策才会产生放大效应。我们既可以保证进城农民在土地之外获得更实惠可靠的社会保障，又可以塑造出一个高效安全的粮食生产新模式，让种粮农民无论在精神上，还是物质上都有成就感和归属感。

农民工返乡，可以很大程度上解决当今农村诸多难以解决的问题，破解中国农村发展下的困局，具体来说就是：

促进了当地经济的发展

回乡创业是农民工的理性选择。返乡农民工正以独特的方式，在带动农民就地就近转移，加快本地区经济发展，推动城镇化进程、实现现代农业发展和新农村建设等方面发挥着积极作用，给家乡发展带来巨大变化。

带回了先进生产力

新农村建设所需要的资金、技术、信息等生产要素及先进理念，都是农村难以自发产生的，既需要外力注入，又需要内力吸纳。农民工返乡创业，能够把外力与内力有机结合起来，把打工时掌握的资源与家乡的资源整合起来。

开拓了就地就近转移劳动力的渠道

农民工返乡创办的企业多属劳动密集型行业,技术要求不高,为当地农民提供了容量大、门槛低、易接受的就业渠道,带动了当地农村富余劳动力的就地转移,为农民的就业和增收开辟了新路子。据调查,山西省介休市返乡创业的450余人所办企业安置富余劳动力1万余人。左权县返乡创业263人,吸纳当地2869名劳动力。

促进了小城镇的发展

调查发现,农民工返乡创业近半数集中在集镇和县城,带动了资本、劳动力等经济要素向小城镇集聚,既增加了集镇和县城的实际人口,又增加了经济总量。回乡农民工向小城镇集聚,有力地推动了我国的小城镇化进程,形成了城乡统筹发展的新格局。

形成了以工促农的有效载体,加快了现代农业建设步伐

调查发现,回乡创业的农民工中,70%从事工业和农产品加工业。他们是改变家乡,改变贫困地区经济落后现状能够依靠的对象。他们回来后,给当地经济注入发展的资本和技术,促进了工业和民营经济的兴起,带动了相关产业的发展,推动了当地经济结构的调整,促进了当地经济的全面发展。

为新农村建设增添了生力军

许多返乡农民工年纪轻,头脑活,又见过世面,返乡后担任村党支部书记和村委会主任,成为改变家乡落后面貌、带领群众进行新农村建设的主力军和领头人,成为适应新时代要求的基层干部,成为党的方针路线有力的、忠实的执行者,是连接党和群众关系的纽带和桥梁。

彻底解决了"996138"问题

大量农民工返乡创业,家庭和睦,全家团聚,老人、妻子、孩子在一起共享天伦,农村基础社会得以和谐稳定,农村治安状况也得到极大的改善。

所谓农民安则社稷安,农民富则天下富。数亿农民身份的转变,必将推动我国现代化发展的历史进程;完成了历史性的农民身份大变迁,这场关系到国家的命运和兴衰,关系到中国全面建设小康社会和全面构建和谐社会的宏伟目

标才能实现。

　　有了这样的社会主义新农村，还留不住农民么？农民何需饱受妻离子散、颠沛流离之苦外出打工？当然，城市建设也需要农民工，社会可以和谐多元地发展，愿进城的进城，愿留乡者留乡。进城者可以安心地在城里创业，政府解决好他们的社会保障，像城里人一样享受医疗、保险、就学同等待遇，让他们真正融进城里。留在农村家乡的农民，一样能在家乡创业，政府能改变他们的生活环境、交通环境、文化信息环境，让他们在农村一样感受到城里的现代化。当这样美丽的图景出现在中国大地上的时候，我想，那就是真正的和谐社会，真正的全民小康社会。

尾声：城乡大裂变

　　当今中国，国家鼓励加快乡村城镇化发展，是为了鼓励大力兴办乡镇企业和村办企业，带动农民致富，让农民洗脚上岸，离土不离乡，就地消化农民，转移农民；让农民成为既是农民也是工人的一个新群体。同时，也为党中央提出的社会主义新农村建设提供蓬勃不息的人力资源。

　　这是非常英明而正确的决策。因为，如果只注重发展城市，是十分危险的。从现在看，建那么多房子，价格如此之高，城里工薪阶层买不起，进城打工的农民更买不起，况且我国是一个能源、水资源贫乏国，粮食依然要靠进口一部分，城市人堆得太多，各方面的问题一定会暴露出来，迟早是要出大问题的。

　　笔者认为，发达的西欧都没有只走城市化道路，作为农业大国的中国，更不适宜只走城市化道路，一定要高度重视农业，珍爱农田，把新农村真正建设好，让中国人分而居住，分而生息，分而就业，在中国诸多农村的基础上建设，裂变出一个个崭新的中小城镇，这样才能真正实现长治久安和国富民强！

　　裂变，意味着超稳定的旧的平衡的打破，意味着不合时尚的历史沉淀的荡涤。但这种裂变绝不是说要一刀割断过去与未来的联系，而是推陈出新，不断产生新质的过程。与裂变相伴随的必然是中国乡村社会的多角度、全方位的重构，是新的层面上的排列与组合。正在各地乡村所发生的种种迹象告诉我们，从裂变走向重构——这一有着久远历史意义的变革的大画卷已经徐徐展开……

采访后记

　　在与多位返乡创业农民工的交谈中，我一方面看到了他们的创业热情，但同时也不由地为他们在创业过程中所面临的一些风险和障碍担心。创业不能仅凭一腔热血，它需要资金、技术、经验、人脉等方方面面的条件和素质。农民工在这些方面的天然劣势，决定了他们创业存在着失败的可能性。一旦创业失败，不仅自己多年积攒的积蓄被掏空，还有可能背负沉重的债务。这就要求政府一方面要加大对农民工的扶植和支持政策，把一些优惠政策真正落到实处；另一方面也要充分评估其所面临的风险，加强对农民工创业的引导和指导，避免一些不必要的风险。

　　2015年6月17日，国务院出台的《关于支持农民工等人员返乡创业的意见》，从降低返乡创业门槛、落实定向减税和降费政策、加大财政支持力度、强化返乡创业金融服务、完善返乡创业园支持政策等5个方面，为解决农民工创业所面临的问题提出了具体的指导意见。希望该《意见》在基层的贯彻执行，能够帮助解决农民工在创业过程中所面临的各种难题和困难，让创业的农民工都能走上致富之路，从而带动更多的农民工回乡创业、就业。

　　相信，未来的农村因为有了返乡农民工创业，一定会再度繁荣！

　　我们欣喜地看到，部分在外打工的农民工已开始"回流"，他们将长期在外打工，积累的一部分资金，掌握的一定的技术，学到的一定的管理方法，摸到的一定的市场渠道，主动自觉地带回家乡创办经济实体，推广实用新型技术，改造传统农业生产方式，志在改变家乡的贫困落后面貌。

他们是黄土地上的希望，是农村新生产力的代表者，是农村经济新增长点的孕育者，是传播现代文明的使者，是中国"城乡大裂变"的主要推动者。

农民的流动，给自己，给农村社会带来的将是文明、民主、平等和法制，是思想观念、价值观念、道德观念的进化。

乡村变革的能量不断积聚，各种深层次的矛盾也在不断激化，农民与政府的关系，农民与市场经济的关系等……在走向中国特色的市场经济长征中，传统小农经济和小农社会本质上的裂变正在加快其进程，这已经成为中国农村和中国社会历史的必然。

相信在政府的关心下，农民工返乡创业蔚为风景，中国的城乡结构将呈现崭新的面貌！

图书在版编目（CIP）数据

城乡大裂变 / 杨豪著. — 南昌：百花洲文艺出版
社, 2017.7
ISBN 978-7-5500-2166-2

Ⅰ.①城… Ⅱ.①杨… Ⅲ.①报告文学－中国－当代
Ⅳ.①I25

中国版本图书馆CIP数据核字(2017)第072504号

城乡大裂变

杨 豪 著

出 版 人	姚雪雪
责任编辑	余 莊
书籍设计	张诗思
制 作	张诗思
出版发行	百花洲文艺出版社
社 址	南昌市红谷滩世贸路898号博能中心1期A座20楼
邮 编	330038
经 销	全国新华书店
印 刷	江西千叶彩印有限公司
开 本	720mm×1000mm 1/16 印张 14.75
版 次	2018年1月第1版第1次印刷
字 数	220千字
书 号	ISBN 978-7-5500-2166-2
定 价	35.00元

赣版权登字 05-2017-98
邮购联系 0791-86895108
网 址 http://www.bhzwy.com
图书若有印装错误，影响阅读，可向承印厂联系调换。